한국 사람 캐나다 여자 김재숙

이 책을
손주 줄리, 조이, 크리스천, 엘리,
딸 로라와 아들 패트릭에게,
그리고 남편 제리에게 바친다.

한국 사람 캐나다 여자 김재숙

김재숙 에세이

다밋
DAMEET

책을 펴내며

크리스마스였다. 며느리 마리아의 출산이 임박해 우리 가족은 토론토에 있는 아들 패트릭 집에서 휴일을 지내기로 했다.

남편과 나는 크리스마스 선물을 싣고 토론토 북쪽 작은 동네 허니우드에 있는 우리 집에서 출발했고, 딸 로라와 사위 레이는 손주 줄리와 조이를 데리고 토론토 서쪽 근교에 있는 브램튼에서 왔다. 그러나 우리가 아들의 집에 도착했을 때 현관문은 잠겨 있지 않았으며 집 안이 조용했다. 살펴보니 식탁 위에 '마리아를 요크 북부 종합병원으로 데리고 가니 거기서 만나요'라고 서둘러 쓴 쪽지가 놓여 있었다.

패트릭의 연락을 기다리며 점심을 마치고 쉬고 있는데 외손녀 줄리가 물었다.

"할머니, 아기는 언제 집에 와?"

옆에서 그 얘기를 듣고 있던 외손자 조이가 받은 선물들을 열어보며 말했다.

"아기한테 내 장난감을 나눠줘야지. 아직 하나도 받지 못했을 테니까."

줄리가 또 물었다.

"할머니, 어렸을 때 크리스마스 선물 많이 받았어?"

"아니, 그러지 못했어."

"왜? 너무 가난해서?"

조이가 졸린 목소리로 다시 물었다.

"아니, 할머니가 어릴 때는 크리스마스라는 걸 잘 몰랐거든."

캐나다에서 태어난 네 살, 다섯 살짜리 손주들에게 내가 어렸을 때 왜 크리스마스를 즐기지 못했는지, 왜 생일에 선물을 받지 못했는지 어떻게 설명해줘야 할까? 제2차 세계대전 말기에 유년기를 보내고, 한국전쟁 시기에 청소년기를 보낸 걸 어떻게 알아듣도록 말해줘야 할지 순간 막막했다.

내가 한국에서 겪은 삶과 지금 캐나다에서 자라고 있는 아이들의 삶은 너무 달라서 설명하기가 정말 쉽지 않았다. 때로는 캐나다 어른들에게도 설명하기 힘든 그때의 삶을 어린아이들이 이해하도록 하려면 어떻게 해야 하나……

이제 또 한 명의 손주가 태어나려고 한다. 손주들은 할머니인 나에 대해 얼마나 잘 알게 될까? 손주들이 나를 잘 알고, 내가 이 세상을 떠난 후에도 아름다운 추억으로 떠올릴 수 있으면 좋겠는데……. 줄리와 조이가 자는 모습을 보며 이 아이들을 위해

서라도 내 삶에 관한 이야기를 남겨야 하지 않을까 하는 생각이 문득 들었다.

그날, 2001년 12월 25일 오후 4시에 셋째 손자 크리스천 헨리가 태어났고, 2년 후 크리스천의 여동생인 엘리가 태어났다. 나는 줄리, 조이, 크리스천과 엘리 네 아이의 할머니가 되었다. 이 아이들과 함께 지낼 시간이 내게 얼마나 남아 있을까? 이 아이들은 나에 대해 알 권리가 있다. 또한 나도 아이들에게 나를 알려줘야 할 책임이 있다고 느꼈다.

그때부터 기억나는 대로 손주들에게 들려줄 이야기를 쓰기 시작했다. 글을 쓰며 생각해보니 캐나다에서 나고 자란 딸 로라와 아들 패트릭도 엄마가 한국에서 태어났다는 것 외에는 나에 대해 아는 것이 별로 없다는 생각이 들었다.

남편 제리 또한 마찬가지였다. 처음 만났을 때 그는 내가 이국적이라고 했는데 지금은 어떻게 생각하고 있는지 궁금했다. 내가 많이 달라졌다 해도 실망하지 않으면 좋겠다. 이곳에서 나고 자란 남편은 나와 가치관과 생활방식이 많이 달랐기 때문에 나를 이해하기 힘들어하기도 했고 서로 오해한 적도 많았다.

제리는 내가 하는 말이 잘 이해되지 않으면 화를 내며 말했다.

"빙빙 돌리지 말고 분명하게 말해!"

캐나다 교육의 중심은 '내 마음을 진실하게 표현하라'이다. 하지만 내가 어릴 적에 한국 아이들은 '가족과 사회의 모범적인 구성원이 되려면 솔직하게 자신을 표현하면 안 된다'고 교육받았다. 자기 마음을 있는 그대로 드러내는 것은 예의 바르지 못한 태도라고 여겼기 때문이다.

'말할 때 사람 얼굴을 똑바로 쳐다보지 말고 고개를 숙여라', '겸손해라', '안다고 자랑하지 마라', '말하기 전에 생각부터 해라', '경쟁보다 협력이 더 좋다.' 이것이 사천 년 넘게 이어진 한국의 교육 전통이었다. 그리고 나의 중요한 의무는 부모님이 자랑스럽게 여길 수 있도록 행동하고 약점을 보완하는 것이었다.

하지만 캐나다의 사고방식을 배우고 부모가 되면서 느낀 점은, 내가 어릴 적 한국에서 배운 교육방법은 아이들의 의욕을 억제한다는 것이었다. 그래서 나는 아이들의 호기심을 북돋워 주기 위해 노력했다.

딸 로라가 여섯 살쯤 되었을 때였다. 로라는 저녁 식사 후 주방에서 보조 의자에 올라가 접시를 닦고 있었고, 나는 식탁을 치우고 있었다. 그때 로라가 물었다.

"엄마는 왜 나보다 영어를 못해? 엄마는 나보다 영어를 더 오래 썼잖아?"

당연한 질문이었다. 엄마가 서툴게 말하고 제대로 이해하지 못하는 게 정말 이상했던 모양이었다. 그 애가 이해할 수 있도록 어떻게 설명을 해줘야 하나 막막했다. 나는 유리잔 두 개를 꺼내어 잔 하나에 뿌연 개숫물을 채웠다.

"너도 알다시피 엄마는 한국에서 태어났고 캐나다에 올 때까지 영어를 몰랐어.”

로라가 머리를 끄덕였다.

“내 머릿속은 한국에서 배운 것들로 가득 채워져 있었지만, 네가 태어났을 때 네 머릿속은 텅 비어 있었어. 그런데 이제 우리가 같이 영어를 배운다고 치자.”

이어서 유리잔 두 개를 물이 흐르는 수도꼭지 밑에 번갈아 가져가 물을 담았다.

“이거 봐. 이 잔은 맑은 물로 채워졌지만, 다른 잔은 여전히 개숫물이 섞여 있잖아. 이 물처럼 내가 말하는 영어도 네 영어처럼 깔끔할 수가 없단다.”

이 설명이 로라에게 얼마나 도움이 되었는지 알 수 없지만, 그후로 로라는 더 이상 엄마의 서툰 영어에 관해 묻지 않았다.

어떤 이는, 기억은 사진과는 다르며 오히려 시각예술과 더 닮았다고 한다. 삶을 되돌아보면 어떤 부분은 텅 빈 것처럼 느껴지고, 어떤 사건은 진한 감정과 함께 선명하게 기억나곤 한다.

2003년 친정어머니의 구순 생신을 축하하기 위해 우리 7남매는 어머니가 살고 계시는 미국 로스앤젤레스에 모였다. 남매 중에 유일하게 한국에 살고 있는 언니와 어머니의 아파트에서 며칠을 함께 지내며 어린 시절에 대한 추억을 나누었다. 우리는 각자 기억하고 있던 일들에 관해 얘기했다.

“언니, 서대문로에서 러시아 선교사 봤던 거 기억나?”

그때까지 그 일을 기억하고 있던 것을 보면 백인과 마주친 기억이 내게 강렬했기 때문이리라.

"그럼, 네가 무섭다고 울었잖아."

언니가 말했다.

"아냐, 내가 아니라 재호가 운 거지."

그러자 어머니가 대화를 가로막았다.

"다섯째 이모네 집에 가던 길이었으니까, 거기가 서대문로일리가 없어."

어머니나 언니가 기억하는 것만큼 내가 구체적으로 기억하지 못하는 것도 있었고, 다르게 기억하고 있는 것도 있었다. 어떤 사건은 날짜나 장소가 다르기도 했다.

그러므로 내 기억을 되살려 쓴 이 세세한 기록이 다른 이의 기억과 같지 않을 수도 있다. 그렇다 하더라도 이 글을 만난 독자들은 내가 살아온 과정을 호의적으로 잘 이해해주길 바란다.

한국에 대한 나의 기억은 1960년에서 끝난다. 그때의 한국은 전쟁으로 파괴된 제3세계에 속해 있었다. 그러다 보니 이 책에 실린 한국이 현재와는 딴판인, 어렵고 불쌍한 나라로 느껴질 수도 있을 것이다. 어쩌면 이 책의 이야기가 생동감 넘치는 현재의 한국을 잘 알고 있거나, 한국에 살고 있는 사람들에게 부정적이고 우울하게 느껴지기도 할 것이다. 그러나 어쩌겠는가. 그것이 내가 경험한 한국이었으니 말이다.

내가 아는 한국은 서서히 그리고 때로는 내가 인정하기 싫은 방향으로 바뀌기도 했다. 1960년 김포 비행장에서 떠난 후 1987년에 다니러 왔을 때 본 한국의 변화된 모습은 무척 당혹스러웠다. 27년 동안 그리워하고 보고 싶었던 고향은 어디서도 찾아볼 수 없었다. 고국에 돌아온 것이 아니라 근대화된 다른 나라를 여행하는 기분이었다. 누구나 한국말을 하고 있었지만, 무슨 말인지 이해하기도 힘들었다.

방문 중에 코리아 타임즈 기자가 나를 인터뷰하러 왔다. 인터뷰가 끝난 후, 그가 말했다. 자기가 내가 하는 말을 이해할 수 있었던 것은 자신의 할머니가 그런 단어를 사용하고 있기 때문이라는 것이다.

언어만 낯선 게 아니었다. 옛날에 놀던 곳, 다시 보고 싶었던 건물들을 전혀 찾아볼 수 없어서 유년시절을 몽땅 도둑맞은 것 같았다. 한국이 내가 떠날 때의 모습 그대로 남아 있기를 바랐다면 그것은 터무니없는 욕심이었겠지만, 고국에서 이방인이 되어버린 듯한 느낌은 견디기 어려웠다.

캐나다에 살면서 '한국에서는 이렇게 했어'라는 말을 자주 했는데, 한국이 고향이고 내가 한국인이라 생각했기 때문이다. 그런데 막상 한국을 방문했을 때는 '캐나다에서는 이렇게 하는데……'라고 말하는 나 자신을 보며 놀라지 않을 수 없었다. 그동안 내가 얼마나 캐나다 사람이 되었는지 실감할 수 밖에 없었다.

한국을 떠나 있던 27년 동안, 캐나다 온타리오주의 11분의 1

밖에 안 되는 면적 10만㎢인 한국은 세계 초강대국 반열에 서게 되었다. 1960년 내가 캐나다 몬트리올에 도착했을 때, 캐나다 사람들이 한국에 대해 알고 있는 것은 비참한 전쟁을 겪었다는 사실뿐이었다. 그런데 이제는 캐나다 모든 가정이 삼성이나 엘지, 현대 등과 같은 한국 기업이 만든 물품을 적어도 한 개씩은 갖고 있다. 또 토론토에서 발행되는 신문 〈토론토 스타〉 2012년 9월 30일 자 지면에 실린 '열망에 찬 아시아의 강대국'이라는 제목의 글에서 칼럼니스트 하룬 시디퀴는 이렇게 썼다.

'전쟁이 끝났을 때 한국은 폐허의 땅이었다. 1인당 연간 소득은 64달러였다. 그런데 오늘날에는 21,000달러이다. 인구 5천만 명인 이 나라는 이제 산업과 기술의 강대국이 되었다.'

나는 내가 한국인이라고 자랑스럽게 말한다. 한국이 오랜 투쟁을 통해 이룬 성과가 자랑스럽고, 한국을 떠난 후 캐나다인으로 살며 지금까지 이루어낸 것들에 대해서도 자랑스럽게 생각한다. 그래서 심사숙고한 끝에 한국에서의 삶과 캐나다에 온 후의 삶에 관한 얘기를 두 나라 독자들에게, 그리고 나의 가족에게 들려드리기 위해 이 책을 쓰기로 결심했다.

차례

1
부
∖
한
국
에
서
의
삶

2부 ─ 캐나다에서의 삶

1부 ／ 한국에서의 삶

1935~1960

아버지는 김옥동, 어머니는 진정숙

아버지 성함은 김, '옥'자, '동'자시다. 1905년 가난한 농가의 9남매 중 막내로 태어나셨는데, 어린 시절이 평탄하지 않았다고 한다. 아버지가 태어날 즈음 이미 부모님은 젊은 나이가 아니었고, 아버지의 손위 형제들은 성년이 되어 있었다. 아버지가 열 살이 되기도 전에 할머니가 세상을 떠나시는 바람에 아버지는 형님 집에서 자라야 했다.

정규 교육을 제대로 받을 수 없었던 아버지는 열일곱 살에 더 나은 일자리를 찾아 일본으로 떠났다. 이런저런 일자리를 전전한 끝에 어느 늙은 목수의 조수가 되었지만, 형편이 나아질 무렵 할아버지가 위중하다는 편지를 받게 되자 그 일을 계기로 일본 생활을 정리하고 십 년 만에 한국으로 돌아오셨다.

할아버지 장례를 마친 아버지는 서울에 있는 미쓰코시 백화점_{현재 신세계백화점으로 바뀌었다.}에서 목수 일을 하게 되었다. 일본에 본점을 둔 미쓰코시 백화점이 한국에 사는 일본인에게 물품을 공급하기 위해 처음 지점을 연 것이다. 이 백화점은 당시 조선 최고의 백화점으로 다양한 물품을 판매하고 있었다.

아버지는 생활이 안정되자 가정을 꾸리려고 하셨다.

어머니 성함은 진, '정'자, '숙'자이시다. 어머니는 유교를 숭상하는 가난한 학자의 9남매 중 셋째 딸로 태어났다고 한다. 어려운 가정에서 보살핌을 제대로 받지 못하고 자랐으며 조용하고 순종적인 여성이었다. 외할아버지는 딸들이 신식 교육을 받기 위해 일본인이 운영하는 학교에 다니는 것을 완강히 반대하셨다.

어머니가 열일곱 살일 때였다. 이웃집에 심부름을 가게 됐는데 그 집에서 한 젊은 남자를 봤다. 그 남자는 우리 조부모님과 이웃집의 중매로 어머니를 만나기 위해 온 내 아버지셨다.

조부모님이 그 집에 심부름을 보낸 진짜 이유를 알게 된 어머니는 집을 뛰쳐나가 숙모 집으로 피신했다. 결혼하고 싶지 않았으므로 집에 돌아가지 않으려고 했다. 결혼하기에는 자신이 아직 어리다고 생각했고 그 남자도 마음에 들지 않았다. 남자는 나이가 너무 많았고, 외모도 신통치 않았으며, 더구나 부모님이 없는 외톨이였기 때문이었다.

그런데도 가족들은 그 남자가 좋은 남편감이라며 설득했다. '아홉 살 차이는 그리 많은 것이 아니다. 좋은 일자리를 가진 성숙한 남자이니 생활이 편안할 것이다. 그리고 점잖고 조용한 성격이라 아내에게 잘할 것이고, 받들어야 할 시댁 가족이 없으니 혼숫감을 많이 준비할 필요가 없다'는 것이 그 이유였다.

결국 어머니는 설득당했고 결혼하게 되었다. 그때 어머니의 나이는 열여덟 살이었고 아버지는 스물일곱 살이었다. 부모님은 1932년에 결혼해 서울 서북쪽 귀퉁이 영천동에 작은 집을 샀다. 그리고 1945년 제2차 세계대전 직후에 독립문 근처에 있는 좀 더 큰 집으로 이사했다. 한국전쟁 동안 내내 그 집에서 살았으므로 내 기억의 대부분은 그 집에서 살던 시절에 관한 것이다.

이 지역은 한국 역사상 잊을 수 없는 곳이다. 전차 종점에 독립문이 있었고, 서북쪽에는 식민통치에 저항하던 애국 인사들이 수감되었던 서대문 형무소가 있었다. 영천고개를 넘으면 형무소에 속한 화장장이 있어서 바람이 불어올 때면 화장장의 악취가 풍겨와 애국인사들의 고통과 죽음을 절로 생각하게 했다.

부모님은 외조부모님과 가까이 살았다. 아버지는 선량하고 성실한 분이셨다. 일가친척이 없는 터라 어머니의 친인척들과 가깝게 지내며 서로 의지하였고, 사위로서 책임을 다하셨다.

영천집

우리 가족이 살던 동네는 영천동이었다. 그 근처 현재 서대문 형무소역사관 뒤에 있는 산속에 소화에 도움이 되고 피부에 좋다는 약수터가 있었다. 물이 좋아 사람들이 그곳에 모여 물을 마시거나 몸을 씻었으며, 물통에 담아 집에 가져가기도 했다.

서대문에서 북쪽으로 올라 독립문을 지나면 영천동이고, 더 올라가면 영천고개를 넘어 만주로 가는 길이 있었다고 하는데, 조선 시대에는 그곳에 영은문迎恩門이 있었다.

영은문은 중국 사신을 공식적으로 맞이하는 모화관 앞에 세워져 있었고, 청나라에 공물을 바치러 가는 사신들이 그곳에 모여 길을 떠났다고 한다. 청일전쟁 후 모화관은 독립관獨立館이라고 고쳐 부르게 되었다. 그리고 영은문을 헐고 독립협회 주도로 성금을 모금해 1896년에 프랑스 파리 개선문을 본뜬 독립문이 그 자리에 지어졌다.

내가 자랄 때는 전차가 남대문을 지나 영천동으로 올라오며 독립문을 싸고돌았다. 우리 집은 독립문에서 전찻길을 건너 영천동 전차 종점 가까이 있었으므로 가끔 친구들과 독립문 꼭대기에 올라가 놀기도 했다. 1979년 독립문은 도시구획재정비 계획에 따라 서북쪽으로 70미터 떨어진, 지금의 위치로 옮겼다고 한다. 내가 자란 옛집은 바로 그 독립문공원 안에 있었다.

우리 집을 지나 영천 약수터로 올라가는 길에 외할머니가 살고 계셔서 외갓집을 방문하는 손님들은 모두 우리 집에 먼저 들러 쉬었다가 가곤 했다. 그리고 우리 집을 '영천집'이라고 불렀다.

남자 옷을 입은 여자아이

나는 태어나서 몇 달 만에 첫 사진을 찍었다. 사진을 보면 한복을 입은 아름다운 젊은 여인이 남자아이 옷을 입은 생후 넉 달 정도 되는 아기를 안고 있고, 그 옆에 세 살쯤 되어 보이는 여자아이가 서 있다. 남자 옷을 입은 아기가 나다. 어머니는 내가 세 살이 될 때까지 남자아이 옷을 입히셨다.

내가 알고 있는 한국은, 조상을 섬기고 어른을 공경하며 남에게 예의를 차리는 유교로부터 영향을 많이 받았다. 남성이 이끄는 혈연을 중심으로 여겼으므로 아들은 무척 중요한 존재였다. 그래서 가문을 이어갈 아들을 출산하기 전까지는 아무도 마음을 놓지 못했다. 남편과 시댁을 위해 아들을 출산하는 것은, 결혼한 여자의 의무와도 같았다. 그러지 못할 경우 시어머니는 며느리뿐만 아니라 친정 부모까지 탓했다.

아버지가 결혼하기 전에 부모님이 돌아가셨으므로 어머니는 시집살이를 하지 않아도 되었다. 하지만 그렇다고 어머니가 남편과 가정을 위해 아들 낳는 의무에서 해방된 것은 아니었다.

나보다 두 살 위인 언니가 태어났을 때는 온 가족이 기뻐했다고 한다. 첫 아이가 딸이어야 어머니를 도와 집안일을 할 수 있기 때문이었다. 하지만 둘째는 가문을 이을 아들이어야 했는데, 내가 태어나자 집안 모든 사람이 실망하고 걱정했다. 그리고 어머니에게 아들 낳는 방법에 관해 이런저런 충고를 했다. 사람들이 권하는 대로 딸에게 사내 옷을 입히면 다음에 아들을 본다는 미신을 따라 어머니는 내게 남자아이 옷을 입혔다.

이 사진은 나의 출생이 가족에게 안긴 낭패감과 실망의 증거인 셈이다. 집안을 돌보는 귀신家神은, 남자가 첫째 아이로 태어나는 것을 싫어한다고 한다. 왜냐하면 온 가족이 귀신을 제쳐놓고 그 남자아이에게 관심을 집중하기 때문이란다. 그런데 아이가 딸이라 해도 사내 옷을 입히면 귀신이 진짜 남자아이인 줄 알고 그다음 아이에게는 관심도 질투도 하지 않으므로, 다음번에는 아들을 기대할 수 있다는 것이었다.

귀신을 속이기 위해 나는 사내 옷을 입게 되었고, 할머니는 근처 절에 자주 찾아가 남자아이를 낳게 해달라고 기도했다. 그 기도 덕분이었는지 내가 세 살일 때 남동생이 태어났다.

그 시절 관행은 출생, 사망, 결혼 기록을 즉시 호적에 올리지 않는 것이었다. 그것은 일본에 대한 저항이기도 했다. 일본은 조선인 인구조사를 철저히 해 젊은이들을 징발했다. 그리고 많은 젊은 남녀를 만주와 일본에 있는 광산과 무기공장으로 끌고 가는 등, 중일전쟁에 필요한 노동력으로 확보하려고 했다.

남동생 재호가 태어날 때까지 아버지는 나를 호적에 올리지 않았다. 그러다 아들이 태어나자 아들을 호적에 올리기 위해 갔는데 등기소 직원이 아버지에게 6년 전 호적에 올린 첫딸 외에 다른 아이가 더 없느냐고 물었다. 아버지는 돼지띠 해 11월 19일에 태어난 아이가 한 명 더 있는데 일본력으로 며칠인지 기억하지 못한다고 했다. 일본인은 양력을 쓰지만, 한국인은 음력을 썼기 때문이다. 등기소 직원은 음력은 보통 한 달 정도가 늦는다며 내 생일을 1935년 12월 19일로 올렸다.

훗날 아버지가 그때 일을 얘기하자 어머니는 아버지가 설을 지내기 위해 집에 계실 때 내가 태어났다고 기억했다. 일본인들은 설 연휴가 닷새여서 일본인 회사에 근무하던 아버지가 집에 계셨던 모양이다. 아버지가 난로의 석탄에 불을 붙이려고 하다가 일산화탄소를 들이마셔 졸도하자 어머니 산후조리를 위해 오셨던 외할머니가 아버지까지 간호해야 하셨단다. 외할머니는 어머니를 위해 끓인 미역국을 아버지도 드시게 했는데, 어머니는 그런 이유로 아버지가 미역국을 좋아한다고 생각하셨다.

어머니 기억대로 계산해보면 내 생일은 양력 1936년 1월 1일과 1월 5일 사이가 맞다. 하지만 가족들은 모두 11월 19일을 내 생일로 기억하고 있다. 그날이 옳든 아니든 남동생이 태어난 것을 계기로 나의 출생은 호적에 등록되어 공식화되었다.

일본이 전쟁을 시작하다

일제 강점기인 1935년 겨울 서울에서 태어 난 나는 너무 어려서 정치적으로나 사회적으로 얼마나 불안했 는지 잘 모른다. 하지만 자라면서 느꼈던 일본의 압박은 끔찍했 다. 한국인들은 한 글자로 된 성姓을 두 글자인 일본 성으로 바꾸 도록 강요당했다. 관청에서는 한국어 사용이 금지되었고 한글로 된 책들은 폐기되었다.

한국어를 사용하다 발각되면 관청으로부터 벌을 받았고 한글 로 된 책을 보거나 독립투사를 숨겨주는 행동을 하면 가족이라 하더라도 고발하도록 했다. 하지만 우리 동네에 젊은 독립투사 가 병이 들어 집에 와 있었는데도 아무도 그를 일경에게 고자질 하지 않았고 오히려 보호해주었다.

제2차 세계대전 발발 소식이 위협적으로 느껴지지 않았던 이 유는 중일전쟁과 노일전쟁을 비롯해 오랜 세월 동안 전쟁이 일 상처럼 익숙해졌기 때문이었다. 어린 나에게는 전쟁에 관한 이야기가 그다지 고통스럽게 다가오지 않았다. 피부로 느껴질 때까지 그저 이야기일 뿐이었다.

그런데 일본이 미국과 전쟁을 시작하자 삶이 힘들어졌다. 그들은 전쟁을 지원하기 위해 무엇이든 내놓도록 강요했다. 식품 배급제가 실시되기 오래전부터 구리, 은, 철 등 무기와 탄약을 만들 수 있는 것들은 공출 대상이 되었다.

군인들이 쇠붙이를 거둬들이기 위해 우리 동네에 또다시 왔을 때 어머니는 당신에게 보물과 같은, 결혼한 여자의 상징인 은비녀를 내어주고 나무 비녀를 꽂아야 했다. 우리 모두 일본의 강제 합병으로 인한 굴욕과 횡포를 감내해야 했다.

귀리죽

제2차 세계대전을 하는 동안 식량은 점점 더 고갈되어 갔다. 식량이란 식량은 모조리 전방에 있는 군인들에게 보내어졌다. 삶은 하루하루가 절망적이었다. 밥상은 날이 갈수록 양적으로나 질적으로 빈약해지고 있었다.

일본은 한국 쌀을 수출하도록 했는데 해마다 수출량을 2% 이상 늘렸다. 한국에서 생산된 쌀을 일본으로 가져가는 바람에 사람들은 먹을 것이 늘 부족했다. 밥상에서 소고기나 닭고기 등 육류가 사라진 지 오래되었고 시장에서는 고등어나 대구 등 생선을 찾아볼 수가 없었다.

우리는 부족한 쌀을 보충하기 위해 보리, 콩 등 잡곡을 섞어 먹었다. 그런데도 하루 세끼를 채우기 힘들어 항상 배가 고팠다. 어머니는 우리를 먹이기 위해 항상 이것저것을 긁어모으셨고 아버지는 일터에 나가시느라 자주 집을 비우셨다.

조금 남아있던 쌀이 다 떨어지자, 잡곡과 채소를 섞은 희멀건 귀리죽을 며칠 내내 먹을 수밖에 없었다. 어머니는 우리에게 저녁밥을 차려 주신 후, 함께 밥상에 앉는 대신 부엌에 남아계셨는데, 철없는 우리는 불만을 터뜨리고 말았다.

"이제 귀리죽은 그만 먹을래!"

우리가 한사코 먹지 않겠다고 버티자 어머니는 자식들을 달래느라 밥상머리에 오셨다가 하는 수 없이 우리가 남긴 음식을 드셨다. 우리는 삥 둘러앉아 어머니가 드시는 것을 재미있게 구경했다. 그런데 어찌나 어머니가 맛있게 드시는지, 저 죽이 방금 전까지 우리가 먹지 않겠다고 떼를 썼던 귀리죽이 맞는지 믿어지지 않을 정도였다.

그 모습을 보고 "아……" 하고 남동생이 입을 벌리며 한 숟가락을 달라고 했다. 어머니는 남동생에게 귀리죽을 한 숟갈 떠먹이고 나서, 둘러앉은 우리 모두에게 한 숟갈씩 떠먹여 주셨다. 어머니가 입에 넣어주는 그 멀건 죽이 얼마나 맛있던지 조금 전에 먹어본 것과는 전혀 딴판이었다.

어머니는 불평하는 자식들을 꾸중하는 대신 다음에는 더 맛있는 것을 만들어주겠다고만 하셨다. 어머니가 함께 계시는 것이 그저 즐겁고 좋기만 했으므로, 왜 어머니가 함께 식사하지 않았는지 아무도 궁금해하지 않았다.

길을 잃어버린 날

식량이 귀해지자 어머니는 먹을 것과 바꾸기 위해 안 입는 옷 등을 싸 들고 지방에 다녀오시기로 했다. 내가 다섯 살이던 1940년 어느 봄날, 어머니는 나를 데리고 집을 나섰다. 전차를 바꿔 타고 시내 동쪽 끝에 가서 기차를 탔고, 다시 낡은 버스를 갈아타고 깊은 시골 마을로 들어갔다.

우리는 쌀과 채소를 구하러 여러 농가를 찾았다. 하지만 농부들의 대답은 똑같았다.

"추수가 끝나자 군인들이 와서 다 가져갔어요."

"우리 먹을 것도 모자라요."

"식량을 구하러 오는 도회지 사람들이 점점 더 많아지네요."

어렵게 식량을 구했을 때는 어느덧 해가 지고 있었다.

어머니는 채소 다발을 내 배낭에 넣고, 큰 보따리는 머리에 이었다. 버스가 낯선 마을에 도착했을 무렵 날은 이미 어두워졌고, 버스 정류장은 서둘러 귀가하는 사람들로 만원이었다. 머리에 보따리를 이고 앞서가는 어머니를 따라가는데 어머니 걸음이 너무 빨랐다.

"엄마, 좀 기다려!"

나는 소리를 지르며 어머니를 따라잡으려고 뛰었다. 그런데 뒤돌아본 그 사람은 어머니가 아니었다. 그때까지 나는 모르는 사람을 줄곧 따라가고 있었던 것이다. 뛰기를 멈추고 주변을 둘러보았지만, 어디에도 어머니는 보이지 않았다.

뒤돌아서서 어머니를 부르며 달리기 시작했다. 갈림길에 이르렀을 때 도대체 어느 길로 왔는지 기억나지 않았다. 사람들이 사라진 길은 조용하고 안개가 짙어 아무것도 보이지 않았다. 설령 근처에 농가가 있다 해도 불빛이 보이지 않을 정도였다.

어머니를 부르며 이 길 저 길을 헤맸다. 그러다가 너무 멀리 가게 될까 봐 두려워 그 갈림길로 돌아오기를 되풀이했다. 얼마나 긴 시간을 그렇게 돌아다녔는지 모른다. 큰 소리로 어머니를 부르느라 목은 쉬고, 너무 지치고, 배가 고팠다. 배낭을 안고 어느 수풀에 주저앉아 추위와 두려움에 나뭇잎처럼 떨었다.

깊은 안갯속 으스스한 정적에 숨이 막힐 것 같았다. 너무 피곤해 눈이 절로 감겼지만, 눈을 감자마자 온갖 짐승과 괴물이 나를 덮칠 거라는 환상 때문에 눈을 감지 않으려고 애를 썼다. 나는 뱃속의 태아처럼 주먹으로 입을 막은 채 맨땅 위에 누웠다.

얼마 동안 그렇게 있었는지 모른다. 그러다가 나도 모르게 잠에 빠진 것 같다. 까무룩한 잠에서 얼핏 깨었을 때 깜짝 놀라 정신을 차리고 보니 여전히 안개가 끼어있고 조용했다. 주위를 살펴보는데 저 멀리서 검은 형체가 보였다. 그 형체는 점점 선명하게 다가왔다.

나는 눈을 더 크게 뜨고 형체를 계속 쳐다보며 앉아 있었다. 그 형체가 가까이 다가왔을 때 어떤 예감이 들었다. 나는 일어서서 몇 걸음 다가가 머뭇거리며 물었다.

"엄마야?"

"재숙이냐?"

"엄마!"

달려가며 큰 소리로 외쳤다. 어머니도 보따리를 내려놓고 달려와 나를 껴안았다. 어머니는 우는 나를 부둥켜안고 달래주셨다. 나는 어머니가 나를 찾아낼 걸 알고 있었다.

그리고 항상 누군가가 보호해주고 있다고 느꼈고 결코 버림받지 않을 거라 확신했으며, 어떤 위험에 처하더라도 구원을 청하면 도움의 손길이 다가올 거라고 믿었다. 어머니 품에 안겨 크나큰 행복감에 젖어 있으니, 그날 겪었던 불안과 공포가 다행스럽게도 완전히 사라졌다.

우리 국기는 태극기입니다

내가 알기로 집안에서 초등학교 입학시험에 떨어진 사람은 나 하나뿐이다. 그 소식을 듣고 할아버지는 내가 집안 망신을 시켰다고 언짢아 하셨다. 하지만 아버지는 일곱 자녀에게 한번도 소리높여 야단을 친 적이 없는 부드럽고 점잖은 분이셨으므로 나를 나무라지 않고 이해해주셨다.

1941년 내가 초등학교에 입학할 무렵, 일본의 식민통치는 서서히 그리고 치밀하게 진행되었다. 하지만 집밖을 나갈 일이 없었던 아이들은 우리 일상이 얼마나 철저히 억압받고 있는지 잘 알지 못했다.

일본 정부는 한국을 완전한 식민지로 만들 가장 확실한 방법은 어린이들을 세뇌시키는 것이라고 믿었다. 한국인을 세뇌하기 위해 일본은 6년제 초등교육을 의무화하고 한국인이 일본사람보다 열등하다는 것을 인정하도록 했다.

2학년 교과서를 보면 '한국인과 일본인은 형제지간이며, 황제는 우리의 최고 군주이며 천황'이라고 실려 있었다. 또 3학년 교과서에는 관습의 차이를 설명하면서 '한국인은 마늘 냄새를 풍기며 그들의 집은 돼지우리와 같다'고 했다. 그들은 노골적으로 왕족이 사는 경복궁 바로 앞에 일본 황제가 임명한 총독의 거대한 관저를 지었으며 경복궁 문을 없애버렸고, 창경궁 안에 동물원을 만들었다.

그해 봄날, 여섯 살짜리 아이들이 학교 체육관 밖에 줄지어 서서 한 명씩 불려 들어가 면접을 보았다. 학교는 2년 전에 지은 3층으로 된 회색 건물이었는데, 교실에는 학년마다 칠팔십 명씩 학생들이 있었고, 교실 밖에 이백 명쯤 되는 아이들과 부모들이 줄지어 있었다. 계속 줄이 짧아지고 있었지만, 반 시간을 기다리는 것도 아이들은 견디기 힘들어했다. 한 여자아이가 집에 돌아가고 싶다고 칭얼거렸고 내 뒤에 있던 남자아이는 오줌을 참다가 옷에 싸고 말았다. 그때까지 한 번도 가본 적 없는 공중화장실에 들어가기가 두려웠던 모양이다.

우리는 좀 더 나이 든 아이들에게서 학교 화장실에 숨어있는 도깨비와 괴물에 관한 무서운 얘기를 듣기도 했다. 그러고 나서 여자 친구와 함께 화장실에 갔었는데 정말 무서웠다. 화장실은 학교 본관에서 떨어져 있었는데 남학생과 여학생이 들어가는 문이 달랐다. 안으로 들어서면 좌우로 변기들이 있고, 각각 안팎으로 여닫이문이 달려 있었으며 그 안에 변기가 하나씩 설치되어 있었다. 하지만 변소 안에 씻어 내리는 물이 없었으므로 악취와 똥 떨어지는 소리 때문에 불쾌하기 짝이 없었다. 그 남자아이가 옷에 오줌을 싼 것도 이해할 만한 일이었다.

줄이 점점 줄어들어 드디어 내 차례가 되었다. 체육관 안으로 들어가자 강단 앞 연단 쪽에 긴 테이블이 있고 그 뒤에 세 명의 남자가 앉아 있었다. 나중에 알았는데 그들은 교장과 교무주임 그리고 일본인 관리였다.

내 이름과 나이, 집안 배경 등 일반적인 질문을 한 뒤에 일본 인 관리가 강단 뒤 벽에 걸린 깃발을 가리키며 나에게 물었다.

"저게 무엇인지 아느냐?"

"이치마루 일장기 입니다."

나는 자신만만하게 대답했다.

"그렇다. 우리 국기 이치마루다."

그는 입술에 엷은 미소를 지으며 말했다.

"아닙니다. 우리 국기는 태극기입니다."

나는 이렇게 말하고 나서 태극기가 어떻게 생겼는지 설명하기 시작했다. 다른 두 사람은 긴장된 표정으로 서로 바라보았고, 일 본인 관리의 얼굴에서 미소가 사라졌다.

집에 돌아오는 길에 아이들이 말했다. 국기에 대해 물었을 때 그 관리의 말이 맞는다고 대답했어야 옳다는 거였다. 하지만 우 리나라 국기가 아닌데 어떻게 그리 답할 수 있느냐며 아이들과 다투었다.

물론 나도 그 일본인 관리가 무슨 답을 바라는지 알고 있었다. 이치마루가 우리나라 국기라고 말해야 했지만, 내 고집은 쉬운 길로 빠져나가는 것을 원하지 않았다. 내가 옳다고 여기는 것을 바꾸는 것보다 고통당하는 쪽을 택한 것이다.

그날 입학시험을 치르느라 함께 갔던 친구들은 학교로부터 언제 개학식이 있는지 알려주는 연락을 받았다고 했다. 그러나 내게는 아무런 소식이 없었다. 타협하지 않는 바람에 집안에서도 일을 크게 만든 적이 더러 있었으므로 이런 일이 처음은 아니었다.

"왜 항상 나만 할머니한테 심부름을 가야 해? 가끔은 재호가 가면 안 돼?"

"재호는 남자이고 친구들과 놀기를 좋아하지 않니?"

"노는 건 나도 좋아해!"

심부름 그 자체보다 아들을 편애하는 관습이 나를 더 화나게 했던 것이다.

그로부터 몇 년 후, 아버지는 내가 그때 대답을 잘못한 탓에 우리 가족이 감시 대상 명단에 올랐을지도 모른다고 하셨다. 사실 그 입학시험 사건 후 얼마 지나지 않아 일본 순사 두 명이 아버지 직장으로 찾아와 정치적 견해를 물어보았다고 한다. 그리고 그 때문인지 나는 입학시험에서 떨어지고 말았다.

입학시험에 함께 갔던 친구들은 언제 개교하는지 연락을 받았지만, 나는 연락을 받지 못했다. 그해 봄, 친구들은 학교에 다니기 시작했고 나는 집에서 혼자 공부하며 친구들이 집에 돌아오는 것을 기다렸다가 학교에서 배운 것을 물어보았다. 그리고 친구들의 공책을 베껴 쓰고 일본 글자와 덧셈, 뺄셈을 연습했다.

그런데 낙오자가 되었다는 수치심을 떨칠 수 없었다. 그 수치심은 내가 누구이며 어떤 일을 해야 하는지 다시 생각해보게 했다. 나는 혼자가 아니고, 우리 가정의 일원이며, 우리 가정은 문중에 속하니 나는 더 큰 집단의 일원으로서 의무가 있다고 여겼다. 그러므로 나의 수치는 나만의 수치가 아니라 가족과 문중의 수치가 되는 것이다. '가치 없는 여자아이'라는 생각이 나를 계속 괴롭혔다.

학교에 다니고 싶었다. 읽기와 쓰기를 배우고 싶었고 다른 아이들이 말하는 역사, 과학 등 여러 흥미로운 분야도 공부하고 싶었다. 새 책가방에 새 교과서와 공책, 새로 깎은 연필이 든 필통을 넣고 등교하는 아이들이 얼마나 부러웠는지 모른다.

나는 공부를 가르쳐 줄 사람이 필요했다. 두 살 위의 언니는 자기 공부를 하면서 어머니 일을 돕는 것만으로도 바빴던 터라 나를 도와줄 짬이 없었다. 또 언니는 내 고민을 이해하지 못했다. 언니는 내가 늘 놀고 공상에 빠져있다며 어머니에게 불평하곤 했다. 내가 친구 공책에서 베낀 것들을 가르쳐 달라고 하면 언니는 "내년에 학교 가면 배울 거야!" 하며 부탁을 무시하기 일쑤였다. 하지만 나는 내년까지 기다릴 수 없었다. 당장 선생님이 필요했다.

첫 선생님, 명이 아저씨

친구들처럼 학교에 다니지는 못했지만, 공부를 다음 해까지 미룰 이유는 없었다. 다른 아이들이 배우고 있는 것을 나도 배우고 싶었다. 스스로 실패자라고 인정하지 않는 한, 실패자가 된 것은 아니지 않은가.

무엇보다 입학시험에 떨어진 것을 실패로 남기고 싶지 않았다. '지렁이도 밟으면 꿈틀한다.'는 속담을 들려주시며, "그러니 일어나서 싸워!"라고 하시던 할머니 말씀을 떠올렸다. 다음 해까지 기다리라고 한다고 해도 그냥 있을 게 아니라, 지금 당장 공부할 길을 찾기로 했다.

혼자 공부하는 게 불공평하다고 툴툴거리며 집 밖 계단에 앉아 친구 공책에서 베낀 것을 살펴보고 있을 때였다. 이웃에 사는 명이 아저씨가 창밖으로 내다보며 물었다.

"재숙아. 너 뭐 하고 있니?"

"히라가나 쓰기 연습하고 있어요. 그런데 제대로 쓰는 법을 잊어버렸어요. '와'와 '루'와 '오'가 헷갈려요! 그런데 아무도 저를 안 도와줘요."

"그래? 그럼 내가 가르쳐 줄게."

일본 글자 히라가나는 모양이 비슷비슷해서 쓰기가 정말 힘들었는데 내게도 드디어 쓰는 법을 알려줄 선생님이 생긴 것이다.

명이 아저씨는 삼십 대 초반의 젊은이로 우리 동네 끝자락 아파트 2층에서 어머니와 단둘이 살고 있었다. 삐뚤빼뚤한 층계로 언덕을 올라가면 커다란 발코니가 있었고, 발코니에서 내려다보면 언덕 아래 시장의 재미있는 풍경이 눈에 들어왔다.

그는 집 밖으로 나오는 일이 거의 없었다. 가끔 창문으로 밖을 내다보는 모습이 눈에 띄었는데, 늘 슬픈 표정이었다. 그리고 안색이 창백하고 피곤해 보였으며 숨소리도 거칠었고 기침을 많이 했다. 어른들은 그가 아주 깊은 병에 걸렸으므로 아이들이 귀찮게 하면 안 된다고 하셨다. 하지만 그는 몸이 괜찮을 때면 아이들을 발코니 주변에 불러 모아 민화나 동화, 먼 나라 이야기를 들려주곤 했다.

우리는 그를 '명이 아저씨'라고 불렀다. 그 시절 아이들이 누군가를 '아저씨'라고 부르는 것은 존경의 뜻을 담고 있었다. 그는 아는 게 많고 지혜로운 분이었는데, 스웨터를 입고 늘 노인처럼 목도리를 두르고 있어서 형이나 오빠라고 부르기에는 적합하지 않다고 느껴졌다.

그날 이후 나는 친구들이 등교하고 나면 매일 낡은 계단을 올라가 아저씨네 집으로 가서 개인지도를 받았다. 날씨가 따뜻해지면 아저씨는 창문을 열어놓았고 나는 침실 밖 발코니에 앉아 공부했다. 친구의 공책에서 베낀 것을 검토하면서, 일본어 쓰기와 발음을 연습했다. 공부가 끝나면 아저씨는 바깥세상 이야기를 해주거나 전쟁이 어떻게 돌아가고 있는지 알려주었다. 아저씨는 자신에 관한 이야기를 들려주기도 했는데 나는 너무 어려서 그 이야기를 다 이해하지는 못했다.

하지만 어린 내가 듣기에도 아저씨의 목소리에서는 열정과 절망감이 느껴졌다. 또 그가 들려준 이야기를 다른 사람에게 전하면 안 된다는 생각이 들었다. 아저씨는 주변에 사람들이 없을 때면 한국 역사를 가르쳐 주었고, 대학생들이 일본 정권에 어떻게 저항하며 투쟁하고 있는지도 얘기해주었다.

발코니에 앉아 사람들이 바삐 오가는 것을 내려다보며 장터의 아우성과 웃음소리를 들을 때면 이 아늑한 발코니가 천국 같아서, 입학시험에 떨어진 것이 다행이라는 생각이 들기도 했다.

명이 아저씨로부터 내가 몰랐던 이야기를 들으며 나는 끝없는 상상의 나래를 펼쳤다. 아저씨는 내 마음속에 크나큰 상상과 꿈을 심어주었고, 나는 아저씨가 생각을 말할 수 있는 통로가 되어주면서 우리의 우정은 점점 더 깊어졌다. 학업 중단, 사랑하는 여자와의 이별, 발병 그리고 꿈을 이루지 못한 좌절감에 관한 얘기를 들으며, 나는 명이 아저씨를 좀 더 잘 알게 되었다.

윤희 씨에게 무슨 일이 있었던 걸까?

명이 아저씨가 들려준 이야기는 지금까지도 쉬 잊히지 않는다. 대학생이었던 명이 아저씨는 독립운동에 참여했다고 한다. 1919년 3.1운동 이래 독립운동이 활발해졌고, 1929년 광주학생항일운동 이후 많은 학생이 투옥되었다. 그때 젊은이들이 해외로 많이 도피했지만, 명이 아저씨 학교에서는 여전히 학생운동을 활발히 하고 있었다.

1937년 어느 날, 명이 아저씨는 제일 친한 친구인 윤수 씨로부터 여동생 윤희 씨가 하굣길에 일본군에게 잡혀갔다는 소식을 들었다. 윤희 씨는 명이 아저씨가 좋아하는 사람이었다. 당시에는 일본군이 젊은 여자를 꾀거나 납치해 전쟁지역으로 끌고 간다는 소문이 나돌고 있었다.

그때 명이 아저씨를 비롯한 젊은 독립운동가들은 일본 경찰에 쫓겨 도피 생활을 하고 있었다. 하지만 좁혀 오는 수사망을 피하는 것은 점점 더 어려워졌고, 두 사람은 한국을 빠져나가기로 결정했다. 당시 많은 한국인이 일본을 피해 중국 만주로 망명하고 있었다. 걸어서 도피해야 했던 그들에게는 북으로 가는 것이 가장 쉬운 방법이었기 때문이다.

두 젊은이는 북으로 도망쳐 한국인이 많이 살고 있는 러시아 블라디보스토크에 도착해 그곳 독립운동 단체에 합류했고, 명이 아저씨를 비롯한 많은 사람이 조국의 자유를 위해 열심히 투쟁했다. 그들의 활동 지역은 다양했고 위험이 따랐다. 그들은 애국지사들의 입국을 도왔고 각처로 정보를 전달했으며 어떤 때는 선로나 다리를 폭파하기도 했다. 뒤쫓는 일본인들을 피해 자주 달아나야 했고 굶주림과 추위도 견뎌야 했다.

그러는 동안에도 명이 아저씨와 윤수 씨는 윤희 씨의 행방을 계속 찾아다녔다. 하지만 명이 아저씨의 건강이 점차 나빠졌고 폐결핵을 앓게 되었다. 아저씨는 상태가 나빠지자 집으로 돌아올 수밖에 없었다고 한다.

명이 아저씨는 늘 기침을 했다. 그럴 때마다 바지 호주머니에서 손수건을 꺼내 입을 막고 베개에 기대 눈을 감곤 했다. 얼굴에 핏기가 가시고 숨소리가 아주 약해진 어느 날, 눈을 감은 채 손수건으로 입을 닦고 호주머니에 넣었는데 손수건에 붉은 핏자국이 보였다.

저녁 공기에서 비 냄새가 났고 사방은 조용했다. 나는 방 바깥 발코니에 앉아 그가 숨을 제대로 쉴 수 있을 때까지 조용히 기다렸다. 아직 여름이었지만 비 온 뒤의 찬 공기는 가을이 다가오는 것을 느끼게 했다.

나는 아저씨가 들려준 이야기에 깊이 빠져있었다. 아저씨가 해준 얘기를 다 이해할 수는 없었지만, 저 너머에 또 다른 복잡한 세상이 펼쳐져 있다는 것은 알 수 있었다.

때때로 명이 아저씨는 만주에 있는 윤수 씨로부터 편지를 받곤 했다. 그 편지에는 여동생을 찾아 새로운 곳으로 가고 있다는 소식도 담겨 있었다. 그러던 어느 날 아저씨는 기다리던 친구의 편지를 받고 떨리는 마음으로 읽었는데, 그것은 참으로 슬픈 소식이었다. 윤희 씨가 절망적인 상황을 견디지 못해 자살을 했다는 것이었다.

소식을 들은 후 아저씨의 건강은 급격히 악화되었다. 이제 너무 쇠약해져서 공부를 가르쳐 줄 수도 없었고 날씨는 더욱 추워졌다. 나는 아저씨 방 밖에서 아저씨가 힘들게 숨 쉬는 소리만 듣다가 집으로 돌아오는 날이 많아졌다. 아저씨는 기침을 하며 눈물을 흘리다가 잠드는 것 같았다. 어떤 때는 기침을 하면서 눈물을 흘리다가 잠들기도 했다. 아저씨는 병마와의 싸움에 지고 있는 걸까? 아니면 이루지 못한 꿈이나 이루지 못한 사랑 때문에 그러는 걸까?

명이 아저씨는 결국 힘든 싸움을 포기할 수밖에 없었는지 더는 숨을 쉬지 않았다. 영원히 잠든 그의 모습은 내가 그를 안 후 처음으로 젊고 평화로워 보였다. 1941년 서늘하고 맑은 가을날이었다. 나는 혼자 조용히 아저씨의 죽음을 슬퍼했다. 내가 잃어버린 게 얼마나 많은데, 이제 아저씨마저 잃어야 한다니 너무 가혹하다는 생각이 들었다.

그리고 긴 시간이 흐른 후 비로소 아저씨와 함께 보낸 시간을 아름답게 추억할 수 있게 되었다. 명이 아저씨와 보낸 기간은 일곱 달쯤밖에 되지 않지만, 그와의 우정이 내 삶에 미친 영향이 너무 커서 헤아리기 힘들다. 그는 어린 나를 지성적으로, 또 감성적으로 키워준 진정한 스승이었다. 그는 인내심과 끈기, 남에 대한 너그러움을 가르쳐주었고 무엇보다 꿈을 지니도록 이끌어주었다.

명이 아저씨를 만나 스승으로 삼을 수 있었던 것이 크나큰 행운이었다는 생각이 든다. 그리고 명이 아저씨의 추억을 간직하고 지내며 때때로 윤희 씨에게 무슨 일이 있었는지 궁금했다.

전투기가 물러가니 아리랑이 흘러나오고

전쟁에 관한 소문은 더욱 흉흉해졌다. 일본인 회사들은 더러 문을 닫고 일본으로 철수했다. 아버지가 근무하시던 미쓰코시 백화점 역시 문을 닫았고 아버지는 출근하지 않고 집에 계셨다.

하늘 위로 비행기가 날기 시작했다. 아버지는 미군의 B-29라고 하셨다. 비행기가 나타날 때마다 사이렌이 울렸고 우리는 공습을 피해 방공호로 피신해야 했다. 몇 개월 사이 비행기의 출격이 늘어나고 있었다. 많은 집이 마당에 지하실을 팠고 방공 연습이 정기적으로 있었다.

일본에 두 번째 원자탄이 투하되자 사람들은 조선에도 원자탄 공격이 있을까 걱정했다. 우리는 라디오로 원자탄 공격 소식을 들었고 그 비참한 결과에 대해서도 자세히 들었다. 한반도에 직접적인 공습은 없었지만, 비행기가 뜰 때마다 공포에 떨었다.

그러던 어느 날 전쟁이 끝났다고 했다. 1945년 8월 15일이었다. 전쟁이 더욱 가열되고 일본이 곳곳에서 패하고 있다는 소문이 돌고 있던 그때, 일본 천황이 국민에게 방송으로 연설할 것이라고 했다.

우리는 일본 히로히토 천황의 무조건 항복 연설을 듣기 위해 모였다. 라디오를 집집이 갖고 있지 않았으므로 저녁 식사 후 동네 가게 앞에 모여 앉았다. 라디오를 켜고 어른들은 둘러앉아 방송을 듣거나 얘기를 나누었고 아이들은 주변에서 놀았다.

그날, 그 연설을 들으며 우리는 말없이 의아한 표정으로 서로 바라보기만 했다. 그동안 천황이 대중 연설을 한 적이 한 번도 없었기 때문이다. 처음으로 듣는 그의 목소리는 심하게 떨리고 있었다. 그의 연설이 스피커를 통해 천천히 흘러나오자 어린아이들도 노는 걸 멈추고 조용해졌다.

나는 무릎에 책을 올려놓고 앉아 어머니와 함께 방송을 들었는데 천황이 하는 말을 다 알아들을 수는 없었지만, 이 특별한 연설이 어느 방향으로 가고 있는지는 느낄 수 있었다. 방송을 듣는 동안 그곳에 있던 사람들의 반응을 살펴보니 다들 얼마나 놀랐는지 어리둥절한 표정이었다. 그런데 시간이 흐르자 사람들의 표정이 서서히 바뀌기 시작했다. 어떤 사람들은 큰 소리로 울었고 어떤 사람들은 소리를 지르며 기뻐했다.

"저 얘기는 이제 비행기가 날아오지 않는다는 뜻이야?"

내가 큰 소리로 물었다.

"그래, 이제 더 이상 비행기도 날지 않고 사이렌도 울리지 않는다는 뜻이다."

연탄가게 주인이 아들을 끌어안으며 말했다. 그러면서도 아직 안심이 안 된다는 표정으로 주위를 둘러보았다.

"믿기 힘드네. 이런 날이 오다니! 얼마나 오랫동안 기다려 온 순간인지……."

한 노인은 목이 메어 말을 잇지 못했다. 눈물이 주름진 볼을 타고 흘러내렸다. 틀림없이 그는 강제노역으로 하얼빈에 끌려간 외아들을 생각했을 것이다.

"왜경들이 더 이상 우리를 염탐하지 못할 거야!"

누군가 작은 소리로 말했다. 당시 한국에는 백만 명에 가까운 일본인이 살고 있었다. 그들은 대부분 서울을 비롯한 대도시에서 살았으며 자신들을 위해 따로 담장을 친 주거단지에 머물렀다. 많은 한국인이 일본인 주거단지에 가서 온갖 허드렛일을 하고 있었지만, 그들이 일상적으로 한국인과 접촉하는 일은 드물었다. 일본인들은 정부나 기업체의 중요한 직책을 모두 차지하고 있었다.

며칠이 지나니 일본의 항복이 가져온 결과는 더욱 확실해졌다. 서울 시내에서 아리랑이 흘러나오고 태극기를 흔들며 만세를 외치는 행렬이 줄을 이었다. 아리랑을 노래한다는 것은 조선 사람이라는 표시였다. 아리랑은 우리의 긍지와 슬픔이 녹아있는 노래여서 기쁠 때나 슬플 때, 일본에게 압제를 당할 때도 지역마다 다른 아리랑을 부르며 마음을 함께했다.

길거리에는 일본인이 보이지 않았다. 고위층 일본인 관료들과 상인들의 집이 텅 비었고, 관청들도 비어 있었다. 일본인들의 탈출은 조용히 그리고 신속하게 이루어졌다. 일본인들이 공격을 받았다는 얘기가 드문드문 들리긴 했지만, 신기할 만큼 드물었다. 해방되었다는 기분에 취해 일본인들에게 관심을 갖기보다 그저 해방감을 만끽하며 축하하고 싶은 것이 먼저였다.

일본 계집애라니?

〰️🧶 8·15 광복 후 몇 주가 지나갔다. 수시로 벌어지는 행진과 거리에서의 춤판은 이제 일상적인 풍경이 되었고 사람들은 일본인과 마주치면 눈살을 찌푸렸다.

숙모 집에 심부름을 다녀오다가 가게에서 켜놓은 라디오에서 아리랑이 흘러나오길래 나도 모르게 그 소리에 맞춰 몸을 흔들며 흥얼거렸다. 우리를 위해 세상이 돌아가고 있다는 것이 그저 좋았다. 그곳을 지나 일본인 구역을 혼자 걷고 있는데 남자아이들 몇 명이 나를 발견하고 그중 하나가 앞을 가로막았다.

"야, 너 일본 계집애지?"

"아냐, 아니란 말이야!"

나는 그를 피해 걸어갔다.

"이런, 이 일본 계집애는 한국말까지 배웠네."

그 남자애는 손으로 나를 밀치며 쿡쿡 찔렀다. 다른 아이들도 합세해 나를 조롱했다. 그들은 일본 여자아이가 보호자도 없이 혼자 길거리를 활보하는 것도 모자라 자기들을 속이기 위해 한국말을 배웠다는 사실에 분노하고 있었다.

그 애들을 속였다는 이유로 온통 피멍이 들어 집에 돌아왔다. 외모를 일본인처럼 보이려 하지도 않았고 일본인 흉내를 내려고도 하지 않았다. 그런데도 내가 일본인처럼 보인다는 말을 몇 번 들었다. 이 일이 있기 얼마 전에도 지나가던 사람들이 나를 돌아보며 언짢아했던 적이 있었다. "엄마, 저 애를 좀 봐"라고 어린 여자아이가 나를 손으로 가리켰고 그 애 엄마는 못마땅한 표정을 지으며 지나갔다.

열 살이 되기까지 나는 꼬박 3년 동안 일본어 공부를 했다. 책 읽기를 좋아했으므로 내 소유의 책을 갖는다는 것이 자랑스러웠으므로 기회가 있을 때마다 동화책을 샀다. 이 모든 책이 일본어로 되어 있다는 것은 전혀 문제가 되지 않았다. 왜냐하면 언어는 이야기의 세계로 나를 이끌어주는 수단이었고 당시 내가 구할 수 있는 책들은 대부분 일본어로 되어 있었기 때문이다.

하지만 그날 상처투성이로 집에 가자마자 책들을 모두 없애버렸다. 그들의 공격은 몸보다 마음에 더 큰 상처가 되었다. 나라를 되찾은 후, 사람들은 한결같이 자신이 한국인이라는 것을 자랑스러워 했다. 그래서 자신의 뿌리가 한국이라는 것을 거듭 확인하며 자신의 정체성을 확립하고 싶어하던 시절이었다.

그런데 그 사건은 내가 한국에 속한 사람이 아닌 것처럼 느껴지게 했으며 가면을 쓴 인간이 된 것 같은 느낌이 들게 했다. 이 사실이 너무나 고통스러웠다. 그날부터 나는 일본어를 잊고, 일본 교육의 흔적도 씻어버리고, 어떻게 하면 제대로 자격을 갖춘 한국 사람이 되느냐에 몰두했다. 자격을 갖춘 한국 사람이란 세종대왕이나 이순신 장군과 같은 인물을 알고, 한국 역사의 위대함을 알고, 이를 자랑스럽게 여기는 사람이라고 생각했다.

'그래, 난 한국사람이야. 꼭 자격을 갖춘 한국사람이 되고 말겠어!'라고 마음 속으로 외쳤다. '그런데 어떻게 해야 그렇게 될 수 있는 걸까?' 나는 책임감 있고 열정적이며 남을 잘 이해해주는 사람, 즉 국가와 국민에게 자랑이 되는 사람이라 생각했고 그것이 내 삶의 목표가 되었다.

하지만 나이가 들어가면서 나는 분노의 대상이 틀렸다는 것을 깨달았다. 3년 동안 일본식 교육을 받은 것이 그 아이들과 문제를 일으키게 한 것은 아니라는 점이다. 교육 자체가 나를 일본인처럼 보이게 한 것은 아니었다. 훌륭한 한국인이 되기 위해 일본어를 잊어버릴 필요도 없었다.

지식 자체는 결코 악이 아니다. 나쁜 목적에 사용할 때 지식은 악이 된다. 지식이야말로 간직하고 사용하면 할수록 풍요로워지는 귀한 재산이다. 그것은 누구도 나에게서 빼앗을 수 없고 내가 없애버리려고 아무리 애써도 결코 기억에서 완전히 사라지지 않는다. 나는 이 사실을 경험을 통해 알게 되었다.

1960년, 캐나다로 가는 도중에 있었던 일이다. 내가 탄 비행기가 연료 충전을 위해 일본 홋카이도에 잠시 머물렀고 탑승객들은 비행기에서 내려 몸을 좀 움직일 수 있게 되었다. 오후 3시쯤이었는데 학생들이 일본말로 떠들면서 지나갔다. 제2차 세계 대전이 끝난 후 아이들끼리 일본말로 떠드는 소리를 듣는 것은 처음이었다. 아이들이 하굣길에 친구들과 얘기를 나누며 걸어가는 일상적인 모습이었는데, 그들의 대화에 귀를 기울이니 어떤 말들은 내가 알아들을 수 있었다.

해방 후 남자아이들에게 일본인이라고 오해를 받은 후, 일본 인으로부터 배운 모든 지식을 잊으려고 노력했으므로 일본어 또 한 다 잊어버렸을 거라고 생각했었다. 그런데 멀어져가는 아이들의 뒷모습을 한참 동안 지켜보다가 문득 내가 더는 일본인들을 미워하지 않는다는 사실을 깨달았다. 참으로 다행이라는 생각이 들었다.

어떤 이는 북으로, 어떤 이는 남으로

일본 천황의 무조건 항복으로 일본의 조선 식민통치는 끝이 났다. 그러면 일본의 통치 밑에서 살던 조선은 해방이 되는 것이 원칙이다. 그런데 우리는 기대했던 대로 독립 국가가 되지 못하고 두 나라로 나뉘고 말았다.

조선은 고유한 말과 글과 풍속을 가진 정체성이 확실한 하나의 민족이다. 역사적으로 통일된 국가를 유지한다는 것은 한 민족으로서 무척 중요한 의미이다. 한 나라인데 영토가 나뉜다는 것은 용납할 수 없는 비극이다. 그런데 그러한 상상도 할 수 없는 비극이 우리 눈앞에서 벌어졌다. 왜? 누가? 어떻게?

1945년 6월, 유럽에서의 전쟁은 끝났지만, 태평양에서는 미국이 일본과 전쟁을 계속하고 있었다. 의미 없이 사망자만 느는 전쟁을 속히 끝내고 싶던 미국은 8월 6일 히로시마에, 8월 9일 나가사키에 원자폭탄을 터뜨렸다.

소련은 전운이 기울어진 일본을 보며 종전이 임박했다는 것을 감지하고, 히로시마 원폭 투하 이틀 후인 8월 8일 일본에 선전포고했다. 그리고 원자폭탄 투하로 혼란한 틈을 타서 신속히 조선 반도로 진입해 남쪽으로 내려왔다. 일본이 항복하자 소련군이 전쟁의 승리자로 조선 반도를 점령하게 된 것이다.

그즈음 서울 시내에서 러시아 선교사와 마주친 적이 있다. 유럽인을 만나는 것은 그때가 처음이었다. 그는 머리카락이 희고 흰 수염이 얼굴의 반을 가리고 있었는데 하늘색보다 더 푸른 눈으로 우리를 쳐다보았다. 유난히 키가 크고 피부 색깔이 창백한 그가 하도 신기해서 아이들은 그 뒤를 따르며 손을 만지기도 하고 쿡쿡 찔러보기도 했다.

미국은 동맹국 중의 하나인 소련의 예상치 못한 행동에 당황했다. 그리고 문제를 해결하는 방법으로 38선을 경계로 조선 반도를 양분할 것을 소련에 제안했고, 스탈린은 이를 즉시 승낙했다. 이리하여 한국은 잠정적으로 두 개의 작전구역으로 나뉘었고 북한은 소련이, 남한은 미국이 군사적으로 담당하게 되었다.

한국인의 열렬한 반대에도 불구하고 미·소 두 점령국은 합동위원회를 조직하고 한국을 두 개의 정부로 나누어 5년 동안 연합군의 신탁통치 아래 두기로 했다. 그리고 5년 후인 1950년 8월, 한반도의 앞날을 다시 결정할 예정이었다.

38선은 지도상에 그어진 인위적인 분계선이었고 옛 조선의 여러 도를 관통하는 것이었으며 남한은 농업, 북한은 공업이 주류를 이루고 있었다.

소련군은 재빨리 자기들의 점령구역을 봉쇄하고 남측과의 상거래와 교통을 차단했다. 이로 인해 수많은 가족과 친척들이 헤어져 살아야 했다. 남북한 통합 선거를 하기 위해 남측의 수많은 애국지사가 노력을 했음에도 불구하고 북한 지도자 김일성은 남한의 참여 없이 북조선최고인민위원회를 통해 한반도 전역을 대상으로 헌법을 제정했다.

그리고 남한은 남한대로 1948년 5월 10일 자체적으로 선거를 실시해 국호를 대한민국으로 정하고 초대 대통령에 이승만 박사를 추대했다.

참으로 힘든 시절이었다. 생활은 불안정하고 앞으로 무슨 일이 생길지 아무도 알 수 없었다. 어떤 사람들은 살림을 정리해 조상들의 고향인 북으로 이주했고, 어떤 사람들은 그 반대로 남으로 향했다. 시간이 흐를수록 이런 이주는 힘들어졌다. 북한이 국경을 폐쇄하고 왕래를 차단했기 때문이다.

우리 집안은 이런 사태와는 무관했지만, 내 친구 희자는 조부모님이 사시는 평양으로 옮겨가야 했다. 나라가 두 개로 양분된 직후 남북은 각자 지배력과 국방력을 강화시키기 위해 체제와 이념을 재정비하는 한편, 나라 경제를 살리고자 애썼다. 양측의 유일한 공통적 목표는 남북통일과 이산가족 재회였다.

DDT 소독과 초콜릿, 그리고 껌

제2차 세계대전이 끝나자 주위의 모든 것이 급속도로 변해갔다. 많은 사람이 도시 생활에 지친 나머지 보다 평온한 삶을 찾아 시골로 떠났다. 이런 상황을 틈타 아버지는 언덕 아래 있는 더 큰 집을 사서 이사하기로 결정하셨다.

전차는 서대문을 지나 서울 북서쪽 영천동의 독립문까지 운행되고 있었다. 전차 종점을 지나 영천동 고개를 넘으면 시골이었다. 전차 종점 좌우로 낮은 산들이 있었고 우리 집은 서쪽에 있었다. 길을 가로지르는 작은 개울이 흘렀는데, 그 개울을 건너 동쪽으로 이어지는 다리 바로 앞에 우리 집이 있었다. 아버지는 그 개천 쪽에 있는 담을 헐고 큰 방 두 개를 터서 목공소를 차렸다. 여기저기 목조공사가 필요하던 때라 아버지의 목공소는 늘 바빴다.

일본인들은 서대문 형무소 근처에서 많이 살고 있었는데 천황의 항복 이후 도둑처럼 밤중에 사라졌다. 그런 후 잠시 동안 러시아 사람들이 서울에서 눈에 띄었다.

그때까지 내가 본 외국인이라고는 일본인과 시내에서 중국음식점을 하던 중국인뿐이었는데, 그들은 우리와 외모가 별다르지 않았다. 그런데 러시아 선교사는 미군이 오기 전에 내가 처음으로 본 서양인이었다. 그들의 남다른 외모가 너무 신기해 동네 아이들은 그들이 눈에 띄기만 하면 졸졸 따라다녔다.

러시아인들은 오래 머물지 않고 곧 떠났고 그 후에 미군이 도착했다. 그들은 시내 도처에서 무장을 하고 짝을 지어 순찰했는데 어린아이들에게 대체로 호의적이었다.

아이들은 미군들을 신기해하며 만나고 싶어 했고, 그들에게 한국말을 알려주고 영어를 배우려고 했다. 밥 먹었느냐고 묻는 말로 "헤이, 조! 찹찹, 오케이?"라고 하는 등 속어나 혼합어를 많이 썼다. 날씨가 추워지자 어린애들이 몸을 자꾸 긁는 모습이 미군들 눈에 자주 띄었다. 그리고 이한테 물린 곳을 긁는다는 사실을 알게 되었다.

미군은 한국인들과 접촉할수록 이가 옮겨온다는 것을 알게 되자 신속히 해결책을 찾으려 했고, 살충제 DDT를 사용하기로 결정했다. 매주 한 번, 미군들은 남녀노소를 가리지 않고 한국인들을 모이게 했다. 그리고 우리 집 앞 다리 근처에 줄지어 서게 한 다음 차례대로 옷 속에 하얀 가루를 펌프질하여 뿌렸다. 목둘레와 소매는 물론 팬티 안이나 머리 속까지 DDT를 뿌린 다음 단추를 잠그게 했다.

아이들은 기침을 하고 캑캑거렸지만 깔깔대고 웃었다. 우리는 자진해서 DDT 소독을 자주 받으러 갔다. 갈 때마다 미군들이 초콜릿이나 껌을 주었기 때문이다. 당시에는 DDT 살포가 건강과 무슨 관계가 있는지 몰랐으므로 그냥 재미있는 놀이 정도쯤으로 즐겼다.

소독약 냄새가 참기 힘들어지면 다른 데로 가서 코를 훌쩍이고 눈물을 흘리며 미군에게서 받은 것들을 먹었다. 그걸 받기 위해 겪어야 했던 일들은 좀 참기 힘들었지만, 먹는 동안은 가려움을 잊을 수 있었다.

위안부가 되어버린 윤희 씨

해방이 되자 명이 아저씨 친구인 윤수 씨를 비롯한 젊은 독립투사들이 조국의 재건을 위해 고향으로 돌아왔다.

어느 날 우리 동네에 젊은 남자 하나가 신명 아저씨와 그의 어머니를 만나겠다며 찾아왔다. 내 선생님이었던 명이 아저씨 성함이 바로 '신명'이었다. 나는 그 젊은 남자에게 신명 씨를 안다고 말한 후, 명이 아저씨 노모에게 모셔다드렸다. 그 손님은 바로 명이 아저씨 대학 동창인 윤수 씨였다. 얼마 전 만주에서 돌아오게 되자 친구를 찾아온 것이다.

그동안 나는 명이 아저씨 생각이 날 때마다 윤희 씨 소식이 궁금했다. 윤희 씨는 왜 자살을 했을까? 윤희 씨는 죽을 때 20대 초반이었다고 한다. 얼마나 살기 힘들었으면 스스로 그 젊은 목숨을 끊은 걸까? 도대체 무슨 일이 생겼던 걸까? 궁금증이 꼬리에 꼬리를 물었다. 이제 윤희 씨 오빠가 명이 아저씨 어머니를 찾아왔으니 궁금증을 풀 수 있을 것도 같았다.

명이 아저씨 어머니와 윤수 씨의 만남은 감동적이었다. 두 사람은 몇 시간 동안 대화를 나눴다. 나는 차를 준비하며 그들이 나누는 얘기를 엿들었다. 명이 아저씨 어머니는 아들이 윤희 씨가 죽었다는 소식을 듣고 얼마나 괴로워했는지 이야기했고, 윤수 씨는 만주에서의 생활과 여동생을 찾으려고 얼마나 애썼는지 이야기했다.

1937년 어느 날 저녁, 윤희 씨가 학교에서 돌아오지 않자 온 가족이 굉장히 걱정했다고 한다. 그리고 여러 날을 수소문한 끝에 윤희 씨가 군인들에게 납치되었다는 사실을 알게 되었다. 가족들은 일본 군인들이 젊은 여자를 납치해 전쟁터로 보낸다는 소문을 들었기에 윤희 씨의 안전을 걱정하며 노심초사했다.

윤수 씨 아버지는 딸을 찾아 여러 날을 헤맸지만 이미 윤희 씨가 또래 여자들과 함께 북으로 끌려갔다는 사실을 알게 되었다. 윤수 씨는 중국 북부에 머무는 동안 계속 윤희 씨를 찾아보았다. 명이 아저씨가 병이 들어 집으로 돌아올 때까지 그는 여동생 찾기를 멈추지 않았다. 그러다 전쟁이 끝난 후, 윤수 씨는 그제야 윤희 씨와 함께 있었다는 젊은 여자를 만나게 되었다. 그리고 그녀로부터 윤희 씨가 죽었다는 소식을 들었다고 한다.

이야기를 나누며 울고 있는 두 사람을 보니 나도 감정이 복받쳐 올라 따라 울었다. 그리고 그들에게 나도 윤희 씨를 알고 있으며 명이 아저씨가 그녀의 죽음을 알고 얼마나 슬퍼했는지 말해주었다. 윤희 씨에 관한 이야기는 내게 커다란 충격이었다.

일본이 패망했을 때, 일본군에 의해 전쟁터에 끌려갔던 '위안부'들은 풀려났고 어떤 이들은 집으로 돌아왔다. 그리고 그들 중 몇몇 용기 있는 여자들이 일본군이 자행한 흉악한 일들에 관하여 공개적으로 발언하기 시작했다.

그들의 이야기를 들으며 그런 일이 윤희 씨에게만 일어난 사건이 아니라는 것을 알게 되었다. 그것은 상상하기조차 힘든 악행이었다. 어린 여성에게 얼마나 끔찍한 일인가? 말할 수 없는 분노가 끓어올랐다. 이러한 '위안부'들의 이야기는 듣기만 하고 그냥 지나칠 일이 아니었다. 그 이야기를 다른 사람들도 알아야 한다는 생각이 들었다.

군인을 찌르고 자신을 찌르다

1990년 '위안부 배상' 문제가 제기되었을 때 나는 윤희 씨를 떠올렸고 그녀의 이야기를 세상에 알릴 필요가 있다고 생각했다. 어린 시절 명이 아저씨에게 윤희 씨 이야기를 들었을 때는 일본인이 얼마나 나쁜 짓을 저질렀는지 구체적으로 알지 못했다. 내용을 잘 알지는 못했지만, 명이 아저씨가 고통스러워하는 모습을 보며 나도 덩달아 마음이 너무 아팠다.

해방이 되자 '위안부'에 관한 이야기가 들리기 시작했다. 윤수 씨로부터 윤희 씨가 어떻게 싸웠고, 또 죽게 되었는지 알게 되자 비로소 위안부의 상황이 얼마나 끔찍했는지 이해할 수 있었다. 내가 들은 윤희 씨의 삶은 어린 나에게 커다란 충격을 주었고 그녀의 이야기를 글로 써야겠다는 다짐을 하게 했다.

'위안부 배상' 문제는 단순히 몇몇 여성을 위한 투쟁이 아니다. 여성의 권리와 인류의 정의를 위한 투쟁이다. 그래서 나는 명이 아저씨와 윤수 씨에게서 들은 정보를 바탕으로 윤희 씨에게 무슨 일이 일어났는지 재구성을 해보았다.

　　하굣길이 좀 늦어진 날이었다. 윤희는 친구와 헤어져 집으로 향했다. 수업 도중에 웃었다는 벌로 이틀째 늦게까지 남아 청소를 하고 오는 길이었다. 선생님에게 왜 웃었는지 변명했더라면, 아마 그 주 내내 교실 청소를 해야만 했을 것이다.

　　학생들은 몇 명씩 교대로 교실 청소를 했지만, 옳지 않은 행동을 하면 그 벌로 청소를 더 해야 했다. 책상의 먼지를 털고, 마루를 쓸고, 지하실에 있는 청소부 방에 가서 양동이에 물을 떠다가 책상 위를 훔치고, 칠판을 닦고 책장을 정리했다. 이 모든 것이 담임 선생님의 감독 아래 이루어졌다.

　　윤희는 고등학교 2학년이었고 1년만 더 다니면 졸업이었다. 어머니는 벌써 그녀를 시집보낼 생각을 하고 있었다. 윤희는 어머니가 아버지에게 요즘 중매쟁이들이 대학을 졸업한 처녀들을 우선적으로 중매하려 한다는 얘기를 엿들었다.

　　윤희는 대학 진학을 할 예정이었지만, 결혼을 해야 한다면 윤수 오빠의 제일 친한 친구이자 자기가 친오빠처럼 따르는 명이 오빠와 하고 싶었다. 명이 오빠도 윤희를 친동생처럼 대해주었으므로 다른 사람과는 결혼을 하고 싶지 않았다.

　　하늘은 어느새 오렌지 빛깔에서 청보라빛으로 바뀌고 있었고 저녁 먹을 시간이 가까워지자 거리는 서서히 조용해졌다. 길가에서 저녁밥 짓는 냄새가 풍겨오자 갑자기 배가 고팠다.

그런데 뒤에서 차가 오는 소리가 들렸다. 그녀는 뒤돌아보지 않고 차가 비켜 가도록 벽 쪽으로 몸을 붙였다. 군용 트럭 한 대가 천천히 그녀에게 다가왔다. 뒤에서 누가 잡는가 했는데 트럭에 강제로 실렸고 속력을 내어 달리는 바람에 겁이 나서 소리도 지르지 못했다. 1937년 여름에 생긴 일이었다.

기차로 옮겨져 며칠 동안 북쪽을 향해 갔다. 기차가 한국과 만주의 접경인 압록강을 지날 무렵에는 열일곱에서 스물세 살쯤 되는 처녀 24명이 함께 지내게 되었다. 윤희처럼 길에서 붙잡혀 온 사람도 있었고, 좋은 일자리를 약속받은 사람도 있었다. 또 어떤 이는 간호학교로 가는 것으로 알고 있기도 했다.

일본 군인들은 그들을 밤낮으로 감시했다. 기차는 자주 멈췄다. 몇 시간 멈출 때도 있었고, 며칠 멈춰 서 있기도 했다. 기차 밖으로는 나갈 수 없었고 외부와의 연락도 불가능했다. 기차에서 먹고 기차에서 잤다. 서울을 떠난 지 한 달 후 만주 어딘가에 내렸는데 그때부터 비극은 본격적으로 시작되었다.

여자들은 2층짜리 건물로 끌려들어 갔다. 목욕과 식사를 마친 후 좁은 칸막이 방으로 들어가자 몇 시간 휴식이 주어졌다. 그러는 사이 밖에서 트럭들이 도착하는 소리가 들렸다. 일본 군인들을 잔뜩 태운 트럭들은 전쟁터에서 온 것이었다. 군인들은 먼지투성이였으며 지쳐있었다. 그들은 차례대로 방에 들어왔으며 여자들은 군인 한 사람당 20분씩 상대해야 했다.

군인들을 상대하고 나면 다음 트럭이 도착할 때까지 휴식이 주어졌다. 어느 날 저녁 식사 후 길자라는 여자가 윤희에게 소문을 들었느냐고 물었다.

"일주일간 할당 횟수의 곱절을 하면 여기서 나가게 해준대."

윤희는 길자와 기차 안에서 만났는데 길자는 평양에서 기차에 탔다고 한다.

첫날 밤 감시병은 계속 우는 길자에게 조용히 있지 않으면 때리겠다고 위협했다. 윤희는 떨고 있는 길자를 밤새 안아주었고 다음 날 아침이 오자 먹을 것을 가져와 아무것도 먹지 않겠다는 그녀를 타일러가며 억지로 먹였다. 길자는 윤희보다 한 살 아래였지만 몸매가 가냘파서 훨씬 더 어려 보였다. 성악을 공부했던 그녀의 꿈은 오페라 가수가 되는 것이었다.

"길자야, 너는 정말 그렇게 할 생각이니?"

"다른 방도가 없잖아. 이런 식으로는 더는 못 견디겠어."

"두 배로 이 짓을 하려면 하루에 삼십 명을 상대해야 한다는 건데, 그러다가 죽을 지도 몰라. 너는 몸도 약하잖아."

윤희는 길자의 건강이 걱정되었다. 4주 전에 낙태수술을 한 후 길자는 입맛을 잃고 계속 피곤해하던 터였다. 의무부대는 정기적으로 여자들에게 성병과 임신 검사를 했다. 그동안 길자는 낙태수술을 세 번이나 했고, 성병 치료를 수없이 받아야 했다. 다른 여자들이 모두 말렸지만 길자는 자유를 찾기 위해 그 방법을 택했다.

곱절로 병사를 받은 지 나흘이 지나자, 길자는 일어설 기운도 없었다. 윤희는 길자가 열이 나고 어제 마지막 남자를 받고 난 후 계속

출혈을 하고 있다는 것을 알고 있었다.

길자는 그 이튿날도 출혈을 계속하다가 의무부대에서 보낸 위생병이 다녀간 후, 이틀 만에 죽었다. 길자가 죽자 윤희도 살아갈 의욕을 잃었다. 희망이 보이지 않았다. 여기서 도망친다 한들 어디로 갈 것인가? 집으로 돌아가는 것은 불가능한 일이었다. 집안망신일 뿐만 아니라, 명이 오빠는 또 무슨 낯으로 볼 것인가? 여기서 도망칠 수 있는 유일한 방법은 자살뿐이었다. 그 길만이 명예로운 일이었다.

그녀는 기회를 엿보았다. 군인들은 원래 무기를 가지고 방에 들어오는 것이 금지되어 있었는데 어느 날 군인의 옷 속에서 작은 군도를 발견했다. 그녀는 군인이 일을 끝냈을 때 칼을 들어 그를 찌르고 나서 자신을 찔렀다.

누가 위안부 이야기를 할 때마다, 나는 자세히 귀를 기울였다. 들으면 들을수록 윤희 씨에게 일어난 일이 사실로 다가왔다. 1992년 토론토에 있는 KCWA 캐나다한인여성회가 '위안부 배상'이라는 주제로 회의를 열었다. 그때 69세인 위안부 출신 여인이 자신이 겪은 일을 들려주었다. 그 이야기를 들으니 명이 아저씨와 윤수 씨에게 들은 얘기가 새록새록 다시 기억났다.

장 노인의 책방

해방 후 한국인들에게는 일대 혼란이 일어
났다. 국토 분단의 비극 중에도 사람들은 새 출발의 희망을 품고
있었다. 하지만 물자가 부족했기에 어느 것 하나 쉽지 않았다.
남한의 초대 대통령 이승만 박사는 미국의 강력한 지원 아래 새
로운 정부를 세우려고 분투했다. 하지만 어려움이 많았고 그것
은 교육현장도 마찬가지였다.

아이들을 가르칠 교사들이 충분치 않았고 한국어로 된 교과서
도 없었다. 그런데도 모든 학교가 수업을 계속했고 어린이들에
게 한국어 교육을 시키기 위해 온 힘을 기울였다.

많은 대학생이 자원봉사로 아이들을 가르쳤고 그룹을 지어 농
촌으로 내려가 그곳 사람들을 지도하기도 했다. 모든 과목의 책
과 인쇄물이 부족했다. 인쇄소들이 서둘러 인쇄를 했지만, 책과
인쇄물들은 출판되자마자 금방 동이 나곤 했다.

영천동 우리 집 가까이 있는 시장에는 과일가게와 구둣방 사

이에 기울어진 판잣집이 한 채 있었다. 장 노인의 책방이었다. 장터는 떠들어대는 장사꾼들과 콩나물과 두부 등 저녁 찬거리를 사러 나온 주부들로 가득했고, 책방 안은 방과 후에 아이들이 모여 만화나 동화를 읽고 그림책을 뒤적이느라 붐볐다.

책방은 늘 만원이었다. 먼지가 많고 어두컴컴했지만 아이들에게는 천국과 같았다. 그곳에서 책에 빠져있노라면 책방 밖에서 나는 소리가 귀에 들어오지 않을 정도였다.

장 노인은 책을 조심스럽게 다루기만 하면, 책을 읽거나 뒤적이는 것을 개의치 않았다. 그는 아이들이 책방에 오는 것을 반겼고, 글을 잘 읽지 못하는 아이들에게 책을 읽어주기도 했다.

책방에 있는 책들은 대부분 장 노인이 모은 헌책이었고, 책을 기증한 사람에게는 책방의 어떤 책이라도 빌려 볼 수 있는 특권을 주었다. 사람들이 다양한 책을 가져오자, 장 노인 책방에는 책이 점점 늘어났다. 일본인 눈을 피해 숨겨놓았던 책들이 밝은 세상으로 드디어 나온 것이다. 우리말로 된 책에 허기져 있던 사람들은 그 책들을 귀하게 여기며 읽었다. 나는 이 책 저 책 넘겨보다가 한 권을 고르면 셈을 하고 책방에서 나오기 전부터 읽기 시작하곤 했다.

사 온 책을 다 읽은 후 책방에 다시 가져가면 10원 정도만 내고 다른 책을 가져올 수 있었다. 10원이 큰돈은 아니었지만 장 노인은 그것마저도 내기 힘든 아이들에게는 그렇게 다른 책을 그냥 빌려주곤 했다.

내 또래의 남주라는 아이는 책방에서 읽기만 하고 사는 일이 거의 없었다.

"남주야, 너 이 헌 책 손질하는 것 좀 도와줄래?"

어느 날 장 노인은 풀 그릇과 솔을 가지고 나오면서 말했다. 그는 남주에게 헌책을 손질하는 요령을 가르쳐주었다. 그리고 남주가 일을 도와주자 어느 책이든 빌려볼 수 있도록 해주었다.

내가 새로 산 책에 코를 박고 읽자 어머니가 물어보셨다.

"이번에는 또 무슨 책이냐?"

몇 주 전에 내가 한글로 된 책들을 즐겨 읽는 것을 보신 후부터, 어머니는 책에 실린 이야기들이 궁금하신 모양이었다. 어머니는 글자를 배울 짬이 없었다. 그래서 나는 동생들이 잠이 들면, 가끔 큰 소리로 어머니에게 책을 읽어드리곤 했다.

"이건 '황룡'이라는 책인데, 중국 왕실에서 일하는 어린 여종에 관한 이야기예요."

"너 혼자 먼저 읽지 말고 오늘 저녁까지 기다려."

"엄마! 벌써 다섯 장이나 읽어드렸는데 더 읽으란 말이에요?"

나는 가끔 이렇게 투덜거리기도 했다. 그럴 때면 어머니는 잠시 망설이다가 호주머니에서 책 한 권을 살만한 돈을 꺼내어주셨다. 나는 이런 식으로 새 책을 한 권 더 살 수 있었으므로 돈을 받게 되면 곧장 책방으로 달려가곤 했다. 그런 나를 보고 장 노인이 물었다.

"벌써 다 읽었냐?"

"아니요. 할아버지, 이번엔 우리 엄마를 위해 사려고 하는데, 할아버지가 한 권 골라 주시겠어요?"

장 노인은 어머니에게 알맞은 책을 골라 주셨다. 그것은 욕심 많은 형과 가난하고 착한 동생에 관한 '흥부와 놀부'였다. 나는 매일 저녁 어머니가 바느질을 하고 계실 때마다 큰 소리로 책을 읽어드렸다.

장 노인은 이런 방법으로 독서가 얼마나 중요한 것인지 마을 어른들과 아이들에게 알려주셨다. 무엇보다 그의 책방과 책 속에 담긴 이야기에 어머니가 관심을 갖게 되자, 나는 더욱더 독서를 좋아하게 되었다.

딸만 낳은 이모

나는 큰 이모부를 멋진 사람이라 여겼다. 이모부는 삶과 술을 즐기는 낙천적인 분이었다. 그런데 큰이모 시어머니가 큰이모를 구박한 얘기가 집안사람들의 귓속말을 통해 계속 들려왔다.

어느 날 나는 그 얘기가 사실이란 걸 알게 되었다. 지금도 열세 살 때 있었던 그 일이 선명하게 기억난다. 무슨 이유였는지 이모는 친정으로 쫓겨와 있었고, 며칠 후 이모부가 이모를 데리러 오셨다. 이모부는 근처에 있는 외갓집에 곧장 가지 않고 우리 집으로 먼저 왔다. 어머니는 벌써 알고 있었다는 듯 재빨리 남동생 재호를 할머니 집으로 보냈다.

"순호 어미 데리러 왔어요. 지금 어디 있어요? 집안일도 내팽개치고 친정에 며칠이나 있으니 도대체 이게 말이 됩니까?"

이모부가 술을 마시긴 한 것 같았지만 그리 취한 것 같지는 않았다. 어머니는 급히 사 온 막걸리와 안주를 내놓았다.

"형부 말이 맞아요. 집을 오랫동안 비운 건 큰 잘못이지요."

어머니는 이모부가 무슨 말을 하든 맞장구를 치며 달래보려고 했다. 그리고 얼마 지나지 않아 외할머니가 오셨다. 외할머니는 이모부에게 바쁜 사람이 몹쓸 마누라를 찾으러 와주어 고맙다고 했다. 그러고는 이모부를 외갓집으로 데리고 가셨다.

내가 태어나기 몇 해 전에 할머니는 중매쟁이를 멀리까지 보내어 9남매 중에서 가장 아끼는 딸을 위해 좋은 신랑감을 찾아보려고 애썼다고 한다. 신랑감으로 선택된 사람은 딸보다 두 살이 어렸고 7남매 중 맏이였다. 양가 모두 좋은 짝이라고 생각했다. 신부 나이가 신랑보다 많은 것이 오히려 시어머니를 도와 여러 명의 시동생을 키우는 데 더 적합할 것이라고 여겼다.

한국 가정은 부계 중심이지만 집안 살림은 주부의 책임이었으므로 식구 많은 대가족 안에서 아이 키우기, 생일잔치, 혼례, 제사 등 집안 행사는 며느리의 책무였다. 그리고 새 며느리의 첫번째 의무는 대를 이을 아들을 낳는 것이었다. 그런데 이모가 첫딸을 낳자 시어머니는 이모를 친정으로 보내며 말했다.

"네 어머니에게 자식 교육을 제대로 시키지 못했다고 전해라. 우리 이씨 가문은 항상 아들을 먼저 낳는다."

내가 듣기로는 할머니가 이모 시댁에 찾아가서 대문 밖에서부터 기다시피 몸을 낮추고 들어가 시어머니에게 용서를 빌고 산모인 이모를 다시 받아주십사 간청했다고 한다.

이모가 둘째를 임신하자 할머니는 절에 찾아가 불공을 드리고, 아들 낳는 데 도움이 된다는 온갖 약을 이모에게 보내주셨다. 하지만 이모가 두 번째도 딸을 낳자 시어머니는 불같이 화를 냈다고 한다. 이모는 다시 갓난아기와 함께 친정으로 보내졌다.

"그 애가 진씨 가문 딸이라 그렇다. 이씨 가문에는 그런 일이 없어. 네 친정어머니도 아들 낳기 전에 딸만 셋을 낳았더구나!"

마음 여린 이모부가 자기 어머니의 말을 거역할 용기가 있을 거라고는 아무도 기대하지 않았다. 그때 한국 가정에서 며느리라는 자리는, 시댁에서 당당한 일원으로 제대로 대접받지 못하던 시절이었다. 시어머니는 며느리를 구박할 권리가 있으며 생트집을 잡아 친정으로 쫓아버리기도 했다.

신혼부부는 대부분 시댁에서 시집살이를 했으며, 시어머니는 자신이 혹독한 시집살이를 했으니 며느리도 똑같이 시집살이로 단련시켜야 한다고 생각했다. 예전에는 결혼식을 정식으로 올리기도 전에 어린 여자아이가 나이가 찰 때까지 살림을 가르친다는 구실로 신랑이 될 사람 집에서 지내게 하며 종처럼 부리기도 했다.

나의 어머니는 시부모가 이미 돌아가셨고 우리 아버지가 작은 아들이었으므로 이런 시련은 피할 수 있었다. 그런데도 어머니 역시 아들을 낳아야 한다는 강박관념에서 벗어날 수 없었기에 아들이 태어날 때까지 딸인 나에게 남자아이 옷을 입혔다.

나는 시어머니와 참으로 다정하게 지냈다. 나를 조건 없이 반기며 무리한 것을 요구하지 않았던 캐나다인 시어머니를 만난 것이 다행이라는 생각이 들기도 한다.

일본에서 돌아온 조선 사람, 일본댁

아버지는 1922년 일본에서 일할 때 한국인을 한 분 알게 되었다. 두 분 다 농부의 아들이었고 살아온 배경이 비슷했던 터라 금세 가까워졌다.

생존조차 위협받던 외국에서의 삶은 외로웠고, 두 사람은 경제적으로 정신적으로 모든 면에서 서로 의지했다. 단순한 우정을 넘어 형제처럼 가까워져서 의형제를 맺을 정도였다.

1931년 아버지는 할아버지의 병환이 위중하다는 소식을 듣고 한국으로 돌아오셨지만 일본에 남은 그 친구분과 연락을 계속 이어갔다. 그러다 한국이 해방되자 일본에 살던 많은 한국인이 귀국했고 아버지의 친구도 귀국했는데, 우리는 그를 '의삼촌'이라 불렀다. 그는 가족과 함께 과부가 된 여동생도 데리고 왔다.

의삼촌은 가족과 함께 고향으로 내려갔지만, 우리가 '일본댁'이라고 부르던 그의 여동생은 우리 집이 있는 영천동에 머물기로 했다. 그녀는 힘든 일도 가리지 않고 척척 해내는 생활력 강한 여성이었다. 그녀는 이웃에 방 한 칸을 얻고 장터에 나가 닥치는 대로 온갖 막노동을 했다. 그리고 가끔 저녁 무렵에 우리 집에 놀러 와서 일본에서 어떻게 지냈는지 얘기해주곤 했다.

일본댁은 한국 사람들이 많이 거주하는 히로시마에서 남편과 딸 정옥이와 함께 살았다고 한다. 그리고 일본댁은 오빠 집 근처 공중목욕탕 종업원으로, 남편은 남의 집 정원사로, 딸은 식당 종업원으로 일했다.

1945년 8월 6일은 히로시마에 원자폭탄이 투하된 역사적인 날이었다. 일본댁은 목욕탕에 일하러 가서 목욕물을 데울 불을 지피러 지하실에 있었는데 공습 사이렌 소리가 들려왔다. 그녀는 보일러 문을 닫고 지하실 구석으로 몸을 피했다. 살아오는 동안 그녀는 온갖 종류의 재난에 대피하는 요령을 터득한 터였다. 지진이 일어났을 때는 밖으로 나가야 하고, 공습이 있을 때는 지하로 내려가야 하는 것 등.

원자폭탄이 폭발했을 때 그녀는 지하실에 그대로 머물러 있었다. 건물이 무너져 내리고 사람들이 아우성을 치며 뛰어가는 소리가 들렸다. 한순간 목욕탕으로 올라가는 계단이 무너지고 지하실로 물이 흘러내렸다. 지하실은 금방 물에서 피어오르는 김과 연기로 가득 찼다.

그녀는 물에 적신 목욕 수건으로 얼굴과 목을 감쌌다. 그리고 바깥이 조용해질 때까지 한참 동안 머물러 있다가 몸에 묻은 것들을 조심조심 털고 일어났다. 천만다행으로 다친 데는 없었다.

주변의 잔해를 걷어내며 밖으로 나오니, 무너진 건물에서 아직도 연기가 피어오르고 있었다. 사람들이 서로 돕고 있었는데 심한 부상을 입은 사람들도 있었다. 일본댁은 퍼뜩 폭탄이 떨어질 때 가족들이 그대로 집에 있었는지도 모른다는 생각이 들었다. 그래서 경비원이 시내로 들어가지 못하게 막았지만, 집을 향해 뛰기 시작했다.

집은 온데간데없이 사라졌고 가족들도 보이지 않았다. 그녀는 남편과 딸을 찾아 임시로 설치된 병원들을 이곳저곳 뒤져보았지만 끝내 찾지 못했다. 일본댁은 폭격 후 그곳에서의 삶에 대해서는 입을 다물었다. 그녀가 목격한 방사선 화상과 후유증에 시달리던 사람들의 비참한 모습은 말로는 도무지 설명할 수가 없었기 때문이다.

그녀 오빠의 집도 많이 부서지기는 했지만 불행 중 다행으로 가족들은 무사했다. 그래서 오빠네 집에 머물렀는데 그곳에서 지내는 게 쉽지만은 않았다. 그러다 두 번째 원자폭탄이 나가사키에 떨어졌고 일본은 무조건 항복했다. 뒤이어 미군이 상륙하자 일본댁과 일본댁의 오빠인 의삼촌 가족은 한국에 돌아가기로 결정했다고 한다.

일본댁은 전후 한국 여인들 삶 중에서도 극단적인 사례이긴 하다. 그녀는 누가 '얼마나 고생이 많았느냐'고 묻기라도 하면 항상 어깨를 으쓱하면서 '그렇게 살아가는 거지, 뭐' 하고 대답했다. 일본에서나 한국에서나 그녀는 어려운 삶에 익숙해져 있었다.

그녀는 참으로 강인한 여성이어서 우리 어머니에게 큰 힘이 되어주었다. 늘어나는 우리 집 살림살이에 추석이나 설 등 집안에 큰일이 있을 때마다 서슴없이 나서서 거들었다. 김장도 큰일 중 하나였는데 부탁하지 않아도 도맡아 일을 해주곤 했다. 그녀는 그런 일을 항상 즐겁게 웃는 얼굴로 했으며 불평하지 않았다.

중학교에 못 간다는 건 알았지만!

대문 안에서 담임 선생님과 아버지의 목소리가 들렸다.

"재숙이는 아주 뛰어난 학생입니다. 학교 졸업생 중에서 2등이고, 서울 시내 전체 졸업생 중에서 6등 안에 들어요."

"그렇게 말씀해주시니 고맙습니다. 애 어멈도 재숙이가 공부를 잘한다는 걸 알고 있습니다. 그런데 우리에겐 재숙이 말고도 아이가 다섯입니다. 재숙이 아래로 아들이 둘이나 있어요."

"충분히 이해합니다. 그런데 입학 기부금으로 쌀 두 말만 내면 됩니다. 그건 사실 월사금 흉내만 내는 거지요."

"우리도 잘 압니다. 그런데 애가 입학이 되더라도 우리 집 형편으로는 월사금을 계속 낼 수가 없어요."

나는 선생님과 아버지가 나누는 이야기를 들으며 소리 없이 문을 닫고 집을 빠져나왔다. 눈앞이 캄캄해지고 귀에서 윙윙거리는 소리가 났다. 볼에는 눈물이 흘러내리고 숨이 잘 쉬어지지 않았다. 정처 없이 시장거리를 걸었다.

무슨 일인지는 이미 알고 있었다. 아버지가 내가 아닌 남동생들이 진학해야 하는 이유를 이미 설명하시지 않았던가. 새삼스럽게 마음 아파할 이유가 없었다.

1949년 봄, 나는 6학년을 마치고 초등학교를 졸업했다.

"재숙아, 일단 입학시험을 쳐보자. 만약 기부금 없이도 합격이 되기만 하면, 어떻게 할지 궁리해 볼게. 조금만 더 두고 보자."

그날 저녁 집에 돌아왔을 때 아버지는 이렇게 절충안을 내어놓으셨다. 너그러운 제안이었지만, 월사금을 낼 형편이 못 된다는 것을 나도 잘 알고 있었다. 내 졸업 성적은 어느 중학교에 지원해도 될 정도로 우수했다. 그리고 좋은 중학교에 다니면 자연히 고등학교도 좋은 학교로 진학할 수 있을 것이다.

나는 가장 좋은 중학교를 선택했다. 좋은 학교 졸업생들은 취직이나 결혼을 할 때도 그만큼 유리한데, 그런 경쟁은 중학교 입학시험에서부터 시작되었다. 상위권 학교의 입학 경쟁은 아주 치열해서 교직원에게 뇌물을 주는 것이 하나의 관행이었다. 입학을 결정하는데 시험 점수 못지않게, 부모들이 낼 수 있는 뇌물의 금액과 부모가 그 학교 졸업생 중에 영향력 있는 사람을 알고 있느냐 여부에 달렸다는 말도 있었다.

"학교 수준을 좀 낮추면 기부금 없이 합격할 수도 있을 거다."

담임 선생님은 이렇게 충고하셨다. 하지만 내 생각은 달랐다.

"선생님, 아버지가 저를 중학교에 보내줄 형편이 아니라는 거 저도 잘 알아요. 그러니 어차피 진학 못 할 바에는 제일 좋은 학교에 응시했다가 떨어졌다는 말이라도 듣고 싶어요."

드디어 합격자 발표가 있던 날, 혼자 그 학교로 걸어갔다. 게시판에 붙어 있는 150여 명의 명단을 보기도 전에, 나는 내 이름이 없을 거라는 걸 알고 있었다. 그런데도 명단을 두 번이나 훑어보았다. 예상했던 대로 내 이름은 없었고 이상하게 마음이 차분해지며 안도감이 온몸을 감쌌다. 아버지의 체면을 세워주고 의무감에서 벗어나게 해드렸다는 느낌이었다.

하지만 그 안도감은 천천히 그리고 강렬하게 절망감으로 바뀌었다. 커다란 문이 내 앞에서 쾅 소리를 내며 닫히는 것 같았다. 당연하게 생각했던 태평스러운 시절은 끝나버렸고 이제 새로운 삶이 시작되고 있었다. 장애물과 닫힌 문들이 가로막고 있는 그 너머에 미지의 세계가 펼쳐질 예정이었다. 그 미래를 어떻게 만들어 갈 것인지는 내게 달렸다. 그대로 주저앉아 불운에 대해 남 탓만 할 게 아니었다. 나는 남들이 나를 불쌍하게 여기지 않도록 하겠다고 다짐했다.

합격자 명단을 맴돌고 있는 수많은 학생과 가족들의 환성 그리고 탄식을 뒤로하고 집으로 향했다. 집에 앉아 있기가 아까울 만큼 화창한 봄날이었다. 겨울의 추위에서 해방된 기분에 아이들은 소리를 지르며 달렸다. 그러나 내 마음은 봄날이 아니었다. 피할 수 없는 겨울 추위가 다가오고 있는 가을날 같았다.

그럼에도 불구하고 삶은 계속된다

그해 봄, 돈도 벌고 좋지 않은 기억들도 잊어버릴 겸 이런저런 일들을 시도해보았다. 그중에는 채소 장사도 있었다.

우리 집 앞 시냇가는 그즈음 장터가 되어가고 있었다. 사람들은 매일 물건들을 가져와 냇가에 좌판을 벌이고 팔았는데 기둥을 박고 판잣집을 지어 가게를 차리기도 했다. 어느새 주변에 사는 주부들이 식재료를 사 가는 편리한 장소가 된 것이다. 일터에서 돌아오는 사람들은 전차에서 내려 이곳에서 장을 보고 집으로 돌아가곤 했다.

아버지의 목공소 앞은 작은 좌판을 벌여놓고 채소를 팔기 적당한 곳이었다. 우리 집에서 영천고개를 넘어 북쪽으로 한 시간가량 걸어가면 농부들이 채소를 재배하는 곳이 있었다. 도시에 내다 팔 먹을거리를 농사짓는 곳이었다.

나는 새벽이면 친구들과 함께 장사꾼들을 따라 그곳에 가서 채소를 사 왔다. 그러고는 아침밥을 재빨리 먹고 좌판에 채소를 늘어놓은 후 다 팔릴 때까지 자리를 지켰다. 매일 그 일을 계속했다. 신선한 채소들을 살 수 있는 만큼 사 가지고 왔는데 시금치도 있고 청경채도 있고 파와 셀러리도 있었다. 단골손님들이 생기기 시작하자 그들이 주문하는 것들도 가져다 놓았다. 말하자면 "어제 여기서 산 시금치가 싱싱해서 좋았는데, 내일 좀 더 갖다 주세요"하는 식이었다.

매일 채소를 구하러 가면서 함께 다니는 다른 장사꾼들과 이런저런 이야기를 나누기도 했다. 그중 한 노인은 일행을 즐겁게 해주기 위해 재미있는 이야기를 자주 들려주셨다.

그가 한 얘기 중에서 지금까지 기억에 남는 것은 그의 할아버지가 살아계시던 시절에는 호랑이들이 내려와 고개를 넘는 사람들을 공격했다는 얘기였다. 그래서 밤에 영천고개를 넘어야 할 때는 여러 사람이 모여 함께 갔다고 한다. 걸어가며 큰 소리를 치기도 하고 물건들을 두드려 소리를 내 호랑이들이 내려오지 못하게 했다는 것이다.

예전에 한반도에는 호랑이들이 많았고, 호랑이를 영물로 여겼으므로 관련된 이야기들이 많이 전해지고 있다. 이야기꾼들은 아주 옛날이야기라는 것을 강조하기 위해 '옛날 옛적 호랑이가 담배 먹던 시절에……' 하는 식으로 이야기를 시작했다. 그 이야기를 들으며 호랑이와 마주치면 어떻게 해야 하나 가끔 상상하기도 했다.

채소 장사는 재미있었다. 내게 독립심을 길러주었고 목적의식도 가지게 했다. 그것이야말로 그때의 나에게 꼭 필요한 것이었다. 돈을 얼마나 벌었는지는 정확히 기억나지 않지만 그 돈으로 두 남동생의 학용품이나 달걀처럼 집에 필요한 것들을 꽤 살 수 있었다. 닭을 한 마리 사갖고 온 적도 있었다.

그때 내게 힘이 되었던 말이 있다. 그것은 바로 일본댁의 좌우명인 '그럼에도 불구하고 살아가는 거야'라는 말이었다. 나는 학교에 가지 못했지만, 꿈을 잠시 접어야 했지만, 그럼에도 불구하고 일어서서 앞으로 나아가야 했다. 살아야 했기 때문이다.

운명의 다리가 되어준 무당집

우리 집에서 좀 떨어진 곳에 작은 공터가 있었다. 거기서 아이들은 여러 가지 놀이를 하곤 했다. 채소를 팔고 나면, 나는 여동생 재순이를 등에 업고 그곳으로 자주 갔다.

공터 옆 집에는 두 여자가 살고 있었는데 한 명은 몸이 호리호리하고 자그마한 중년이었고, 다른 한 명은 키가 크고 나이가 더 든 여자였다. 그들은 이웃 사람들에게 공손했지만, 별로 어울리지는 않고 살았다.

나이 든 여자는 은행 이발사여서 매일 아침 출근을 했고, 젊은 여자는 무당으로 집에 있을 때가 많았다. 이웃 사람들은 그들이 사는 집을 '무당집'이라고 불렀다. 한국인들은 다른 사람의 신앙에 관대했고 민속적인 신앙이 유교나 불교와 공존했다. 무속인도 종류가 다양했다. 무당의 역할은 굿 춤을 추거나 정교한 의식을 통해 사람들이 영적 세계와 교감하도록 돕는 것이었다.

어느 날 친구들과 공터에서 공기놀이를 하고 있었는데 남자아이들이 와서 공차기를 하겠다며 비키라고 했다. 우리는 구석으로 자리를 옮겼지만 한 남자아이가 공을 세게 차면서 장소가 너무 좁다고 투덜거렸다. 그러다가 그 애가 걷어찬 공이 담장을 넘어 그 무당집 마당에 떨어졌다.

"이봐! 너희들 때문이야! 너희 잘못이니까 너희가 공 찾아와!"

남자아이가 소리쳤고 결국 내가 그 공을 찾으러 가야 했다. 내가 동생 재순이를 좀 더 안전한 자세로 고쳐 업자, 잠에서 깬 재순이가 칭얼거리기 시작했다.

들여보내 주지 않을까 봐 마음이 조마조마했지만, 어쩔 수 없이 무당집 문을 두드렸다. 잠시 후 조용히 문이 열리고 예쁜 한복을 입은 자그마한 여자가 미소를 지으며 내다보았다. 그전에도 그녀를 길에서 몇 번 보았지만 이렇게 얼굴을 마주하는 것은 처음이었다. 아주 아름다운 여인이라고 느껴졌다.

"죄송하지만 공이 마당으로 떨어졌는데요, 가져가도 될까요?"

나는 마당을 내려다보면서 작은 목소리로 사과하듯 말했다.

"물론이지. 잠깐 기다리면 내가 가져다줄게."

그녀는 문을 열어둔 채 안으로 들어갔다. 등에 업힌 동생은 계속 칭얼대며 울었다. 달래기도 하고 나도 쉴 겸 재순이를 땅에 내려놓았다. 그녀는 공을 가지고 나오더니, 내가 공을 돌려주고 오는 동안 동생을 봐주겠다고 했다.

재순이를 잠시나마 등에서 내려놓고 몸을 펼 수 있어서 좋았으므로 얼른 공터로 뛰어갔다. 그리고 잠시 후 돌아와 보니 그녀가 재순이와 놀아주고 있었다. 재순이는 누군가가 놀아주는 것이 좋았는지 소리 내어 웃었다.

"시원한 것 좀 마실래? 동생도 목이 마를 거야."

그녀가 내게 재순이를 넘겨주었다. 나는 고맙다고 말하며 그녀를 따라 집 안으로 들어갔다. 집 안은 정갈했고 멋져 보였다. 내부는 다양한 벽걸이, 세련된 가구와 도자기들로 장식되어 있었다. 아름다운 청색 도자기 주전자를 바라보고 있는데 그녀가 쟁반에 잣을 띄운 수정과를 받쳐 가져와 마시라고 권했다. 그녀가 동생에게 수정과를 먹여주는 동안 나는 편하게 앉아 수정과를 맛있게 마셨다.

무당인 그녀는 방안에 걸려 있는 벽걸이들을 비롯하여 여러 물건들의 배경과 의미를 설명해 주었다. 짧은 시간이었지만 아름다운 방에서 얘기를 들으며 쉬는 것이 즐거웠다. 마치 시원하고 편안한 오아시스에 잠시 머무는 기분이었다.

그 후로도 핑곗거리를 만들어 그 집에 자주 찾아갔고 그녀는 친절하게 맞아주었다. 갈 때마다 그녀는 마실 것과 먹을 것을 내어주며 내가 마치 어른 손님이라도 되는 것처럼 대했다. 그리고 집안 분위기가 불편하거나 어색한 느낌이 전혀 들지 않았고 즐겁고 편안해서 내게 늘 위로가 되었다.

그녀는 가끔 우리 식구들의 안부를 물었고 장래의 꿈과 계획을 묻기도 했다. 어떤 때는 마음이 편치 않은 사람들을 위한 치유 방법인 무속에 관해 설명해주기도 했다. 약초의 의학적인 사용법을 알려주기도 했고, 건강을 위해 육신과 정신을 함께 치료해야 하는 필요성도 설명해 주었다.

그 집에 가 있을 때 나이 든 여자 이발사가 일터에서 돌아오면, 그녀로부터 그날 있었던 얘기를 듣기도 했다. 무당인 그녀가 이발사를 대하는 모습은 다소곳한 주부가 퇴근하고 돌아오는 남편이나 다른 어른들을 대하는 모습 같았다.

하루는 무당이 무속 의식을 하는 것도 구경했다. 2년 전에 이웃집 아들이 물에 빠져 죽었는데, 그 후 그 집은 제대로 되는 일이 없다고 했다. 죽은 아들의 넋이 아직도 주변을 떠돈다고 여기는 것 같았다. 가족에게 작별인사를 제대로 하지 못해 저승으로 가지 못하는 것이라며 아들이 평화롭게 이승을 떠날 수 있도록 무당에게 굿을 부탁한 것이다.

이웃이 다 초대되어 천도재를 지켜보았고 끝난 후에는 음식을 나누어 먹었다. 굿이 시작되기 전에 예식을 주재하는 무당은 몸을 깨끗이 씻었고, 나는 특별한 옷을 입는 그녀를 도와주었다.

옷은 여러 겹으로 만들어져 있었다. 그녀는 하얀 내의, 노란 속치마와 빨간 겉치마, 파랗고 소매가 긴 저고리에 노랑과 청색이 섞인 조끼를 입었다. 그리고 머리를 정갈하게 빗었다. 그녀의 목덜미는 무척 하얬다. 그런 다음 온갖 색깔의 구슬과 술로 장식한 넓고 검은 갓을 썼다. 하얀 버선에 흰 고무신을 신고 오른손에는 여러 색깔로 된 부채를 쥐고 왼손에는 여러 색의 리본이 달린 딸랑이 종을 들었다.

그녀는 부드럽고 상냥한 여인에서 이승과 저승을 연결하는 강력한 중개자의 모습으로 변했다. 작은 종을 흔들며 "남수야!" 하고 죽은 아이의 이름을 불렀다. 처음에는 천천히 춤을 추다가 점차 빠르게 춤추기 시작했고 온 집 안을 돌며 딸랑이 종과 부채를 흔들어 고통스러워하는 망령들을 불러냈다. 두 명의 남자가 무당의 춤에 맞추어 장구를 치고 해금을 연주했다.

무당이 죽은 아들의 혼을 불러내자 그의 식구들은 떠나려고 하지 않는 불쌍한 망혼과 오랫동안 대화를 나누었다. 그 굿 춤은 한 시간 넘게 계속되었다. 드디어 무당이 망혼을 저승으로 보내주었고, 구경꾼들은 제사상에 올렸던 음식들을 나누어 먹었다.

비슷한 무당굿을 그전에도 몇 차례 구경한 적이 있었지만, 내가 단순한 구경꾼이 아니라고 느낀 적은 처음이었다. 그날 저녁 그녀의 상태가 궁금해 무당집에 가보았더니 낮에 굿을 하느라 너무 지쳐서 쉬고 있다는 말만 듣고 돌아왔다.

나는 무당집 사람들을 신기하고 친절한 이웃으로 대했다. 그런데 모든 인연에는 이유가 있는 법이다. 무당집 사람들은 어린 나에게 색다른 삶의 모습을 보여 주었을 뿐만 아니라, 새로운 기회를 만날 수 있도록 계기를 마련해주었다. 그 기회는 머지않아 찾아왔다.

밟힌 지렁이는 '지금' 꿈틀해야 한다

무당과 이발사는 내가 중학교에 들어가지 못했다는 얘기를 듣더니, 진학을 절대 포기하지 말라고 했다. 하지만 나는 이발사에게 그녀가 일하는 은행에 나도 취직할 수 없느냐고 물었다. 취직을 하려면 누군가가 응시원서를 대신 제출해줘야 했기 때문이다. 그녀는 자기처럼 이발사로 있는 사람은 남의 응시원서를 제출해줄 만한 위치가 아니라고 했다.

"인사과에 있는 사람들이 아줌마한테 이발하러 오지 않아요? 그중 한 명에게 부탁할 수도 있잖아요!"

나는 희망의 끈을 놓지 않고 애걸했다. 드디어 어느 날 그녀가 입학원서 양식을 가지고 왔다. 그리고 은행에서 여자 배달원을 몇 명 채용하려 한다는 얘기를 전해주었다.

면접을 보는 날 은행에 가보니 40명쯤 되는 내 또래 여자아이들이 와 있었다. 필기시험이 끝난 후 우리는 한 명씩 이름을 부르면 면접장에 들어갔다. 면접이 끝나고 우리는 1~2주 안에 통지문으로 결과를 받아보게 될 거라는 말을 들었다.

통지문이 오기를 초조하게 기다렸다. 그러나 2주가 지나자 더는 그냥 기다릴 수 없어서 직접 가서 알아보기로 했다. 그곳은 예사로운 은행 지점이 아니라 한국의 중앙은행인 한국은행이었다.

건물 지하실에는 정부와 군대의 봉급을 보관하는 커다란 금고들이 있었다. 자체 인쇄소가 있고 종업원 식당, 임원들을 위한 운전사 딸린 리무진 승용차들과 수리공들이 있는 차고, 경비실과 이발소가 있었다. 이 모든 시설과 장비들을 돌보는 이들은 모두 은행 직원이었다.

아침 일찍 누구에게도 알리지 않고 집을 나섰다. 그리고 드디어 은행 건물을 찾았을 때, 엄청나게 큰 회색 건물을 올려다보며 나는 한참 동안 그냥 서 있을 수밖에 없었다. 건물의 위용에 눌려 기가 죽어서 집으로 바로 돌아가고도 싶었다. 저런 큰 은행에 들어가 일자리를 달라고 어떻게 말을 해야 할지……. 설령 내가 말을 한다고 해도 그렇게 해서 될 일이 아닌 것 같았다.

그렇다고 이대로 집으로 돌아간다면, 무슨 새로운 일이 생기겠는가. 지금까지 다른 곳에서 얼마나 여러 번 퇴짜를 당해왔는가. 할머니는 '지렁이도 밟으면 꿈틀한다'고 하셨는데, 그동안 충분히 밟혀오지 않았는가. 이제 꿈틀해야 한다. 지금 당장!

정문으로 다가갔다. 그리고 경비원에게 인사과에 볼 일이 좀 있다고 조용히 말했다. 사실 너무 두려워서 나는 바짝 얼어있었다. 그때까지 혼자 서울 시내에 와본 적이 없었는데 이번에는 있는 힘을 다해 용기를 낸 것이었다.

2주 전에도 왔다고 하자 다행히 경비원이 들여보내 주었다. 나는 2층 인사과에 가서 면접관인 이 차장님을 만나러 왔다고 했다. 비서가 "차장님은 지금 회의 중이라 바쁘십니다. 미리 약속하지 않으면 만날 수 없습니다"라고 말하며 모른 체했다. 하지만 그 먼 길을 와서 차장님을 만나지 않고 돌아갈 수는 없었다.

"그러면 여기 앉아서 기다릴게요."

나는 구석에 있는 의자에 앉았다. 비서는 당황한 눈빛으로 나를 쳐다보더니 곧 무시해버렸다. 그리고 약 20분 뒤에 이 차장님이 들어왔다.

그가 내 옆을 지나갈 때 얼른 일어서서 앞으로 다가가 "이 차장님!"하고 인사를 했다. 그는 나를 잠깐 보더니 의아한 표정으로 비서를 쳐다보았다.

"차장님, 제 이름은 김재숙인데요."

"차장님 만날 수 없다고 말했잖아요."

말을 더 이으려 하자 비서가 언짢은 어조로 말을 끊었다. 하지만 차장님은 내 이야기를 들어주셨다.

"기억이 나는데…… 2주 전 배달원 면접 본 사람이지? 아직 통지를 받지 못했나?"

"네, 2주 내내 기다렸는데 통지가 없어서 확인하러 왔어요."

이쯤 되자 사무실에 있던 사람들도 우리 쪽을 쳐다보았다.

"그랬군. 응시원서를 누가 제출했었지?"

"이발사 아줌마가 했습니다."

"그래, 이발사 최 씨였지. 기억이 나네. 집에 가 있으면 곧 연락이 갈 거야."

차장님이 미소를 지었다.

"영천동에서 여기까지 먼 길을 걸어왔어요. 가능하다면 결과를 듣고 가고 싶어요."

차장님은 다시 껄껄 웃고 나서 내 어깨에 가만히 손을 얹었다.

"집에 가 있어. 아주 빨리 통지가 가도록 내가 확실히 할게."

마지못해 몸을 돌려 은행을 나섰다. 침을 한번 삼키고 눈을 몇 번 껌벅거렸다. 간신히 발걸음을 떼려고 하니 서글픈 생각이 들었다. 내 앞날이 캄캄해 보였기 때문이었다. 여자애들이 재잘거리는 소리가 나를 현실 세계로 돌아오게 했다.

그러고 보니 내가 입학하지 못한 중학교 앞이었다. 오후 3시가 지난 시각이라 집으로 돌아가는 학생들이 눈에 많이 띄었다. 그 애들은 아무 걱정이 없어 보였다. 얼마나 그 애들이 부러웠는지 모른다. 나는 고개를 숙이고 발걸음을 재촉했다.

일주일 후, 은행으로부터 나를 수습 배달원으로 채용한다는 통지를 받았다. 이로써 한국은행에서의 길고 보람찬 나날이 시작되었다. 드디어 오랜만에 실패를 딛고 모두가 부러워하는 직장에서 일자리다운 일자리를 가지게 된 것이다.

동포끼리 벌인 전쟁

"오늘 아침 38선에서 또 한번의 작은 충돌이 있었습니다."

라디오에서 아나운서의 목소리가 흘러나왔다. 그 주에 벌써 세 번째로 듣는 뉴스였다. 1945년 한반도가 남북으로 분단된 이래 38선에서 벌어지는 사건들은 계속 불안 요소가 되었다. 이 인위적인 분계선은 서울에서 150km밖에 되지 않았다.

소련의 지원을 받는 북한군이 남한을 향해 대포를 쏘았다는 뉴스를 종종 들어온 터였다. 그러나 1950년 6월 25일, 일요일 아침에 벌어진 일은 단순한 소규모 충돌이 아니었다. 북한군은 화기를 발사하며 놀라운 속도로 38선을 넘어왔고 그러는 동안 남한은 이렇다 할 저항을 하지 못했다.

6월 28일, 서울이 점령되었고 한국 정부는 피난을 떠나야 했다. 공격 속도가 너무 빨라 최고위 장교들만 서울을 빠져나갈 수 있었다. 그날 아침에 눈을 뜨니 시민들을 남겨둔 채 정부와 군이 떠났고 북쪽에서 북한군이 쏘는 포탄 소리가 간헐적으로 들렸다.

우리 가족은 몰려오는 북한군 탱크 소리에 놀라 어쩔 줄을 몰랐다. 아버지는 '우리는 정치적으로 중립이다. 그러니까 두려워할 필요가 없다. 저 사람들도 결국 한 동포들이다'라는 말로 가족들을 안심시키려고 하셨다.

서울이 함락된 직후 북한 당국에서는 청년공산당 당원들을 주축으로 하는 임시정부 관리들을 남쪽으로 내려보냈다. 국가를 통일한 것이라 간주하고 한국은행을 비롯한 여러 주요 관청의 문을 열고 직원들에게 출근하라고 지시했다.

수도 서울이 점령된 지 3주도 안 되어 나는 다시 출근했다. 몇몇 청년공산당원들이 파견되어 직원들을 감시하고 있었다. 젊은 여자 당원 한 명이 점심때 여자 배달원들을 모아놓고 북한 어린이들이 얼마나 행복한 삶을 살고 있는지 얘기하며 우리를 세뇌하려 들었다.

그녀는 배달원을 한 명씩 불러 열네댓 살밖에 안 된 어린 나이에 왜 학교에 가지 않고 이렇게 일을 하고 있느냐고 물었다. 내 이야기를 들은 지 2주 후에 그녀는 수소문한 끝에 나의 중학교 입학시험 점수를 알아냈다고 했다. 그 점수는 내가 들어가고자 했던 학교의 합격권 안에 드는 점수였다.

그녀는 이것이야말로 남한 정부가 얼마나 부패했는지 보여 주는 증거라고 했다. 말이야 어쨌든 내가 성적 때문에 낙방한 것이 아니라는 사실을 확인시켜 준 것이어서 고마웠다.

북한이 세운 임시정부는 미처 피난을 못 간 남한 관리들을 체포하고 재판을 서둘러 사형을 선고했다. 남녀노소 모두 동원되어 도로를 청소하고 탄약 등 군수품을 나르는 일을 했다. 아버지, 어머니 그리고 큰언니도 일을 해야 했다. 어떤 때는 야간에 불려 나가서 경비를 서기도 했다.

나는 은행에서 일했기 때문에 그런 노동에서 면제되었다. 여름 내내 우리는 '위대한 수령'의 덕행과 남한 사람들이 드디어 북한의 동지들과 함께하게 된 행운에 관해 교육받아야 했다. 또 자주 불려 나가 행군하는 방법을 배우고 군가를 연습했다.

날아드는 폭탄 속에 살던 나날

8월에 들어서자 16개 회원국 군대로 구성된 유엔군이 부산으로 내려간 대한민국 정부의 요청에 응하기로 했다는 소문이 들려왔다. 비행기들이 서울 상공을 날기 시작했다. 노역 시간은 대부분 공습을 피해 야간으로 옮겨졌다.

모든 병원이 부상병으로 만원이었다. 많은 젊은 여성이 간호사로 일해야 했고 젊은 남성들은 의사들을 보조했다. 유엔군의 인천 상륙과 서울을 향한 진격 소식이 들렸다. 공격이 가속화되고 폭격도 계속되었다. 북한군은 병원들을 옮기기 시작했다. 의료인력을 부상자들과 함께 강제로 트럭에 실었고 밤마다 수송차량들이 북으로 몰려갔다. 간호학교 학생이었던 친구 경자의 언니도 병원으로 끌려갔고 끝내 집으로 돌아오지 못했다.

한국은행을 비롯한 모든 공공건물은 문이 닫혔고 나는 다시 일자리를 잃었다. 우리 가족은 폭격과 전투를 피해 언덕 위 외갓집으로 피신했다. 그곳 높은 언덕 위에서 내려다보면 앞산에 있는 기차 터널이 보였다. 어렸을 적에 우리는 기차가 기적을 울리고 검은 연기를 내뿜으며 터널을 드나드는 것을 지켜보곤 했다.

어느 날 저녁밥을 먹은 후 언덕에 앉아 시원한 바람을 쐬고 있다가, 터널이 폭파되는 것을 목격했다. 탄약이 그 터널 안에 보관되어 있다는 얘기가 들렸다. 비행기 두 대가 서북쪽에서 날아오더니 그중 한 대가 터널 쪽으로 내려갔다가 터널을 향해 폭탄을 떨어뜨린 다음 언덕 위로 치솟았다.

비행기는 하강할 때 날카로운 굉음을 냈다. 폭탄을 떨어뜨리는 순간에는 소리가 잠시 멈추었다가 다시 솟아오를 때는 낮고 날카로운 음으로 바뀌었다. 폭탄은 비행기 앞쪽으로 떨어지다가 정확히 터널 입구로 들어가 폭발했다. 폭격을 마친 첫 번째 비행기가 상공을 선회하는 동안 두 번째 비행기가 똑같은 방법으로 터널을 폭격했다. 끔찍한 광경이었지만, 한편으로는 매혹적이기도 했다. 두 비행기가 펼치는 정교한 공중 곡예는 감탄을 불러일으킬 정도였다. 비행기가 공중을 선회하는 동안 터널 안에서 폭발음이 계속 들려왔다. 터널 안에 있는 것이 정확히 무엇인지는 알 수 없었지만. 이틀 이상 연기가 계속 피어나왔다.

전쟁터 한복판에 있다 하더라도 살아가려면 뭔가를 먹어야 했다. 하지만 도시에서는 먹을 것을 구하기가 힘들었다. 어머니와 나는 다른 사람들과 함께 먹을 것을 구하느라 시골을 돌아다녔는데, 그럴 때는 공습을 피하느라 큰길을 자주 벗어나야 했다.

어느 날 저녁 어머니와 나는 약간의 채소를 구해 집으로 돌아가고 있었다. 줄지어 올라가는 탱크와 부상병을 태우고 북으로 향하는 수송차량들을 피해 큰 도로를 벗어나 걸었다. 그런데 도로로 다시 돌아왔을 때 오른쪽에서 비행기 소리가 들렸다. 비행기는 고개 너머에서 오다가 우리 앞에서 방향을 돌리더니 날카로운 소리를 내며 우리를 향해 곧장 내려왔다. 나는 공포에 사로잡혀 꼼짝할 수가 없었다. 누군가 "길에서 내려와!" 하고 소리쳤다. 사람들은 겁에 질려 사방으로 흩어져 뛰었다. 어떤 사람들은 도랑으로 뛰어들고 또 어떤 사람들은 납작 엎드려 머리를 두 손으로 감쌌다. 누군가 나를 밀쳐 땅 위에 엎드리게 했다. 날카로운 비행기 소리가 점점 가까워지다가 내 머리 바로 위에서 멈췄다. 몇 초간 귀가 먹먹했는데 그 순간이 천 년처럼 느껴졌다.

폭탄이 떨어졌고 우리 바로 뒤에서 폭발했다. 바로 몇 분 전에 보았던 탱크가 화염에 휩싸였다. 탱크에 타고 있던 군인들이 소리를 지르며 달려 나와 비행기를 향해 총을 쏘았다. 일어나서 보니 내 얼굴이 피투성이였다. 입에서 피가 흘렀고 턱에도 상처가 나 있었다. 전쟁 한복판에 있는 서울은 계속 폭격을 당했다.

석 달 동안의 점령 끝에 북한군은 후퇴했고, 서울은 다시 아군의 손으로 넘어왔다. 이번에는 북한군이 점령해 있는 동안 공산주의자들을 적극적으로 도운 사람들이 처형되었다. 유엔군과 한국군은 서울과 38선을 지나 북으로 진격했고 북한 정권을 한반도에서 완전히 몰아낼 기세였다.

그해 가을 나는 농산물 장사를 다시 시작했다. 농촌에서 올라

온 신선한 가을 과일을 팔기로 한 것이다. 서울 북쪽에 능금을 재배하는 과수원이 있었다. 능금은 사과보다는 작고 살구보다 조금 컸다. 진홍색으로 익으면 수분이 많고 달았으며 신맛이 적었다. 매일 아침 걸어서 30분쯤 떨어진 과수원에 가서 300개 정도의 싱싱한 능금을 대바구니에 담아와 집 앞에 내놓고 팔았다.

세 살 난 여동생 재순이는 건강이 좋지 않았다. 쥐에게 엄지발가락을 물렸는데 잘 낫지 않았고 소화 기능도 약했다. 어머니는 남동생 재성이를 돌보느라 바빴으므로 아픈 재순이를 돌보는 일은 내 몫이었다. 나는 손님을 기다리면서 재순이를 무릎에 앉히고 수저로 능금을 긁어서 떠 먹여주었다. 재순이는 능금을 잘 먹었다. 내가 능금을 팔아 얼마를 벌었는지는 잘 기억나지 않지만, 재순이가 능금을 맛있게 먹은 기억은 난다.

재순이 발가락도 점점 나아졌고 건강도 좋아져서 나는 능금 파는 일과 재순이를 돌보는 일이 즐거웠다. 남한 정부는 서서히 서울로 환도했다. 한국은행은 임시 지점을 개설했고 나는 다시 복직했다. 그래도 재순이를 위해 능금을 계속 사 왔다.

학교들도 수업을 시작했고 두 동생의 등교 준비로 학용품을 샀다. 이전 삶을 되찾는 데 석 달이 걸렸다. 유엔군이 중국과의 접경인 압록강을 향해 진군 중이라 하니 전쟁이 곧 끝나 남북이 통일될 것으로 생각했다. 그러나 백만 명이 넘는 중공군이 북한군에 합세했고 전쟁은 훨씬 크게 확대되었다.

우리를 두고 떠나버린 피난 트럭

1950년 10월 중순, 약 일백만 명의 중공군이 북한군에 합세하자 유엔군은 후퇴하기 시작했다. 통일의 꿈은 잠시뿐이었고, 전쟁은 더욱 심각한 상태로 접어들었다. 그해 겨울, 극심한 추위 속에 흰 눈이 덮인 전쟁터에는 흰옷을 입은 대규모의 중공군이 압록강을 지나 38선을 향해 내려오고 있었다. 모든 서울 시민은 피난 준비를 했다.

그해 6월, 서울이 북한군에 의해 함락되었을 때 시민들은 너무 놀란 나머지 어쩔 줄을 몰랐다. 몇몇 고위층 관리들만 부산으로 도망가고 나머지 사람들은 소위 '해방군'의 감시 아래 시달려야 했다. 또다시 서울이 점령당할 것처럼 보이자 아무도 서울에 남아 있으려 하지 않았다.

어쩔 수 없이 피난에 대비해 아버지는 낡고 작은 트럭을 한 대 마련하고 운전수를 한 명 고용했다. 아버지 계획으로는 때가 되면 그 트럭에 우리 가족과 운전수 가족을 싣고 피난을 떠나는 것이었다. 아버지와 일본에서 의형제를 맺고 우리가 '의삼촌'이라고 부르는 분이 수원에서 멀지 않은 서해안에 살았는데 노하리라는 그 작은 마을이 우리 목적지였다. 운전수가 우리를 먼저 그곳에 데려다준 다음 자기는 다시 트럭을 몰고 그의 목적지로 떠나기로 한 것이다.

서울을 떠나는 사람은 매일 늘어났고, 아버지는 12월 28일에 출발하기로 정했다. 그때까지 그 운전수는 아버지 허락을 받고 다른 피난민들을 실어다 주면서 돈을 벌었다. 어머니와 언니는 무엇을 가지고 가고 무엇을 두고 가야 할지 고르느라 바빴다.

출발하는 날 아침, 우리는 운전수가 오기를 기다렸다. 그러나 아무리 기다려도 운전수는 오지 않았다. "그 사람이 오늘 출발이라는 걸 알고 있어요?" 어머니가 세 번이나 아버지에게 물었다. 그러다 오후가 되자 아버지는 운전수가 왜 늦는지 알아보려고 그의 집을 찾아갔다.

집은 비어 있었다.

"아마 여기 오다가 차가 고장 나서 고치러 갔을 거야."

아버지는 운전수가 우리를 남겨두고 떠나버렸다는 사실을 인정하려 하지 않고, 무슨 사정이 있을 거라고 계속 믿고 계셨다.

그렇게 이틀이 지나자 어머니가 6남매를 데리고 먼저 한강 남쪽 영등포 사촌네 집으로 가고, 아버지와 내가 남아 운전수가 오는지 며칠 더 기다려 보기로 했다.

12월 30일, 우리 가족 중에서 일곱 명이 먼저 서울을 떠났다.

어머니는 어린 남동생 재성이를 업고, 언니는 아직도 몸이 성치 않은 재순이를 업고, 그리고 두 남동생 재호와 재수는 재훈이의 손을 잡고 걸어갔다.

1951년 1월 2일, 아버지와 내가 잠에서 깼을 때 사방이 조용했다. 집 밖 시장터의 소란스럽던 소리는 심상치 않은 정적으로 바뀌어 있었다. 라디오를 켰지만 잡음만 들렸다. 집 근처 파출소에 가보았다. 항상 문 앞에 서 있던 두 명의 경비원은 보이지 않았고 문이 열린 파출소 안에는 아무도 없었다.

정부가 간밤에 시민들에게는 예고도 하지 않고 피난을 떠나버린 것이었다. 우리는 너무나 뒤처져 있었다. 아버지와 나는 작은 보따리만 등에 지고 집을 나와 서둘러 다른 피난민들을 따라갔다. 날은 몹시 추웠고 길에 눈이 쌓여 걷기 힘들었다.

게다가 아침부터 구름이 잔뜩 껴서 간신히 주변을 알아볼 수 있었다. 오직 어머니와 식구들을 얼른 만나고 싶다는 마음으로 걷고 또 걸었다. 가족들을 못 만나면 어떻게 하나, 추위보다 더한 두려움이 나를 에워쌌다. 점점 커지는 두려움을 참으며 서둘러 아버지를 따라갔다.

총 맞은 아버지를 업고

아버지와 나는 다른 피난민들을 따라 한강 북쪽의 마포 강변에 도착해 강둑에서 강 건너편을 바라보았다. 남쪽 강변에는 탱크가 몇 대 줄지어 서서 후퇴하는 유엔군과 한국군의 방어선을 형성하고 있었다.

마포 쪽 다리는 모두 파괴되었지만 강물이 꽁꽁 얼어서 걸어갈 수 있었다. 그런데 확성기로 절대 강을 건너면 안 된다는 경고가 들려왔다. 피난민 중에 북한군 간첩이 숨어있기 때문이라는 것이었다.

경고 사격은 사태가 얼마나 심각한지 잘 말해주고 있었다. 그럼에도 불구하고 사람들이 얼어붙은 강 위를 걸어가고 있는 것이 보였다. 그들은 강둑에 있는 경비병들에게 무슨 종이를 보여주고 통과해도 된다는 허락을 받은 것 같았다.

"아버지, 우리도 저 사람들처럼 건너가요. 저한테 은행 신분증이 있잖아요."

아버지에게 말한 후 경고 방송을 무시한 채 강둑을 내려가 몇 미터를 걸어갔다. 그런데 그때 아버지가 신음을 내며 넘어지셨다. 아버지가 얼음에 미끄러진 줄 알았는데 곧 오른발 주위가 서서히 붉게 물들었다.

"총에 맞은 것 같다."

아버지는 얼굴이 몹시 고통스러워 보였다.

아이를 데리고 우리 뒤에 따라오던 젊은 부부가 되돌아가기로 작정하고 아버지를 강둑으로 옮기는 것을 도와주었다. 우리는 빈집에 들어가 아버지를 편한 자세로 눕게 했다. 아버지는 전방에서 경고 사격을 하던 군인들의 총탄을 맞으신 거였다.

총탄은 앞쪽에서 오른쪽 발목을 관통하고 뒤쪽으로 빠져나갔다. 반 시간도 안 되어 아버지의 발은 평소의 두 배로 부풀어 올랐다. 나는 이불을 찢어 상처를 처맸지만, 통증을 멈출 약을 구할 수가 없었다.

그날 밤, 서울은 후퇴하는 연합군에 의해 폭격을 당했고 탄약고와 주요 정부 시설들이 파괴되었다. 도시의 하늘은 화염으로 붉게 물들고 귀청을 울리는 폭발의 굉음이 계속되었다. 고통스러워하는 아버지의 신음을 들으며 나는 옆에 웅크리고 있었다. 무서워서 잠이 오지 않았다. 아버지의 신음과 밖에서 들려오는 온갖 소리 때문에 공포를 억누를 수 없었다. 아버지가 다치셨는데 어머니는 도대체 어디 계신 걸까?

이튿날 아침, 날씨는 맑았지만 지독하게 추웠다. 정적이 감돌았다. 밤새도록 들리던 폭격 소리가 드디어 멈췄고 나는 강둑으로 달려갔다. 흰 눈으로 덮인 강둑 여기저기서 피난민들이 언 강을 건널 준비를 하고 있었다.

간밤에 부대가 후퇴했다고 했다. 북한군이 오기 전에 도망가야 한다는 말이 돌았고 나도 그것이 상책이라고 생각했다. 그러나 아버지는 집으로 돌아가고 싶어 하셨다.

"집으로 돌아가면 가족들을 어떻게 만나요?"

나는 반대했다. 아버지가 부상 당한 지금은 어머니를 찾는 것이 가장 절실했다. 상처에 바를 약이 필요했는데, 사람들이 많고 북한군이 없는 남쪽에서 구하는 게 더 쉬울 것 같았다.

"아버지, 사촌네 집으로 가요. 거기서 가족들과 만나 어떻게 할지 정해요."

아버지께 애걸하자 아버지는 드디어 내 말을 따르기로 하셨다. 아버지의 발목 상처가 너무 심해 걸을 수가 없었으므로 아이를 업듯이 아버지를 내 등에 업었다.

아버지는 체구가 작았지만 어른이었고, 나는 겨우 열다섯 살 여자아이였다. 우리는 약간의 돈만 남기고 집에서 가져온 것들을 모두 버리고 갈 수밖에 없었다. 이불을 찢어서 만든 포대기로 아버지를 등에 업고 강둑을 향해 걸었다. 나는 힘을 쓰니 더웠지만, 아버지가 오한으로 떨고 계셔서 겉옷을 벗어 아버지 등에 걸쳐드리고 계속 걸었다. 발걸음을 옮길 때마다 어서 빨리 사촌네 집에 가서 어머니를 만나는 것만 생각했다.

그러나 우리가 한 시간쯤 후에 영등포 사촌네 집에 도착했을 때 집은 텅 비어 있었다. 언니가 남겨둔 공책에는 원래 목적지인 수원 노하리를 향해 남으로 내려가고 있으니 하루속히 거기서 만나기를 바란다고 적혀 있었다. 나는 너무 충격을 받아 소리조차 지르지 못했다. 온몸에서 힘이 다 빠져나가는 것 같았다.

우리를 두고 먼저 떠나다니! 그건 상상도 하지 못한 일이었다. 거기까지 아버지를 업고 올 수 있었던 것은 그곳에서 가족을 만날 수 있고 내 고생도 끝날 것으로 믿었기 때문이었다. 나는 바닥에 주저앉아 허공만 바라보았다. 이제 뭘 해야 하나.

아버지는 여전히 오한으로 온몸을 떨고 계셨다. 아버지는 '집으로 돌아가자!'고 애걸하셨다. 아버지를 방에 눕히고 담요를 여러 장 끌어다 덮어드렸다. 그리고 부엌으로 가보았다.

전날 아침 이후 우리는 아무것도 먹지 못했다. 쌀을 좀 찾아 솥에 넣고 끓이면서 반찬거리를 찾아보았다. 다행히 아무도 없는 이웃집에서 김치를 발견했고 우리는 집을 떠나 처음으로 밥을 먹었다. 이제 어떻게 할까 이리저리 생각해보았다. 아버지는 집으로 되돌아가자고 하셨지만, 내 생각으로는 계속 남쪽으로 내려가 가족을 만나야 했다. 이 모든 것이 나에게 달려 있었다.

그는 적이었을까, 구원자였을까?

아버지는 상처가 너무 고통스러워서 다른 생각을 할 겨를이 없으신 것 같았다. 사촌네 집에서 며칠 쉰 다음 우리 집으로 돌아가고 싶어 하셨다. 하지만 나는 먼저 어머니를 찾고 싶었다. 북한군에게 점령당할까 봐 두려웠으므로 그 자리에 앉아 가족이 돌아오기만을 기다리고 있을 수가 없었다.

그렇다고 영천동으로 돌아갈 상황도 아니었다. 다음 날 나는 아버지를 들쳐 업고 다른 피난민들을 따라 서울 남쪽의 고개와 계곡을 넘었다. 피난민 중에서 소달구지에 어린아이를 태우고 가는 가족을 만났다. 그들은 친절하게도 아버지를 달구지에 태워주었다. 대신 내가 그 아이를 업고 가기로 했다. 그렇게 되니 훨씬 편했다.

밥 먹을 때가 되면 돈을 주고 사거나, 빈집을 뒤져서 찾은 음식물을 답례로 그들에게 나누어주었고 그들도 자기들 음식을 우리에게 나누어주었다. 저녁이 되니 너무 피곤해 더 이상 걸을 수가 없었다. 우리는 빈집을 찾아서 자기로 했다. 모든 집이 피난민들로 만원이었다. 서로 방을 차지하려고 다투기도 했지만, 대부분 서로 도왔다.

길 떠난 지 이틀째 되는 날은 온종일 눈이 내렸다. 우리는 계곡을 지나가고 있었는데 가파르고 미끄러워서 오르막길을 걷기 힘들었다. 밀려있는 사람들과 우마차와 소들이 서로 엉켜 아수라장이었다. 우리는 짐을 가득 실은 소달구지를 밀어 올리느라 온 힘을 다했다.

정상 가까이 갔을 때 소가 미끄러져 넘어지더니 언덕 아래로 굴렀다. 우리가 오르기 시작했던 계곡 아래로 소와 달구지가 함께 엉켜 굴러떨어진 것이다. 내려가 보니 소는 눈 위에 꼼짝 못한 채 누워 있고 달구지는 부서졌고 달구지에 싣고 있던 것들은 여기저기 흩어져 있었다.

소는 너무 심하게 다쳐서 살릴 수 없었다. 그래서 다른 피난민들과 함께 소를 잡았다. 늦은 오후가 되자 더 걸어갈 기력이 없었다. 우리는 소달구지 잔해를 끌어모아 움막을 세우고 짐들을 집어넣었다. 그리고 도살한 소고기로 저녁 식사를 준비했다.

다음 날 아침, 이틀 동안 함께 지낸 그 가족은 짐을 챙기고 떠날 준비를 마치더니 작별을 고했다. 아버지는 아직도 혼자 설 수가 없으므로 내가 계속 업고 가야 했다. 그 가족은 우리가 없으니 좀 더 빨리 갈 수 있을 것이다. 소달구지에 태워줘 우리를 도와준 것을 감사드리고, 아버지와 나는 다른 피난민들을 따라 계속 남쪽으로 내려갔다.

다음 날 계곡 사잇길을 지나 골짜기와 얼어붙은 강 저쪽을 잇는 좁은 다리로 향하는 길을 걷고 있는데 작은 언덕이 앞에 나타났다. 우리가 계곡 아래 멀리 있는 그 다리를 바라보고 있을 때, 한국군 비행기 한 대가 언덕 위로 나타났다.

그 비행기는 계곡 위를 몇 번 선회한 다음 피난민들 머리 바로 위에서 전단지를 떨어뜨렸다. 거기에는 '3시에 이 다리를 폭격할 것입니다'라고 쓰여 있었다. 그때가 2시 반이었다. 그 말은 우리 뒤 멀지 않은 곳에 북한군이 있다는 것을 의미했다. 그리고 폭격이 시작되기 전, 30분 안에 그 다리를 건너 언덕 위 안전한 곳으로 피해야 한다는 뜻이기도 했다.

대혼란이 일어났다. 어떤 사람들은 다리를 향해 미친듯이 달리기 시작했고, 어린애들이나 손수레를 가진 다른 사람들은 위험을 피할 작정으로 길에서 벗어나 시내 옆 언덕을 오르고 있었다. 하지만 다친 아버지와 내가 30분 안에 다리를 건너 안전한 곳으로 갈 수 있는 가능성은 전혀 없었다.

우리는 큰길을 벗어나 언덕 위로 올라갔다. 저 멀리 계곡과 다리가 보였다. 많은 피난민이 우리 주위에 앉아 무슨 일이 벌어지는지 지켜보았다. 드디어 비행기 소리가 들리더니 뒤이어 나타난 비행기가 계곡을 맴돌았다. 도로에는 아무도 보이지 않았고 정확히 3시에 다리는 큰 소리를 내며 폭파되었다. 주변으로 돌멩이와 나무 조각들이 멀리 흩어졌다. 비행기는 다리 잔해 위를 맴돌다가 날아갔다.

우리는 아무도 없는 작은 마을의 빈집에 다른 피난민들과 함께 잠을 자려고 자리를 잡았다. 밤중에 세 명의 젊은 남자가 잠자리를 찾아 들어왔다. 아버지의 신음을 듣던 그들 중 하나가 전쟁 전에 의과대학에 다녔다면서 상처를 보여 달라고 했다. 그때까지 나는 매일 아버지의 발목 상처를 씻고 붕대를 새로 갈아드리고 있었다.

그는 상처가 깨끗하고 뼈도 상하지 않았으며 추운 날씨 덕분에 감염되지도 않았다고 했다. 그러더니 자기 보따리에서 작은 봉투에 든 하얀 가루를 꺼내어 발목 상처에 뿌려주었다. 그날 밤 아버지는 훨씬 편하게 주무셨다.

밤중에 그 의과대학생은 그 약 봉투를 나에게 주면서 상처를 매일 씻고 그 가루약이 다 떨어질 때까지 뿌리라고 했다. 그러고 나서 그 젊은이들은 길을 떠났다. 가루약은 아버지의 욱신거리는 통증을 가라앉게 해주었다. 붉은 상처 주위의 부기도 빠지기 시작했다. 모르는 그 남자가 아버지의 생명을 구해준 것이다.

이상한 글씨가 쓰인 그 약 봉투를 계속 간직하고 있었는데, 나중에 알고 보니 그것은 소련 글씨였고, 약 이름은 페니실린이었다. 그 젊은이들은 아마도 국군이 피난민들에게 경고했던 간첩들이었는지도 모른다. 그렇다 하더라도 그가 위험을 무릅쓰고 아버지를 도와준 것은 사실이다.

(훗날 북한이 공산화된 후, 사람들은 그들이 우리의 적이라고 했다. 그렇다고 해서 내가 모든 북한 사람들을 두려워해야 하나? 그러면 그 젊은 의학도는 우리의 적인 것일까? 아니면 구원자였나?)

의학도가 준 약을 바르며 아버지의 상태는 많이 좋아졌다. 발목의 통증은 훨씬 줄어들었고 지팡이를 짚고 일어나실 수도 있게 되었다. 부축을 받으면 몇 발자국 발걸음을 옮기기도 했다.

회복 속도가 느리기는 했지만 아버지는 자기 힘으로 일어설 수 있게 되었고 우리는 가족을 찾아 계속 남쪽으로 내려갔다. 집을 나선 후 직선거리로 70킬로미터쯤 되는 거리를 걸어온 셈이지만 구불구불한 길을 걸어왔으니 훨씬 먼 거리를 걸었으리라.

미안하다, 재숙아!

이제 목적지가 멀지 않았다. 가족들을 빨리 만나고 싶어 안달이 났다. 원래 계획은 먹을 것을 구할 수 있는 기차역까지 걸어가는 것이었지만, 우리는 너무 피곤했고 날이 어두워지고 있었으므로 수원 시내가 보이는 마을에서 하룻밤을 묵기로 했다.

그런데 그날 밤, 후퇴하던 한국군이 기차역을 폭격했다. 그곳에 보관된 연료와 탄약을 파괴한 것이다. 그런데 기차역에는 탄약 말고도 피난민들이 많이 있었다. 며칠 전 군인들이 다리를 파괴할 때 피난민들에게 도로를 피해 가라고 했던 말이 기억났다. 왜 그렇게 많은 피난민이 기차역에 남아 있었는지 알 수 없었다. 하기야 아버지와 나도 그곳에 가 있을 계획이었다.

화염과 함께 폭발하는 화약고를 바라보며, 화염이 덮칠 수도 있는 가까운 곳에 우리가 있다는 것을 알게 되자 도저히 잠을 잘 수가 없었다. 다음 날 새벽 우리는 그 기차역 앞을 통과했다. 검은 연기와 불에 탄 사람들의 악취가 가득해 목도리로 입과 코를 막았다. 숨이 막히고 눈물이 흐르고 눈앞이 침침했다. 대혼란이었다. 여기저기 시체들이 타고 있었고 수많은 부상자가 살려달라고 아우성을 치고 아이들은 울면서 엄마를 찾았다.

나는 아버지를 부축하며 눈을 반쯤 감은 채 걸었다. 그러다가 발을 헛디뎌 넘어지는 바람에 아버지까지 내 위에 넘어지셨다. 나는 넘어지며 나무토막을 붙잡았는데 내가 잡은 것은 나무토막이 아니라 사람의 다리였다. 너무 놀라 집어 던지고 소리를 지르며 뒷걸음쳤다. 아버지는 자리에서 벌떡 일어나 앉은 나를 껴안고 소리 내 우셨다.

"내 잘못이다, 내 잘못이야. 미안하다. 재숙아!"

그때까지 우리는 고통 중에도 침착하게 힘을 내려 애썼다. 그러나 이제는 아무리 참으려고 해도 신음이 저절로 새어 나왔다. 나를 제대로 보호해주지 못하는 아버지의 슬픔과 죄책감은 걷잡을 수 없었다. 우리는 불타는 기차역에서 서로를 껴안고 위로했다. 많은 사람이 가족을 찾거나 목적 없이 이리저리 방황했다.

"내 아들, 내 아들! 내 아들 좀 찾아주세요!"

한 여자가 우리를 붙잡고 애걸했다. 그녀의 얼굴은 온통 화상을 입었고 피가 흘러내려 앞을 볼 수 없었다. 아버지와 나는 일어나서 그 여자를 뿌리치고 있는 힘을 다해 도망쳐 나왔다.

수원을 벗어난 우리는 아버지 친구가 있는 서쪽을 향해 무작정 걸었다. 어느 장터에 다다랐을 때 '노하리'라는 마을이 어디 있느냐고 물어보았는데 아버지 친구네 집을 안다는 남자와 그의 아들을 용케 만나게 되었다. 그는 우리 가족이 얼마 전에 무사히 도착했다고 했다. 그리고 아버지를 마을까지 부축해주면서 아버지와 내가 죽었을까 봐 어머니가 날마다 울었다는 얘기도 했다. 마을이 가까워지자 그는 아들을 먼저 보내어 우리가 온다는 것을 알리도록 했다.

어머니와 형제자매들이 마을 사람들과 함께 뛰어왔다.

"재숙아!"

어머니는 나를 붙잡고 꼭 껴안았다.

"살아있었구나! 살아있었어! 이제 됐다!"

어머니는 되풀이해서 외쳤다. 그제야 무거운 짐을 어깨에서 내려놓은 것 같았다. 어머니 품 안에서 비로소 평안을 느꼈다. 우리는 껴안고 울다가 웃다가 또 울면서 마을로 들어갔다.

아버지의 발도 점차 회복되었지만, 지팡이를 짚어야 했고 걸을 때면 절뚝거리셨다. 아버지는 술을 몇 잔 마시고 기분이 좋을 때면 내 고집이 아버지를 살렸고 피난을 갈 수 있게 했다고 말씀하셨다. 심지어 내가 아들보다 더 낫다고 말씀하신 적도 있다. 그야말로 딸이 들을 수 있는 최고의 칭찬이었다. 아버지께 인정을 받았다는 사실은 그만큼 더 책임감을 갖게 했다. 그리고 가족이나 이웃으로부터 존경받는 사람이 되는 것을 목표로 살아야 한다고, 나 자신에게 확인시켜 주었다.

휴식 같았던 피난살이

우리 가족은 의삼촌이 살고 있는 노하리에서 피난 생활을 했다. 그곳은 약 50가구가 동쪽을 향한 산골짜기에 흩어져 사는 작은 마을이었다. 작은 시내가 마을 남쪽을 지나 휘돌아 흘렀고 대부분 농사를 짓고 살았다. 자작농을 하거나 소작을 하거나 품팔이를 하며 지내고 있었다.

마을 사람들은 대부분 친척이었다. 힘든 살림이었지만 그런대로 삶에 만족하며 서로 돕고 살았다. 우리는 어느 집 행랑방 한 칸을 세내어 지냈다. 전통적인 한옥으로 주인이 사는 안채가 있고 머슴 등 일꾼들이 사는 행랑채 옆에 가축들의 우리가 붙어 있었다. 우리 부모와 일곱 자녀는 몇 평 안 되는 작은 방에서 함께 지냈다. 마치 통조림 깡통 안에 줄지어 누운 정어리들처럼 비좁게 지내야 했다.

장에 가려면 마을에서 두 시간쯤 걸어가야 했는데 일주일에 한 번씩 열리는 장에 어머니는 나를 자주 데리고 가셨다. 그동안 언니가 가족을 돌보았다. 어느 날 어머니는 쌀가게 주인이 가게를 지켜주며 지낼 사람을 찾고 있다는 말을 들었다.

봄철이 왔고 모든 농부와 일꾼들은 모심기에 바빴다. 아버지의 상처는 이제 견딜 만했지만 노동을 할 상태는 아니었다. 어머니는 아버지가 그 쌀가게를 지켜줄 수 있다고 생각하셨다. 그야말로 아버지에게 어울리는 일자리였다.

아버지는 가게 뒷방에 기거하며 가게를 지켜주는 대가로 쌀이나 다른 곡식을 받을 수 있게 되었다. 모두에게 좋은 일이었다. 아버지는 보람 있는 일을 할 수 있어서 좋았고, 우리 방은 아버지가 계시지 않으니 여유가 생겼다. 가지고 있는 돈은 별로 없었지만, 아버지가 받아오는 쌀 덕분에 끼니를 이어갈 수 있었다.

아버지는 일본에 계실 때부터 위궤양을 앓으셨다. 계속 아프셨지만 전쟁이 시작되자 통증을 줄일 약을 구할 방도가 없었다. 더구나 구할 수 있는 음식이 형편없다 보니, 궤양에 도움이 될 음식을 준비하기도 어려운 상황이었다.

그런데 아버지가 쌀가게를 지키게 되자, 여러 가지 이로운 점이 많았다. 아버지가 여러 사람과 사귀게 되었고 그중에는 서울에서 약국을 하던 사람도 있었다. 그는 가끔 아버지에게 위에 좋다는 베이킹소다를 갖다 주곤 했다.

이 작은 마을에서 우리는 풍족하지는 않았지만 그런대로 땅에서 나는 먹을거리 덕분에 행복한 나날을 보냈다. 그해 겨울은 예년보다 추위가 극심했다. 그런 날씨에 피난 온 사람들까지 있으니 먹을 것이 부족할 수밖에 없었다.

가까이서 전투가 실제로 벌어지지는 않았지만, 여전히 전쟁의 두려움에서 벗어날 수 없었다. 그런데도 그해 봄은 아름다운 추억으로 지금까지 기억되고 있다. 추위가 조금씩 물러나고 따스한 봄바람이 불어오자 가축들은 우리에서 나와 풀을 뜯었다.

심부름 삼아 주인집 소를 데리고 나가 풀을 먹이고 있으면 지난겨울의 고통스러운 기억도 눈 녹듯이 사라졌다. 양지바른 언덕으로 소를 몰고 가서 풀을 먹이며 앉아 있으면 햇살이 눈꺼풀을 간지럽혔다. 새소리를 들으며 다른 이에게 듣거나 책에서 읽은 먼 나라 이야기를 생각하며, 그런 곳에 가보는 것을 상상하기도 했다.

만족스럽고 평화로운 나날이었다. 날씨가 더 따뜻해지자 마을 사람들은 모심기에 바빴다. 모를 심기 며칠 전 논에 발목 높이만큼 물을 채운 다음 바닥이 말랑말랑해지면 모심기가 시작되었다.

우선 모종 단을 논바닥 여기저기에 양팔 간격으로 떨어뜨려 놓았다. 그리고 이튿날 새벽부터 모를 한 줌씩 빼어 들고 일정한 간격으로 심어 나갔다. 모심기가 끝난 논에는 어린 모가 가지런히 줄지어 심어져 있었다.

봄철 모심기나 가을철 추수와 같은 일은 온 마을이 힘을 모아 함께했다. 새벽부터 두세 시간 일한 후 아침밥을 함께 먹으며 쉬곤 했는데 그럴 때면 논의 안주인이 밥과 국에 김치 등 갖가지 반찬을 곁들여 음식을 차려내 왔다. 모심기가 서툰 어머니와 나는 주부들이 음식 차리는 일을 도왔다. 그리고 아침밥을 먹은 후 잠시 휴식을 취했다.

그렇게 아침밥부터 저녁밥까지 논둑에서 먹고 어두워지면 일을 멈추고 집으로 돌아갔다. 한 집의 모심기가 끝나면 다시 다른 집의 논에 가서 모를 심고, 그렇게 마을의 모심기가 끝날 때까지 함께 옮겨가며 일했다. 이렇게 품앗이로 온 마을의 모심기를 끝내는 데 열흘쯤 걸렸다.

재순이는 여전히 몸이 성치 않아 영양이 있는 좋은 음식을 먹어야 했으므로, 단백질 섭취를 위해 가끔 논에 가서 우렁이를 잡아 왔다. 나는 우렁이를 삶아 살을 빼내고 갈아서 죽을 쑤어 재순이에게만 먹였다. 삶이 쉽지만은 않았지만, 서울에서 태어나고 자라 시골생활을 모르던 나는 그해 봄에 좋은 경험을 했다. 전쟁터에서 멀리 떨어져 있는 농촌에서의 생활은 참으로 값진 휴식이었다.

조개 캐기

마을에서 서쪽 언덕을 넘어 반 시간 정도 걸어가면 서해였다. 해변은 뾰족한 돌들이 많고 물이 얕아 고기잡이에는 적합하지 않았다. 그러나 갯벌에서 조개를 캘 수 있었으므로 썰물 때면 언니와 나는 가끔 동네 아이들을 따라 조개를 캐러 가곤 했다.

신발을 벗고 돌들을 밟으며 갯벌로 걸어 들어갔다. 돌멩이들 사이 모래와 진흙 펄에 난 작은 구멍에서 물거품이 올라오는 곳을 찾은 후 작은 부삽으로 파면 조개가 보였다. 그것은 보물찾기 같았고, 우리에게 조개는 보물과 다름없었다.

조개를 잡는 시간은 한두 시간 정도였다. 이 시간이 지나면 밀물이어서 해변으로 나와야 했다. 조개껍데기와 날카로운 돌 때문에 발은 상처투성이가 되기도 했고 들어오는 밀물에 옷이 흠뻑 젖기도 했다. 그럴 때면 찬 바람에 떨면서 해변에서 나뭇가지들을 모아 불을 지폈다. 불을 둘러싸고 앉아 피곤을 풀면서 잡아

온 조개를 불 위에 올려놓고 구웠다. 익는 소리를 내며 조개껍데기가 열리기 시작하면 우리는 작대기로 조갯살을 꺼내어 작지만 짭조름한 맛이 별미인 조개를 맛있게 먹었다.

빈속에 갓 잡은 조개를 구워 먹으니 그 맛이 별미 중의 별미였다. 그래서인지 지금도 조개, 게, 굴, 가재, 성게 같은 어패류를 즐겨 먹는다. 모래 조개모래같이 작은 조개를 캐게 되면 된장 푼물에 조개를 넣고 이름 모를 산나물 새싹들을 캐어 와 넣은 다음 팔팔 끓여 맛있게 먹던 기억도 난다.

우리 가족은 생활필수품을 사기 위해 잡은 조개들을 장에 내다 팔기도 했다. 어쩌다 한 번 명절에 특별한 국을 먹을 때 빼곤 우리 집 식단은 매일 보리밥과 채소, 김치가 다였다.

한번은 장에 내다 팔 조개를 잡기 위해 이 바위에서 저 바위로 바삐 건너 뛰어다니는 사이 물이 들어와 혼이 난 적이 있다. 어느새 바위와 바위 사이는 멀어져 있었고 깜짝 놀라 바위 위에 서서 주위를 둘러보니 나는 바닷물에 둘러싸여 있었다. 해변에서 사람들이 나를 향해 소리를 질렀고, 물에 빠져 죽을지도 모른다는 불안감이 엄습했다. 그 순간 살아야겠다는 생각밖에 없어서 조개가 담긴 광주리를 버리고 물속으로 뛰어들어 냅다 달렸다.

나중에 들은 얘기로는 내가 여러 차례 넘어지는 바람에 해변에서 지켜보던 사람들이 뛰어 들어와 나를 물 밖으로 끌어냈다고 한다. 물속에 오래 있었던 터라 너무 추웠고 발에 난 상처에서는 피가 흘렀다. 물에 빠져 죽을 뻔하다가 살아난 셈이다.

또 한 번 죽을 고비를 넘기고 살아났다는 생각이 들자, 다시 한 번 삶을 되돌아보게 되었다. 추위에 떨면서도 나를 위해 모인 사람들이 왁자지껄 떠드는 소리를 즐기며 따뜻한 모래밭에 앉아 쉬었다. 파도를 바라보며 내가 여전히 살아있다는 생각이 들자 참으로 행복했다. 바다에 빠져 죽을 뻔했지만, 굶주린 배를 채워주고 생필품을 살 수 있게 해주는 바다가 고마웠고, 그런 바다의 파도가 참으로 신비로웠다.

봄이 오고 다시 집으로

날씨는 점점 따뜻해졌다. 진달래와 개나리가 언덕을 물들이고 있었다. 진달래꽃으로 뒤덮인 언덕을 보며 김소월의 시 〈진달래꽃〉을 읊조렸다. '나 보기가 역겨워 가실 때는 말 없이 고이 보내 드리오리다.' 진달래를 보니 할아버지 댁 뒷동산에 무더기로 피던 진달래가 생각났고 서울 집이 그렇게 그리울 수 없었다.

유엔군이 드디어 서울을 재탈환한 후 북으로 진격하고 있다는 소식이 들려왔다. 어머니는 서울로 돌아가길 간절히 원하셨다. 우리는 한겨울에 입고 있던 옷과 이불만 챙겨 집을 나섰던 터라 날씨가 더워지자 얇은 옷 등 여러 가지가 필요했지만 겨우 끼니를 때울 식량밖에 없었으므로 어찌할 도리가 없었다.

늦은 봄날, 어머니는 집으로 돌아갈 계획을 세웠다. 어머니가 막내를 업고 나만 데리고 먼저 출발하고, 아버지와 남동생 둘과 여동생 둘은 언니가 남아서 돌보기로 했다.

전선이 북으로 이동하며 유엔군과 한국군이 파괴된 도로를 수리하기 시작했고 버스도 하나둘 운행하기 시작했다. 우리는 하루 만에 한강에 도착했는데 강을 건널 수 있는 다리가 없었다. 모든 다리는 파괴되었고 군인들이 설치한 임시 교량은 민간인이 사용할 수 없었다.

전선이 북으로 이동했지만, 서울은 아직 전시통제구역이었고 민간인이 강을 건너는 것은 금지되어 있었다. 그러나 이를 통제할 경찰은 보이지 않았고, 헌병들도 민간인에게는 관심이 없어 보였다. 그날 밤 집으로 돌아가기 위한 방법을 찾느라 우리는 강둑에서 밤을 꼬박 지새웠다.

다음 날 어머니는 우리를 강 건너로 몰래 데려다줄 사람을 찾았고, 저녁이 되자 그 남자는 우리를 강폭이 좁은 곳으로 데려가 배로 한강을 건너게 해주었다. 거기서부터 걸어서 마포로 갔다.

"엄마, 여기가 바로 아버지가 총에 맞았던 곳이야."

나는 어머니에게 그곳을 알려 드렸다. 아버지가 총에 맞았던 그날 밤 이후 참으로 많은 일이 일어났다는 생각이 들었지만, 그런 생각에 젖어 있을 때가 아니었다. 치안과 질서 유지를 명목으로 시작된 야간통행금지가 있던 시절이었고, 우리에게는 안전하게 집으로 가야 할 일이 남아 있었다.

순찰 도는 군인들을 피해 빈집에 숨기도 하며, 걷고 또 걸었다. 그리고 동녘이 밝아올 무렵 드디어 우리 동네에 다다랐다. 집에 도착한 후 확인해보니 몇 안 되는 이웃이 남아 동네를 지키고 있었다. 불발된 폭탄 하나가 방바닥에 박혀 있긴 했지만, 우리 집은 대체로 온전했다. 벽은 금이 가 있었고 창문과 출입문들은 대부분 부서졌어도 집은 고치면 되니, 문제가 되지 않았다.

집 안에는 쓸모 있는 물건이 거의 남아 있지 않았다. 그러나 중요한 것은 드디어 우리 집에 돌아왔다는 사실이었다. 이제 삶을 재정비하면 된다. 폭탄제거팀 군인들이 와서 방에 박힌 폭탄을 제거해주었다. 그들 말로는 그 폭탄이 고장이 났기에 망정이지 그러지 않았다면 우리 동네가 다 부서졌을 거라고 했다.

어머니는 피난을 떠나기 전, 아버지가 선물로 사준 재봉틀을 부엌 흙바닥에 파묻어 두었다. 발로 작동하는 그 재봉틀은 당시로써는 최신 모델이었고, 어머니가 애지중지하는 첫 번째 보물이었다. 어머니는 그 재봉틀로 우리 옷을 만들거나 고쳐주시곤 했다. 집은 온통 약탈을 당했지만, 재봉틀만은 숨겨놓은 곳에 그대로 남아 있었다. 어머니는 몹시 기뻐하시며 재봉틀을 닦고 기름을 쳐서 당장 쓸 수 있게 해놓았다.

집이 어느 정도 정리가 되자, 나는 신분증을 가지고 한국은행에 찾아갔다. 가는 길에 둘러보니, 대부분의 정부 건물과 다른 대형 건물들도 많이 부서져 그 잔해들이 여기저기 널려있었다. 한국은행 역시 폭격을 당해 불탄 흔적이 눈에 띄었고, 직원들이 잔해를 치우려 애쓰고 있었다. 돌아온 직원들은 바로 복직이 되어 은행 재정비를 도왔다. 나도 은행에 복귀해 일하는 한편, 돌아올 가족들을 위해 어머니를 도와 집을 정리했다.

할아버지의 쓸쓸한 장례식

🧶 "할아버지, 제가 어렸을 적에 진달래꽃 먹지 못하게 했던 거 기억하세요?"

나는 외할아버지와 외갓집 꽃밭을 좋아했다. 외갓집은 마을에서 동쪽 언덕에 있었고, 그곳으로 올라가는 길가에 우리 집이 있었다. 할아버지는 집 안 뒤뜰에 작은 꽃밭을 가꾸셨는데, 봄에는 진달래와 개나리가 피었고 여름 내내 양귀비, 모란과 금어초가 연달아 피었다.

할아버지는 꽃을 가꾸는 것을 좋아하셔서 해마다 봄이 되면 일년생 화초들을 많이 심곤 하셨다. 지금도 기억이 난다. 내가 진달래 꽃잎을 따먹고 있는 것을 보시더니 꽃은 먹지 말고 그대로 두고 오래오래 보며 즐겨야 한다고 하셨다. 그런 할아버지는 아홉 자녀와 여러 손주를 두었다.

집에 돌아온 그날 어머니와 나는 바로 외갓집을 방문했다. 유난히 추웠던 그해 겨울은 노인들이 견뎌내기 무척 힘들었다. 그런 날씨 탓인지 할아버지의 병세는 겨울 동안 더 악화되어 우리가 찾아뵈었을 때는 자리에서 일어나지 못한 채 누워만 계셨다.

누워계신 할아버지와 나는, 내가 어릴 적에 얼마나 자주 할아버지 속을 썩였는지에 관해 주로 얘기를 나눴다. 그리고 할아버지에게 짓궂게 굴어서 죄송하다고 말씀드렸다. 할아버지는 유교 학자여서 어떻게 행동하는 것이 올바른 것인지 늘 말씀하시곤 했는데, 어린 우리는 그런 할아버지가 짜증스러울 때가 많았다.

할아버지는 몹시 엄하셨지만, 여러 손주 중 특히 나를 예뻐하셨다. 그래서인지 오히려 내게 더 엄하게 대하셨던 것 같다. 어린 우리 눈에는 그런 할아버지의 행동이 화가 나신 것처럼 보이기도 했다. 그런데 그것은 내 행동에 화가 나서가 아니라 옳고 그른 것을 제대로 가르치기 위해서였다고 말씀해주셨다.

내가 열한 살이었을 때 몹시 춥던 겨울날이 기억난다. 날씨가 하도 추워서 30분 이상 걸어가야 하는 등굣길에 남동생 바지를 입고 갔다. 우리 집을 지나 약 20분 정도 올라가면 외갓집이 있었던 터라 외갓집을 방문하는 친척들은 우리 집에 먼저 들리곤 했다. 그러다 보니 우리 집에서 생긴 이런저런 얘기는 모두 할아버지 귀에까지 들어갔다.

내가 남자 바지를 입고 학교에 갔다는 얘기를 전해 들은 할아버지는 "여자들은 남이 보는 데서 남자 옷을 입고 다니면 안 되는 거야!"라며 나를 꾸짖으셨다. "그렇다면 여자아이도 남자 옷을 입으면 안 되겠네요"라고 나는 맞받아치며 작은 소리로 중얼거렸다. 내가 어렸을 때 남동생을 낳으라고 남자아이 옷을 입어야 했던 아픈 기억이 되살아났기 때문이다. "바지를 입으면 안 추운데 왜 치마를 입고 떨어야 해요?"라고 또다시 말했다. 그리고 저항의 의미로 여자 옷을 입는 것을 거부했다.

이런 경험이 나를 고집스러운 성격으로 만든 것 같다. 한번 옳다고 생각하면 계속 주장하며 양보하려 들지 않았다. 내 말대꾸는 할아버지를 더 언짢게 했고, 어른에게 말대꾸를 하면 안 된다는 걸 알고 있었지만, 용서를 청하지 않았다. 그래서 다른 여형제들보다 더 자주 할아버지와 충돌했다.

열네 살 때 은행에 취직하려 할 때 할아버지는 여자아이는 집에서 어머니를 도와야 한다며 반대하셨다. 하지만 나는 그 의견을 받아들일 수 없었으므로 강하게 반발했다.

"학교에 못 갈 바에는 취직을 해서 내 앞길을 챙길 거예요."

그러자 할아버지는 몹시 화를 내시며 당장 나와의 관계를 끊겠다고 하셨다.

어머니와 내가 집으로 돌아온 지 두 달쯤 지나 1951년 여름에 할아버지가 돌아가셨을 때, 장례식에 참석할 수 있는 손주는 나 하나밖에 없었다. 할아버지의 아홉 자녀와 가족들은 전쟁을 피해 남한 곳곳에 흩어져 있었다.

어머니와 내가 집으로 돌아오고 내가 은행에 복직하자 그 봉급으로 외조부모에게 영양가 있는 음식을 드시게 할 수 있었고 할아버지를 위한 약도 살 수 있었다.

그러나 할아버지의 병은 갈수록 깊어졌다. 할아버지의 장례에 가족이라고는 할머니와 셋째 딸인 우리 어머니, 그리고 막내 이모와 나까지 네 명밖에 참석하지 못했다. 친구들과 이웃이 알고 문상을 왔지만 친족들에겐 소식을 전할 방법이 없었다. 돈을 버는 가족은 나뿐이었고 적은 내 봉급이 장례비용으로 쓸 수 있는 유일한 돈이었다. 할아버지 장례는 화장으로 치러졌고 그 유해는 외갓집 뒷동산 할아버지가 아끼시던 꽃밭 위쪽에 묻었다.

어머니는 할아버지 장례 때 내가 아들 역할을 했다며 자랑스러워하셨다. 이로써 나는 할아버지가 살아계셨을 때 버릇없이 군 죄책감에서 조금은 벗어날 수 있었다. 그리고 할아버지가 몇 년 동안 내게 갖고 있던 노여움을 저승에서 푸시고 나를 자랑스러운 외손녀로 여기시기를 바랐다.

인간 사슬이 되어 한강을 건너

할아버지의 장례가 끝나자 어머니는 하루속히 나머지 가족들을 집으로 불러들이기 위해 애쓰셨다. 어머니와 나는 시간을 쪼개어 틈만 나면 부지런히 집을 수리했다. 그리고 7월 초에 은행에서 며칠 휴가를 얻어 나머지 가족들을 데려오기로 했다.

아직 정기적인 대중교통은 없었지만, 다행히 서울의 은행과 부산의 임시 본사까지 정기적으로 운행하는 트럭들이 있었다. 나는 은행 트럭을 타고 가족들이 있는 수원 노하리로 내려갔다. 아버지는 여전히 걸어서 먼 거리를 움직일 상태가 아니어서 일터가 있는 그곳에 당분간 머물다가 나중에 올라오시기로 했다.

의삼촌 가족뿐만이 아니라 그 밖의 마을 사람들과도 눈물을 흘리며 이별을 하고 언니 동생들과 함께 집으로 향했다. 언니는 이제 열여덟 살이 되었고 나는 열다섯 살이었으며, 재호와 재수는 각각 열두 살과 열 살, 여동생 재훈이와 재순이는 일곱 살과

네 살이었다.

재순이는 너무 어려 걷기 힘들었으므로 언니와 내가 번갈아 가며 등에 업었다. 정기적인 대중교통이 없었으므로 우리는 길을 따라 무작정 걸었다. 버스를 한 대 만났지만, 식구 수가 너무 많다 보니 탈 수가 없었다.

우리는 도로변에 앉아 잠시 쉬기로 하고 언니는 재순이를 땅에 내려놓았다. 그런데 제힘으로 설 줄 알았던 재순이가 심하게 넘어지는 바람에 옷에 오줌을 싸고 말았다. "이 바보 같은 계집애! 제 발로 서지도 못해? 이게 무슨 꼴이야!" 언니는 야단을 치며 머리를 쥐어박았고 재순이는 엄마를 부르며 울었다.

언니와 나는 재순이가 너무 오래 업혀 있어서 다리가 저려 제대로 설 수 없다는 것을 미처 몰랐다. 아이들만 여섯이서 먼 길을 여행한다는 것은 쉬운 일이 아니었다. 모두 지쳐있었고 불안했다. 언니와 나는 동생들을 무사하게 집으로 데려갈 책임이 있었으므로 그 부담감을 손아래 동생들에게 쏟아부은 것이다.

오후 늦게야 우리는 집으로 향하는 버스에 탈 수 있었다. 서울은 아직 전쟁지역이어서 우리는 한강을 건너기 위해 또다시 불법적인 방법에 의존할 수밖에 없었다.

나는 그해 봄에 어머니가 고용했던 남자를 찾아냈다. 그는 우리를 다 태우기에는 배가 너무 작다고 했다. 강이 그다지 깊지 않아 걸어서 건널 수 있는 곳을 자기가 알고 있긴 하지만, 물살이 세서 언니가 재순이를 업고 가는 것도 위험하다고 했다. 할 수 없이 우리는 아버지와 내가 지난겨울에 머물렀던 사촌네 집으로 갔다. 사촌이 집에 돌아와 있었으므로 어머니가 데리러 올 때까지 재순이를 맡아 주기로 했다.

그날 밤 안내인 남자는 자기가 아는 강이 얕은 지점으로 우리를 데리고 갔다. 그는 굵은 밧줄로 우선 두 남동생을 동여매고 그 뒤로 나와 재훈이 그리고 언니 순서로 연결했다. 그러고 나서 자신의 허리에 밧줄을 동여매고 강 속으로 우리를 이끌었다.

이렇게 우리는 인간 사슬이 되어 강바닥을 걸어갔다. 안내인은 자기가 아는 강바닥 길을 찾아 여러 번 방향을 바꾸며 나아갔다. 그러는 동안 몇 번씩이나 강물이 재훈이 어깨까지 차올랐고 그때마다 재훈이는 손으로 내 어깨를 잡았다. 언니는 뒤에서 재훈이 머리를 물 위로 밀어 올렸다. 그러다가 재훈이가 발을 헛디디며 넘어지면서 "엄마야!" 하고 소리쳤다. "조용해!" 안내인이 쉿소리를 내며 말했다. 재수가 "빠져 죽겠어요!" 하며 울먹이기 시작했다. 나는 "아니야. 절대 죽지 않아!"라고 안심시켰고 재호가 돌아서서 재수의 손을 꼭 잡아주었다.

그때 강 아래쪽에서 탐조등이 위아래로 비추며 우리처럼 몰래 강을 건너는 사람들을 수색하는 것이 보였다. 언니와 나는 밧줄을 단단히 잡고 재훈이가 완전히 물 밑으로 들어가는 것을 막았다. 안내인은 밧줄을 풀고 재훈이 옆으로 헤엄쳐 가서 그 애를 좀 덜 깊은 곳으로 끌어냈다.

나도 겁이 나고 가슴이 두근거렸지만 울면서 언니에게 매달려 있는 재훈이를 도와줄 수밖에 없었다. 우리는 30분 이상 그렇게 힘들게 걸어서 드디어 무사히 강을 건넜다. 그러자 안내인은 우리를 어느 빈집으로 데려가 쉬게 해주었다. 탈진 상태인 우리가 방바닥에 앉자마자 제일 어린 두 동생은 금방 잠에 빠졌다. 나는 무얼 생각하기에는 너무 지쳐서 멍하니 그냥 앉아 있었다.

"우리가 진짜 강을 건널 수 있을지 몰랐어!"

언니가 흐느끼기 시작했다. 그 소리를 듣자 우리가 무사히 건너온 걸 실감할 수 있었다. 지금까지 헤쳐온 길을 생각하니 나도 울음이 복받쳤다. 나는 언니에게 다가가 껴안았다. 재호도 천천히 우리 쪽으로 기어와 껴안았다. 그렇게 서로를 껴안고 울다 잠들었다. 이튿날 새벽, 우리는 천천히 일어나 집을 향해 갔다. 집에 도착했을 때 우리를 기다리던 어머니는 무척 기뻐하셨지만 막내 재순이를 두고 온 것을 마음 아파하며 걱정하셨다.

식구들이 자리를 잡자 어머니는 재순이를 데리러 내려가셨다. 이번에 갈 때는 별다른 어려움이 없었다. 어머니가 사촌 집에 도착했을 때 재순이는 문밖에 앉아 손가락을 빨고 있었는데 너무 많이 울어 딸꾹질을 하며 얼굴은 눈물과 콧물로 범벅이 되어 있더란다. 어머니를 보자 재순이는 엄마 손을 꼭 잡고 놓지 않았다고 한다.

어머니와 재순이는 그날 밤 그 안내인의 배를 타고 한강을 건넜다. 전선이 북상하면서 한국 정부는 부산에서 서울로 환도했다. 피난민들이 서울로 들어오기 시작했고 그들은 여기저기 판잣집을 세우고 무엇이든 하려고 일감을 찾았다.

늦은 여름이 되자 아버지도 집으로 돌아오셔서 드디어 온 가족이 재상봉을 하게 되었다. 전쟁 전에 우리 집 앞에 있던 영천 시장은 장터가 되어 온 동네를 차지하고 있었다. 장터는 장사꾼들뿐만 아니라 재활용하거나 고쳐 쓸 수 있는 물건들을 팔고 사려는 사람들로 붐볐다.

아버지는 목공소를 계속할 수가 없어서 피난처에서 하시던 쌀 가게로 바꾼 후 온갖 곡식을 팔았다. 1951년 말이 되자 우리 가족은 어느 정도 정상을 되찾았다. 학교들은 다시 문을 열었고 남동생들도 학교에 나가기 시작했다.

나처럼 나이 많은 아이들은 매일 일을 해야 했지만 우리도 학교에 가고 싶었다. 그런 아이들을 위해 야간학교가 신설되기 시작했고, 1952년 봄에 나는 야간학교 7학년현행 제도로는 중학교 1학년으로 입학할 수 있었다. 비록 내가 바라던 정규 학교는 아니었지만, 드디어 다시 학생이 된 것이다.

은행 일이 끝나면 매일 저녁 학교에 가서 6시부터 9시까지 세 시간 동안 수업을 듣고 집에 가서 저녁밥을 먹었다. 힘든 생활이었지만 행복했다. 전쟁이 나기 전 중학교에 들어가지 못했을 때 나는 그것으로 끝인 줄 알았는데, 전쟁 때문에 다시 공부할 수 있다는 희망이 생긴 셈이었다.

끝나지 않은 전쟁

모두가 평온한 삶을 바랐지만 현실은 여전히 위태로웠다. 유엔군과 150만 명이 넘는 중공군의 지원을 받은 공산군의 전투는 치열했다. 1951년 여름, 38선 바로 위에서 펼쳐지는 전투는 엎치락뒤치락했다.

임진강 가까이 있는 어느 불운한 마을은 전진과 후퇴가 몇 차례나 되풀이되는 지점에 있었다. 북한군이 그 마을을 점령했을 때 다른 곳에서와 마찬가지로 남한 관리들에 대한 북한군의 고문이 심했다. 한 집이 점령군에게 협조하겠다는 표시로 북한 국기를 문 앞에 내다 걸었다. 다른 집들도 보복이 무서워 따라서 북한 국기를 내걸었다.

그런데 유엔군이 진격해 몇몇 북한 동조자를 고문하자 그들은 재빨리 남한 국기를 내다 걸었다. 이처럼 전선이 바뀔 때마다 사람들은 국기를 바꿔가며 내걸었다. 그러다가 미처 국기를 바꾸지 못하는 일이 벌어지면 반대편 군인들에게 공격을 당하곤 했다.

국기를 번갈아 바꿔 걸어야 한다니, 참으로 기가 막힌 일이었다.

밀고 밀리며 혈투가 계속되는 전선의 교착상태는 1952년 내내 계속되었다. 전투 지역 내에는 아주 많은 고지가 있어서 이를 식별하기 위해 235고지나 398고지 식으로 번호를 붙여 불렀다. 어느 시점엔가 공산군들은 고지에 지하 벙커를 파고 그 안에서 방어 태세를 취했다. 이러한 상황을 해결하기 위해 유엔군은 탱크에 화염방사기를 장착하고 그곳 전체를 불바다로 만들었다. 특별히 격렬한 전투가 벌어진 고지들은 캐슬 고지, 글러세스터 고지, 폭찹 고지라고 이름을 붙였다. 양측의 수많은 병사가 고지를 사수하다가 목숨을 잃었다.

1952년 12월 아이젠하워 미국 대통령 당선인이 한국을 방문했다. 그는 하루속히 전쟁을 끝내 미국 군인들을 집으로 돌아오게 하겠다는 선거공약을 지키기 위해 온 것이었다. 초등학생과 나를 포함한 중고등학교 학생들은 그가 지나가는 도로 옆에 모였다. 우리는 아이젠하워 대통령 일행이 지나갈 때 성조기를 흔들며 "We like Ike!"라고 대통령의 애칭을 외쳐야 했다. 거리 여기저기에서 "We like Ike!"라고 외쳐대긴 했지만, 어린 우리는 무슨 소리를 하는지도 몰랐고 그 뜻도 몰랐다.

교착상태가 지속되는 동안 유엔, 미국, 중국, 소련 그리고 남북한 당사자들의 복잡한 휴전협상이 시작되었다. 판문점에서 진행된 협상은 더디게 진행되었다. 남한의 이승만 대통령은 남북통일이 없는 휴전을 반대했고 자기의 의지를 표명하기 위해

1953년 6월 18일을 기해 포로 중에서 남한에 남기를 원하는 약 26,000명의 반공포로를 석방해 버렸다.

미국은 이승만 대통령이 휴전을 용인하도록 한미 상호방위조약을 약속했다. 1953년 7월 27일 전쟁을 멈추기 위한 휴전협정이 체결되었고 비무장지대DMZ가 설치되었다. 제2차 세계대전 말에 38선을 따라 직선으로 설치되었던 38선과는 달리 이번에 설치된 비무장지대 경계선은 한반도를 가로질러 구불구불하게 3마일 폭으로 설치되었다.

이렇게 한국전쟁은 잠정적으로 중지되었지만, '평화'가 약속된 것은 결코 아니었다. 남한이나 북한이나 통일의 목표는 달성하지 못했다. 휴전협정 후 3개월 만에 16개국의 유엔 회원국 군인들이 귀국했고 미군만이 상호방위조약에 따라 남게 되었다.

다른 나라 사람들의 시각으로는, 한국전쟁은 전쟁이 아니라 단순한 '경찰 행위'였고 이제 그것이 끝난 것이라고 생각했다. 그리고 세계의 이목은 한국을 떠나 다른 나라로 옮겨졌다. 하지만 3년간 지속한 전쟁의 폐허와 전쟁으로 망가진 삶을 회복하려는 한국인들은 여전히 남과 북으로 나뉘어 존재하고 있었다.

가방을 훔쳐 간 구두닦이 '진'

나는 활기가 넘쳤고 발걸음도 가벼웠다. 지난 3년에 걸쳐 우리는 이전의 삶을 거의 회복한 것 같았다. 1955년 여름, 나는 멋있는 새 블라우스에 무릎까지 닿는 주름치마를 입고 사람들이 붐비는 명동거리를 걷고 있었다. 명동에서는 미군 부대 매점인 PX에서 흘러나온 최신 유행의 미제 물품들을 살 수 있었다.

어느 가게에서 들려오는 노래를 흥얼거리며 따라 불렀다. 그날은 월급날이었고 가방에는 빳빳한 새 돈이 들어있었다. 다방에서 친구 순자를 만나 함께 여러 가게 물건들을 구경하다가 야간학교에 갈 예정이었다.

반공일인 토요일의 명동거리는 인파로 넘쳤고 특히 월말은 월급날 즈음이라 더 그랬다. 가게에서 흘러나오는 음악 소리와 손님을 끌려는 장사꾼들의 소리는 사람들의 마음을 들뜨게 했고 거리에서는 붐비는 사람들이 서로 몸을 부딪치기도 했다.

그때 갑자기 누가 내 등을 밀치는가 했는데 손에 들고 있던 가방을 낚아챘다.

"날치기 잡아요!"

나는 소리를 지르며 돌아섰다. 한 남자아이가 내 가방을 쥐고 한쪽 어깨에는 구두닦이 통을 둘러메고 도망치고 있었다.

"저 녀석을 잡아주세요! 내 가방을 훔쳤어요!"

나는 아이의 뒤를 쫓아갔다. 그런데 행인들은 쳐다만 볼 뿐 그냥 지나갔다. 그 남자아이는 뛰면서 내가 따라오는지 보려고 뒤돌아보았다. 그러다가 어느 남자와 부딪쳐서 넘어졌다.

내가 그를 따라잡았을 때 아이는 넘어진 채로 있었다. 내 가방과 그 아이의 구두닦이 통에 있던 것들이 주변에 흩어져 있었다. 내가 가방을 주워들고 보니 아이는 울고 있었다. 너무나 슬프게 우는 바람에 치밀어오르던 분노가 금세 사라졌다.

"다친 데는 없니?"

아이는 고개를 흔들었다. 열세 살쯤 된 것 같은 그 아이는 뼈가 앙상한 어깨에 헤진 내복을 걸치고 있었다. 나는 아무 말 없이 구둣솔과 구두약과 광내는 헝겊을 부서진 구두닦이 통에 넣어주었다. 그 애는 옷소매로 눈물을 닦으며 나를 올려다보았다. 굶주림과 외로움이 사무친, 휑하게 들어간 눈을 바라보고 있으니 가슴 저리게 가여워 화를 냈던 것이 미안할 정도였다.

"구두닦이 통이 부서졌구나! 고쳐야겠다."

내가 아이를 일으켜 준 다음 부서진 구두닦이 통을 들고 걷기 시작하자 그 애는 순순히 내 뒤를 따라왔다. 다방에 들러 친구 앞으로 쪽지를 남겨 놓고 근처 빵집으로 그 애를 데리고 갔다. 만두 네 개와 음료수 두 잔을 시켰는데, 내가 하나를 채 먹기도 전에 그 애는 자기 것을 다 먹어치웠다.

나는 두 개를 더 시켜 그 애에게 먹으라고 했다.

"오늘이 수업료 내는 마지막 날이에요."

아이는 변명 조로 이렇게 말했다. 성이 진 씨였던 걸로 기억되는 그 아이는 서울에 있는 수많은 전쟁고아 중의 한 명이었다.

잊을 수 없는 1950년 겨울, 진은 여덟 살이었는데 가족과 함께 평양에 있는 고향 집을 떠나 피난민 대열에 합류했다. 노약자와 어린이들에게는 더욱 견디기 힘든 혹독한 추위였다. 그의 어머니는 두 달 전에 여자아이를 낳고 회복되지 않은 상태로 기침을 많이 했다. 그런데다 젖이 충분치 못했다. 그래서 진의 가족은 개성에서 며칠 쉬어가기로 했다.

어머니의 기침은 더 심해졌고 전선은 매일 더 가까이 다가왔다. 절망에 빠진 진의 아버지는 진을 서울에 있는 자기 사촌에게 먼저 가 있으라고 했다. 그런데 진이 그 집에 도착했을 때 사촌은 이미 피난을 떠난 후였고 집은 텅 비어 있었다.

진은 그 빈집에서 가족이 오기를 기다렸다. 가끔 집을 나와 밥을 구걸하거나 훔치기도 했다. 그런데 아무리 기다려도 가족은 오지 않았다. 후퇴하는 군인들이 서울까지 내려왔고 진은 더는 기다릴 수 없었다. 그러다가 북한군에 붙잡히면 포로가 될 것이 뻔했기 때문이다. 그래서 피난민들을 따라 남으로 왔다.

내가 진을 만났을 때, 그는 가족과 헤어진 지 5년이 지난 때였는데 청계천 다리 밑에서 살고 있었다. 동대문에서 종로로 흐르는 청계천에는 여기저기 다리가 놓여 있고 양편에는 가게들이 줄지어 동대문시장을 이루고 있었다. 많은 피난민과 전쟁고아들이 이런 다리 밑에서 살았다.

그 애는 형편이 비슷한 아이들과 가족처럼 모여 살았다. 그리고 길거리를 돌아다니며 구두를 닦는데 미군이 주요 고객이었다. 사람들은 이런 구두닦이 아이들을 '슈 샤인 보이Shoe-shine boy'라 불렀는데 그들은 세상 물정에 밝았다.

진은 낮에는 구두를 닦고 밤에는 야간학교에 다니고 있었다. 그런데 다음 학기를 위한 수업료를 낼 돈이 없었다. 나를 만난 그날이 수업료를 내는 마지막 날이었는데 내지 못하면 다음 학기에는 학교에 갈 수가 없다고 했다. 그날 아침 진은 그달 들어 두 번째로 피를 팔았다고 했다. 혈액은행이 주는 돈은 많지 않고, 자주 피를 뽑으려 해도 그는 너무 쇠약해져 있었다. 피를 팔고 밥을 굶었는데도 수업료 낼 돈이 모자랐다.

진은 명동에서 마주치기 전부터 나를 알고 있었다고 했다. 구두를 닦는 고객 중에는 은행 직원들도 많았는데 내가 은행을 드나드는 것을 봤고 그날이 월급날이라는 것도 알았다고 한다. 그때까지 한 번도 남의 물건을 훔친 적이 없었는데 그날 내가 걸어가는 것을 본 순간 충동적으로 ㅈ가방을 낚아챘다는 것이다.

심리학자 매슬로가 제시한 욕구의 단계 이론에 의하면 음식에 대한 욕구는 인간의 가장 기본적인 생리적 욕구라고 한다. 그러나 때에 따라 배움의 욕구가 음식에 대한 욕구보다 더 크지 않나 싶을 때도 있다.

그날 이후 진을 정기적으로 만났다. 예상치 못했던 가방 날치기 사건으로 진뿐만이 아니라 다리 밑에서 사는 다른 사람들도 많이 알게 되었다. 그 사람들은 모두 전쟁 때문에 가족과 헤어진 피난민과 전쟁고아들이었다.

나는 저녁 시간에 찾아가서 그들이 경험담한 것과 현재 처한 어려움에 관한 이야기를 귀 기울여 들었다. 때로는 채소를 사 가거나 죽을 끓여 진과 함께 지내는 주변 사람들과 나누어 먹기도 했다. 진은 가끔 친척이 살던 집에 들러 그들이 돌아왔는지 살폈다.

그러던 어느 날, 그 집에 가보니 낯선 사람들이 살고 있었다고 한다. 그 사람들 말로는 진의 친척이 그 집에 다시 돌아오지 않기로 결정하고 집을 팔았다는 것이다. 그 후에도 진은 계속 가족을 찾았지만 허사였다.

1960년 내가 한국을 떠날 때 진은 군 복무 중이었다. 그리고 몇 년 후에 소식을 들었는데 군 복무를 마치고 광산에서 일하기 위해 독일로 떠났다고 했다. 진이 독일에서 행복한 삶을 살기를 마음속으로 기원했다.

가족을 잃고 웃음도 잃어버린 송 씨

구두닦이 진을 통해 알게 된 사람 중에 30대 초중반쯤 된 송 씨라는 분이 있었다. 그는 진처럼 다리 밑에서 혼자 살고 있었다. 1955년 여름, 진과 가족처럼 지내는 사람들을 자주 찾아갔었는데 음식을 먹을 때마다 송 씨에게 함께 먹자고 했지만, 그는 핑계를 대며 잘 응하지 않았다.

송 씨는 예의가 바르고 조용했으며 말투가 부드러웠다. 어쩌다가 우리의 초대에 응한다 하더라도 웃거나 장난치지 않고 불편해하거나 미안한 표정을 짓곤 했다. 어떤 때는 혼자 조용히 자리를 뜨기도 했는데, 그런 그의 모습이 슬프고 외로워 보였다.

한번은 그에게 다가가 "송 씨 아저씨, 함께 어울리는 게 싫으세요?" 하고 물었다. 그러자 그는 "나는 집도 잃고 웃음도 잃은 사람이야"라며 낮은 목소리로 답했다. 나는 조금씩 그를 알게 되었고, 그도 서서히 나를 믿고 자기 이야기를 들려주기 시작했다.

송 씨는 1945년 제2차 세계대전이 끝날 무렵 일본에서 법과

대학 졸업반 학생으로 유학을 하고 있었다고 한다. 해방이 되자 고향인 북한 '교미포'로 돌아왔는데 분단된 조국에서 지내는 동안 북한 공산당 지도자들에게 크게 실망했다고 한다. 그의 가족은 1946년에 시행된 토지개혁법에 의해 땅을 잃었고, 송 씨는 여러 구실을 대며 공산당 모임에 잘 나가지 않았다. 그러는 사이 그는 어린 시절부터 알고 지내던 여자와 결혼해 아들과 딸을 낳았다.

1950년 6월 북한군이 38선을 넘으며 한국전쟁이 시작되었다. 같은 해 10월 유엔군과 한국군은 북으로 진격해 송 씨의 고향을 점령했고 뒤이어 평양을 지나 압록강에 이르렀지만, 송 씨의 해방감은 오래가지 못했다. 10월 중순 중공군이 전쟁에 가담했다는 소식이 들렸기 때문이다.

그대로 있으면 안전하지 못하다는 것을 알고 그는 집을 떠났다. 식구들을 다 데리고 갈 필요가 없다고 생각했으므로 연로하신 부모님과 아내와 아이들에게 잠시만 떨어져 있으면 될 거라고 말하고 눈물을 흘리며 헤어졌다. 아내는 떡을 싸주며 무사히 돌아오라고 했단다. 그렇게 150만 명쯤 되는 이북 사람들이 남쪽으로 피난을 와서 다시는 고향으로 돌아가지 못했다.

송 씨는 폭우가 내리는 날 남으로 향하는 기차 지붕 위에 앉아 생쥐처럼 떨며 목숨을 부지하겠다고 혼자 떠나온 것이 잘못된 결정이었음을 그제야 깨달았다. 다섯 살 정도 된 사내아이가 그의 옆에 앉아 있었는데 아이는 춥고 지쳐 엄마의 손을 잠깐 놓친 사이 그대로 기차에서 떨어져 버리고 말았다. 그걸 보며 송 씨는 집을 떠난 것을 후회하기 시작했다. '내 목숨이 이렇게 보호할 가치가 있는 것인가?' 스스로 물으며 자책하기도 했다.

송 씨는 부산까지 내려갔다. 더 이상 내려갈 수 없게 된 그는 어떻게 해야 할지 몰랐다. 부산에 도착하기 전까지는 어딘가 가야 한다는 목적의식이 있어서 가족을 떠나온 사실을 정당화할 수 있었다. 하지만 부산에 도착한 후에는 그저 목숨을 부지할 뿐이었고 닿을 수 없는 먼 곳에 가족이 있다는 사실에 절망했다. 그는 "부산에서 겪은 일을 말로 다 표현할 수가 없다"고 했다.

유엔군과 한국군이 북으로 진군할 때 가족을 만나겠다는 희망을 품고 그도 북으로 향했다. 가족을 만나 어려움을 함께 나누고 싶었다. 그러나 연합군은 그의 고향까지 북진하지 못했다.

그는 말했다.

"바보 같은 소리지만 내가 서울로 온 것은 조금이라도 고향과 가까운 곳에 있고 싶어서였단다."

그가 도시의 황량한 잿더미 위에서 어떻게 살았는지 설명하지는 않았지만, 의지할 사람 하나 없는 곳에서 살아남아야 했던 그의 삶이 어떠했을지 충분히 상상할 수 있었다.

낯설고 파괴된 도시에서 힘겹게 목숨을 부지하고 있는 사람이 송 씨뿐만이 아니었다. 남한으로 피난 와 새로운 삶을 개척하려는 사람들이 셀 수 없이 많았다.

그러나 송 씨의 경우는 다른 피난민들과 다른 점이 있었다. 그는 과거를 잊고 새로운 삶을 살기 위해 안주할 수가 없었다. 그는 나에게 "고상한 이유를 핑계 대며 가족을 버려도 괜찮다고 말하는 사람은 비겁한 위선자야!"라고 말했다.

가족을 버렸다는 죄책감 때문에 그는 서울에 자리를 잡고, 보다 나은 삶을 살기를 거부했다. 가족을 배반하는 것 같아서 새로운 즐거움을 누릴 수가 없었다. 외로움을 참기 힘들 때면 그는 휴전선 근처의 통일전망대로 가서 몇 시간씩 북쪽을 바라보며 가족을 그리다 오곤 했다. 그럴 때면 자살을 생각하기도 했지만, 자신을 기다리고 있을 가족을 떠올리며 참았다고 한다.

어느 날 내가 다리 밑 친구들을 보러 갔을 때, 진은 송 씨가 쓴 노트 한 장을 보여 주었다. 거기에는 다음과 같이 쓰여 있었다.

'여기에서의 삶이 너무 편안해지는 것 같아 오히려 두렵다. 다시 어디로 옮겨야 할 때가 온 것 같다. 그동안 고마웠다. – 송.'

이 소식을 접하고 나는 별로 놀라지 않았다. 이런 일이 생길지도 모른다고 생각해왔기 때문이다. 그는 늘 불안해 보였고 우울한 것 같았다. 그 후 그에 관한 소식을 듣지 못했다. 그가 떠난 것이 몹시 슬펐지만, 그것이 바로 그가 원하던 것임을 알고 있었으므로 행방을 적극적으로 알아보려고 하지 않았다.

송 씨가 죄책감을 극복하고 새로운 삶을 시작하기를 간절히 바란다. 또한 그렇게 되는 것만이 그가 두고 온 가족을 위하는 유일한 길이라고 믿는다.

어느 날 문득 찾아온 가톨릭 신앙

〰️🧶 1957년 가을, 수업을 받으러 버스 정류장으로 가고 있었다. 야간학교에서 고등학교 졸업장을 받은 후에도 낮에는 계속 은행에 다니는 한편 저녁이면 야간 교육대학 과정을 다니고 있었는데, 이제 그 과정도 거의 끝나가고 있었다.

버스 정류장 가까이 한 젊은 여자가 깊은 생각에 잠겨 지나가고 있었다. 검은 옷에 수녀 모자를 쓰고 있었는데, 고등학교 동창인 재옥이 같아 보였다. 혹시나 해서 "옥이 아니니?" 하고 불렀더니 그녀는 천천히 돌아서서 나를 쳐다보았다. 얼굴이 창백하고 어깨가 좀 처져 있었지만 재옥이가 틀림없었다.

해방 이후 나라가 남북으로 갈리자 많은 북한 주민이 남한으로 넘어왔고 재옥이네 집도 그중 하나였다. 새로 선 한국 정부는 어려움이 많았고 점점 많아지는 북한 피난민들을 지원할 자원이 없었다. 그때 종교 단체가 사람들을 많이 도왔다. 특히 기독교 단체들이 경제적 지원을 비롯해 많은 도움을 주었으며, 많은 사람이 기독교를 신앙으로 받아들이는 계기가 되었다. 재옥이의 가정은 천주교회에 나가면서 생활품과 일자리를 제공받았다.

고등학교에 다니는 동안 재옥이와 나는 아주 가까운 친구였다. 학생회에서도 함께 활동하며 소풍을 계획하기도 하고, 수업료를 인상하려고 할 때면 학생 대표로 학교와 협상을 하기도 했다. 재옥이는 학생회가 질서정연하게 운영되도록 능률적으로 일을 한 친구였다. 또 재옥이는 자기가 다니는 성당의 각종 활동과 교육에도 열심히 참여하더니 고등학교 졸업 후에 신앙생활을 계속하기로 결심했고 2년 전에 수녀원에 들어갔는데 그 후로 연락이 끊긴 상태였다. 그녀가 속한 수도회는 부산에 있었으므로 이만남은 정말 예상 밖의 일이었다.

"너를 이렇게 만나다니 꿈만 같아!"

나는 그녀를 껴안았다. 재옥이도 나를 알아보고 미소를 지었지만 약간의 거리를 두는 느낌이 들었다. 우리는 근처 다방으로 들어가 얘기를 나누었다. 재옥이는 폐결핵을 앓고 있는데, 병세가 나빠져서 집에서 요양 중이라고 했다. 그때부터 재옥이를 자주 찾아가 신앙을 비롯한 많은 이야기를 나누었다.

학창시절 재옥이와 가깝게 지내기는 했지만 종교에 관심이 없었던 터라 그녀의 신앙에 대해 알려고 하지 않았다. 그런데 재옥이를 다시 만난 후, 나는 비극적 상실과 용감한 행동을 포함해 전쟁 중일 때와 그 이후에 생겼던 모든 일이 어떤 높은 차원의 뜻에 의한 것은 아니었는지 생각하기 시작했다.

내적 평안을 위해 절에 간 적도 있고, 마음 속에서 일어나는 질문에 대한 답을 찾고자 여러 종류의 교회를 다닌 적도 있으며, 신을 통한 구원에 관해서도 얘기를 들어왔다.

그런데도 나는 여전히 무조건적이며 영원한 사랑을 찾고 있었다. 수업을 마치고 집으로 돌아가는 길에 밤하늘을 올려다보면서 종종 구원을 갈망했다. 내가 찾고 있는 것이 정확히 무엇인지 몰랐고 내 기도가 누구를 향하고 있는지도 몰랐다. 분명히 아는 것은 절대적으로 도움이 필요하다는 사실이었다. 나는 나 자신의 구원을 위해 순례의 길을 가고 있었던 것이다.

재옥이는 자연스레 나를 가톨릭교회로 이끌었다. 교구 신부님에게 나를 소개했고 교리공부를 시작했다. 하느님의 사랑을 느끼고 누군가가 나를 진정으로 보살피며 함께 고난을 나누고 있다는 사실을 이해하게 되자, 마음의 고통이 가라앉고 비로소 안도의 숨을 쉴 수 있게 되었다.

심오한 계시가 느껴졌다. 무조건적인 사랑이 나에게 주어졌고 나는 그저 받아들이기만 하면 되는 것이었다. 나는 그 사랑을 받아들였고 가톨릭 신자가 되었다. 교리지식이 짧고 신학에 대해 아는 것이 없었지만, 그것은 전혀 문제가 되지 않았다. 가톨릭 신앙에 대한 온전한 이해는 차차 생길 것이기 때문이었다. 그때는 내가 하느님의 품에 안겼다는 것으로 족했다. 내가 사랑받고 있다는 사실을 아는 것만으로도 충분했다.

또 다른 꿈

"너도 결혼해서 네 가정을 꾸리는 것이 어떠냐?"

어머니가 이따금 물어보셨다. 나도 이제 20대 중반이 되었고, 어머니와 친척들은 결혼을 해서 가정을 꾸리는 여성의 의무에 대해 내게 계속 말하곤 했다.

"네 언니를 봐라. 결혼해서 벌써 아들을 둘이나 낳지 않았니? 너도 그렇게 행복하게 살고 싶지 않니?"

그러고는 거의 매주 토요일 오후만 되면 낯선 남자를 만나 선을 보라고 하셨다. 하지만 항상 핑계를 대고 나가지 않자, 어머니가 나무라셨다.

"그 남자가 어떻다고 그러니? 어엿한 직장이 있고 집안도 좋은데 말이야."

그러나 그 당시 내 삶에서 결혼은 우선순위의 마지막이었다. 그때까지 나는 전쟁의 불안과 나에게 의지하는 식구들에 대한 의무를 감당하며 살아왔다. 너무나 긴 세월 동안 가족을 부양하려 애써왔기 때문에 이제는 개인적인 삶의 평화를 얻고 내가 원하는 일을 하고 싶었다.

전쟁 이후 나는 많은 전쟁고아를 알게 되었다. 그들은 하루하루 살아가기 위해 일을 해야 했고, 공부를 하고 싶어도 수업료를 낼 형편이 아닌 '진'이 같은 아이들이 많았다. 그리고 이미 나는 초등학교 교생 실습과정까지 포함하여 2년제 교육대학 과정을 모두 마친 상태였다.

나는 학교에 다니고 싶어 하는 전쟁고아들을 보며 그들을 돕고 싶었다. 그들에게 수업료 걱정 없이 배움의 길을 열어주고 꿈을 펼칠 수 있도록 희망을 주고 싶었다. 그리고 그런 아이들을 도우려면 내가 먼저 학력을 쌓아야 한다고 생각했다. 성공하기 위해서는 모든 속박에서 벗어나야만 했다.

그리고 이러한 노력과 삶의 의미를 추구하는 과정에서 신앙을 찾았다. 새로 갖게 된 가톨릭 신앙을 통해 나의 미래는 보다 확실해졌다. 나는 해외 유학을 마치고 돌아와 전쟁고아들을 위한 학교를 세우겠다고 마음먹었다. 재옥이처럼 수도자가 되는 것도 염두에 두었다.

이렇게 마음을 정하자 목표를 달성하기 위해 에너지를 집중하는 것이 수월해졌다. 그렇다 해도 그 당시로써는 젊은 여성이 혼자 유학을 간다는 것은 꿈도 꾸기 힘든 일이었다.

내 생각을 말하자 가족들은 처음에 충격을 받은 것 같았다. 그러나 결심이 완강하다는 것을 알아챘고, 내 고집을 잘 아는 터라 더는 마음을 돌리려고 애쓰지 않았다. 그래도 가족들은 여전히 내가 점잖은 남자를 만나 정착하면 유학 같은 엉뚱한 생각은 하지 않을거라는 희망을 포기하지 않았다.

한국에서의 내 삶은 엄청난 사회적, 정치적 변화의 영향을 받았다. 여러 어려움을 겪었지만 그래도 나의 삶은 멋있었고, 항상 나를 인도하는 손길이 있다고 믿었다. 장애물을 만날 때마다 이를 피해 갈 뒷문이 열렸다. 이제 나의 의무만을 수행하기보다 나의 열망을 실현하기로 결심했다.

이번에도 모든 꿈이 실현되는 뒷문이 열리길 기도하며 인내심을 가지고 기도하며 기다렸다. 주님의 뜻이 이루어지기를……

'미군', 또 다른 전쟁의 피해자들

⎯⎯⎯⎯⎯⎯◯◯◯◯◯◯✺ 유학의 기회를 모색하고 있던 1958년과 1959년 무렵, 나는 무엇보다 영어회화를 배우는 데 힘썼다. 당시 대학생들에게는 미군에게 서울과 주변 지역을 안내하면서 영어를 배우는 그룹 활동이 있었다. 나는 한영사전을 들고 그룹에 가입했고, 가능하면 자주 가이드 활동에 참가했다.

어느 토요일 오후, 세 명의 학생과 미군 두 명을 만나 경복궁에 갔다. 경복궁은 전쟁 중에도 심하게 파손되지 않은 상태였다. 미군기지로 돌아오는 길에 우리 일행은 어느 다방에 들렀다. 차를 마시는 동안 우리는 떠듬거리며 사전을 계속 들춰보고 웃기도 하면서 서투른 회화를 이어갔다.

전쟁 이후 미군은 한국에 커피 마시는 문화를 전해주었고 모든 다방에서 커피를 마시는 것이 유행이었다. "Coffee drink good—나는 커피 마시는 게 좋아"라고 한 학생이 말하면 그 말을 받아 다른 학생이 "Me too. Drink four coffee—나도 그래.

나는 벌써 넉 잔이나 마셨어"라고 말하는 식이었다. 그러면 미군이 영어로 "나도 커피를 좋아하지만, 너무 많이 마시면 잠이 잘 오지 않아"라고 했다.

다방에서는 배경음악으로 유행가가 흘러나왔다. 어떤 노래가 시작되자 미군 하사관 한 명이 이야기를 멈추더니 음악에 귀를 기울였다. 그러다가 갑자기 표정이 변했고 곡이 끝날 때쯤에는 아주 우울해 보였다.

우리는 그 노래의 곡명을 묻고 다시 한번 들려달라고 부탁했다. 곡명은 〈테미Tammy〉였는데 테미라는 말이 후렴으로 되풀이해 들렸다. 그 미군 하사관은 의자에 비스듬히 등을 기대고 눈을 감은 채 노래를 듣다가 눈물을 흘렸다.

노래가 다 끝났는데도 그는 눈물을 닦지도 않고 그대로 앉아 있었다. 함께 나온 친구가 설명해주었다. 그에게는 딸이 둘 있는데 둘째 딸 이름이 테미이고 불과 3개월 전, 그가 한국에 있는 동안 태어났다고 했다.

그는 자기 가족사진을 자랑스럽게 보여 주며 어서 빨리 집에 돌아가 새로 태어난 테미를 보고 싶다고 했다. 하지만 한국에서 복무를 끝내고 귀국하면 그 딸아이는 거의 한 살이 됐을 테고 자기를 낯설어 할 것이라고 했다. 이런 사실이 그를 참기 힘들 정도로 슬프게 만든 것 같았다.

덩치 큰 군인이 딸이 그리워 사람들 앞에서 눈물을 흘리는 모습은 나의 마음도 울적하게 했다. 거기 있던 우리 모두가 그 슬

품과 그리움에 공감했다. 전쟁은 끝났지만 전쟁 피해자들은 사라지지 않고 곳곳에서 눈에 띄었다.

　휴전이 된 지 7년이 지났는데도 미국 군대는 여전히 한국에 주둔해 있었다. 미군 병사가 한국 민간인에게 못되게 군 일이 없었던 건 아니지만, 대부분의 병사는 그 하사관처럼 예의가 발랐다. 그리고 하루속히 복무를 끝내고 집으로 돌아가 가족을 만날 수 있게 되기를 고대하고 있었다.

떠나는 딸에게 주신 아버지의 선물

젊은 시절 일본에서 10년 동안 지내셨던 아버지는 유학을 가고 싶다는 내 뜻을 어머니보다 훨씬 더 잘 이해해주셨다. 그러면서 나에게 경제적인 도움을 주지 못해 미안하다고 하셨다. 그 대신 아버지는 소중한 충고를 해주셨는데 그것은 그 어떤 것보다도 값진 것이었으며 훗날 내게 큰 도움이 되었다.

"네가 타국에 가면 수많은 사람을 새로 만나게 될 것이다. 사람을 만날 때마다 그의 밝은 면을 보려고 하고 좋은 점만을 기억하도록 하여라."

아버지는 항상 사람은 선천적으로 선하다고 믿으셨다. 나는 아버지의 그런 믿음을 존경했다.

"다른 사람이 하는 말로 누군가를 판단하려고 하지 말고 네가 직접 본 사실을 가지고 판단해라.", "어떤 사람에 대하여 좋게 말할 것이 없으면 차라리 그의 좋은 점을 발견할 때까지 조용히 있는 것이 낫다." 이것이 삶을 조화롭게 사는 그분의 원칙이었다.

"때로는 너를 괴롭히는 사람을 만날 수도 있다. 그런 일은 마음에서 지워버려라. 쉽지는 않겠지만 최선을 다해 그렇게 해봐라. 화를 내는 것은 너에게 아무 도움이 되지 않는다. 그것은 네 마음에 독이 될 뿐이다. 대처하는 최선의 길은 그것을 계속 마음에 품고 있지 않는 것이다. 이것만이 너를 건강하고 행복하게 해주는 길이다."

심오한 아버지의 충고를 들으며 나도 아버지에게 약속했다.

"아버지, 이 충고를 꼭 기억하고 실천하도록 하겠어요."

한국을 방문 중인 캐나다인 사제, 도미니코 신부님의 도움으로 나는 캐나다 몬트리올에 있는 맥길대학교에 조건부로 입학할 수 있었다. 홀로 사시는 신부님의 누님이 나의 후견인이 되어주셨다. 이 두 개의 증명서를 가지고 한국 정부가 실시하는 시험을 본 다음, 유학 허락을 받았다.

10년 동안 근무하던 은행에서 퇴직하고 그 퇴직금으로 몬트리올행 편도 탑승권을 샀다. 내가 하려는 일이 얼마나 큰일인지는 미처 생각하지 못했다. 그저 그렇게 하는 것이 내가 숨 쉴 수 있는 길이라 여기고 진행했다. 그때까지 나는 한 번도 비행기를 타본 적이 없었으며, 가장 멀리 가본 곳이 부산이었다.

꿈이 현실이 되어 집을 떠나게 되자, 나는 25년 동안의 내 삶을 잠시 되돌아보게 되었다. 그리고 인생이란 다양한 사람들과의 여러 만남으로 이루어진다는 것을 새삼스럽게 깨달았다. 영어 금언

에 'No man is an island.-혼자인 사람은 아무도 없다'라는 말
이 있다. 우리는 이 세상을 혼자 힘으로 살 수 없다. 다른 사람과
의 만남으로 인해 나의 독자성이 이루어진다. 그리고 오늘의 내
가 있기까지 정말 많은 이가 도와주었다는 생각이 들었다.

아버지는 일본에 관한 여러 이야기를 들려주시면서 한국 너머
넓은 세상에 많은 기회가 있다는 것을 알려주셨다. 무엇보다 아
버지는 인간은 본래 선하다는 믿음을 가르쳐 주셨다. 어머니는
나를 항상 사랑하셨고 필요할 때마다 주위를 돌아보면 보호해주
는 누군가가 있다는 것을 가르쳐주셨다.

나의 첫 스승이었던 명이 아저씨는 꿈을 심어주셨고, 비록 이
루어지지 않은 사랑일지라도 사랑은 삶을 풍성하게 해준다는 사
실을 가르쳐주었다. 이발사 최 씨는 한국은행에 취직할 수 있도
록 나를 도와주셨는데 제대로 보답할 기회도 없었다. 한국전쟁의
혼란 속에서 그 두 여인은 집을 떠나 돌아오지 않았다. 수녀 친구
재옥이는 나를 영적 구원의 길로 인도해주었다. 그리고 최근에
나에게 은혜를 베풀어주신 분은 도미니코 신부님과 그 누님이셨
다. 두 분은 나에게 캐나다에서의 정착지를 제공해주셨다.

한국은행은 열다섯 살도 채 안 된 나에게 일자리를 주었고 그
일자리는 나를 성숙한 여성으로 만들어주었으며, 10년 후 캐나
다로 떠날 때까지 나에게 힘이 되어주었다. 내가 감히 집을 떠날
꿈을 꿀 수 있었던 것은 그렇게 10년 동안 안정된 일자리가 있었
기 때문이다. 그 일은 나와 내 가족에게 단순히 재정적 안정뿐만

이 아니라 당시에는 불가능해 보였던 해외 유학이란 엉뚱한 꿈을 꿀 수 있는 열망을 가져다주었다.

훗날 사람들은 나에게 어쩌면 그렇게도 과감한 행동을 할 수 있었느냐고 묻곤 한다. 돌이켜 보면 내 행동은 삶을 바꾸어보겠다는 강한 열망 덕분이었지만, 중요한 것은 내가 진취적인 자세를 취했다는 것이고 은행에서의 일자리가 그럴 수 있는 힘을 주었다는 사실이다.

나는 마음속으로 다짐했다. '한국은 내게 생명을 준 고향의 나라이다. 나는 이제 외국에 살면서 한국의 비공식적인 대사 역할을 해야 하니 지금부터 항상 반듯하게 행동해야 한다. 그래야 외국 사람들이 나를 보고 한국을 좋게 평가할 것이기 때문이다. 그것이 한국인으로서 해야 할 의무이다. 그리고 아버지의 충고를 항상 기억하며 그 말씀대로 살도록 노력해야 한다.'

한국이여, 안녕!

한국을 떠나는 날, 온 가족과 친구들이 김포 공항으로 배웅을 나왔다. 그들은 공항 출국 라운지에서 마지막으로 격려의 말을 해주었다. 그러면서도 여전히 내가 외국으로 떠나는 것이 실감 나지 않는 듯했다. 그건 나 역시 마찬가지였다.

탑승을 알리는 방송이 나오자, 그들을 한 사람 한 사람씩 온 힘을 다해 껴안았다. 그러나 아버지와 어머니는 포옹하지도 못하고, 대신 공손히 '안녕히 계세요' 하며 허리를 숙여 정식으로 절을 올렸다. 마음으로는 껴안고 싶었지만, 끝까지 나는 얌전한 한국의 딸 노릇을 했다.

정신이 얼떨떨해 그때 누구와 어떤 말을 나누었는지 하나도 기억나지 않는다. 지리적으로 말한다면, 나는 아시아의 북위 38도선 남쪽의 서울을 떠나 지구 뒤편 북아메리카의 북위 45도 선에 있는 캐나다 몬트리올로 떠나게 된 것이다. 내가 한국을 떠난

날은 내가 거의 스물다섯 살이 되는 1960년 10월 15일이었다. 이로써 내 인생의 초반기를 마감했다. 나는 인생의 다음 단계를 시작할 자세와 의지를 갖추었다.

2부 / 캐나다에서의 삶

1960~

몬트리올에서 시작된 새로운 전쟁

길고도 힘든 여행이었다. 내가 탄 비행기는 1960년 10월 15일 금요일 김포를 출발해 일본 홋카이도, 미국 앵커리지와 시애틀에 기착해 급유를 했다. 그리고 김포에서 이륙한 날과 같은 날짜 금요일 아침에 뉴욕에 착륙했으며, 그곳에서 비행기를 바꾸어 타고 그날 오후 캐나다 몬트리올에 도착했다.

긴 여행이었지만 좋은 사람들을 만날 수 있어서 다행이었다. 한국을 떠날 준비를 할 때 나는 몬트리올로 가는 젊은 음악가들을 알게 되었다. 그들은 열두 명의 한국 농아들로 몬트리올 농아학교 초청을 받고 한 달간 공연을 하러 가는 길이었다. 나는 그들이 캐나다에서 공연을 할 때 함께 그 농아재단에 머물도록 허락받았다. 그 재단은 농아들을 위한 기숙사가 있는 학교였다.

그곳의 교장 신부님과 수도자들은 참으로 친절하셨다. 나는 기숙사에서 함께 지내며 수사님들의 사무를 도왔다. 그리고 음악가들이 귀국한 후에도 계속 그 농아학교에 머물 수 있었다.

내가 제일 먼저 한 일은 한국에서 만난 도미니코 신부님의 누님 보봐르 여사를 방문해 후원에 감사를 드리는 것이었다. 그분은 몬트리올 동쪽 끝에 살고 있었다. 80대 초반이었던 그분은 10년 전에 사별한 남편의 적은 연금으로 소박하게 살고 계셨다. 연세가 드셔서 쇠약해 보였지만, 말씨가 상냥한 그분은 조용한 삶을 살고 있었고 영어는 하지 못하셨다. 말이 통하지 않았지만 그분이 1962년에 돌아가실 때까지 여러 차례 찾아뵈었다.

캐나다에 도착하자마자 입학 등록을 하러 맥길대학교에 갔다. 하지만 새 학기가 벌써 시작되었고 내 영어 실력은 강의를 듣기에 충분치 못해 학교 당국은 등록을 다음 해 9월로 미뤘다.

영어와 프랑스어 2개 국어를 사용하는 몬트리올에서의 첫해는 무척 힘들었다. 한국을 떠날 때 나는 새로운 삶에 도전할 준비가 충분히 되어 있고 영어 실력도 불편하지 않을 정도라고 생각했다. 하지만 가끔 미군과 한두 마디 영어를 주고받는 것과 영어권에서 생활하는 것이 같을 수가 없었다. 게다가 몬트리올은 공식적인 업무를 볼 때는 영어를 쓰지만 기본적으로는 프랑스어를 사용하는 도시다. 나는 혼란스럽고 말문이 막혀 내 뜻을 제대로 전하지 못할 때가 많았다.

이러한 언어 문제에다가 문화적 차이 때문에 계속 오해가 생겼다. 예를 들면 부정적인 질문에 응답할 때, 처음에는 내가 오해를 받게 되었다는 사실조차 깨닫지 못했다. 누가 'Don't you like it?'라고 물을 때, 좋아하지 않으면 'No'라고 대답해야 하는

데 한국식으로 'Yes'라고 대답했고, 좋아하면 'Yes'라고 해야 하는데 한국식으로 'No'라고 대답했다.

이런 차이를 아는 데만 몇 개월이 걸렸고 그 습관에 익숙해지는 데 또 몇 개월이 걸렸다. 영어 실력이 짧아 간단히 'Yes' 'No'라고만 대답했기 때문에 오해는 더 커졌다. 이런 일이 번번이 일어나자 내가 바보가 아닌지 스스로 의심하게 되었다.

다른 사람들과 소통하기 위해 문장 하나하나를 한국어로 생각하고 그것을 다시 머릿속에서 영어로 바꾸는 긴 과정을 거친 후 비로소 말이 입 밖으로 나왔다. 그런데도 누가 한 말을 이해 못할 때는 너무 당황해서 질문을 다시 해달라는 말조차 하지 못했다. 몸과 마음은 항상 경계 태세였고 심지어 누가 지나가면서 인사로 그냥 'Hello'라고만 해도 공포심을 느꼈다.

소통이 좀 편안하게 되기까지 6개월 이상이 걸렸다. 끊임없이 겪어야 하는 문화 충격은 의사소통뿐만이 아니었다. 가장 견디기 힘든 고통은 한국 음식에 대한 갈망이었다. 김치에 밥 한 그릇만 먹을 수 있다면!

너무 참기 힘들 때는 이탈리아 식당에 가서 스파게티에 고춧가루를 듬뿍 뿌려 매운맛에 대한 그리움을 달랬다. 전쟁을 겪으며 나는 육체적 · 정신적으로 스트레스를 계속 받는 것이 얼마나 힘든지 경험했다. 그런데 놀랍게도 언어와 문화가 다른 곳에서 사는 것도 그에 못지않은 스트레스라는 것을 새삼 느꼈다.

아버지의 죽음

향수에 젖어 지내던 내게 매주 아버지가 보내주시는 편지는 유일한 위안이었다. 하루하루를 살아가게 하는 생명줄 같았다. 그런데 몬트리올에 온 지 열 달 만에 아버지의 편지가 끊겼다. 그러고도 6주 동안 집으로부터 아무런 소식을 듣지 못했다. 소식이 끊기자 외로움은 극심한 불안으로 바뀌었다.

나는 별별 끔찍한 일들을 상상하기 시작했다. 그리고 거의 매일 밤 집으로 편지를 써서 제발 무슨 소식이라도 좋으니 알려달라고 간청했다. 근심에 빠져 아무 일도 할 수 없었다. 그리고 거의 두 달이 지난 후 여동생 재훈이로부터 편지가 왔다. 드디어 기다림과 상상의 고통이 끝난 것이다. 얼른 편지봉투를 뜯고 읽기 시작했다.

'언니가 걱정할까 봐 편지를 쓰지 못했어요. 아버지가 3주 전에 돌아가셨어요.'

내가 걱정할까 봐 소식을 보내지 않았다고? 무소식이 나쁜 소식보다 더 나쁘다는 것을 몰랐던 걸까? '무소식이 희소식'이라고 말하는 사람은 소식을 기다리는 일이 얼마나 고통스러운지 모르는 사람들이 하는 말이다.

아버지의 별세 소식은 나를 혼란스럽게 했다. 다른 가족들이 남아 있어 여전히 내 생명줄 역할을 해주고 있다는 안도감과 동시에, 아버지의 죽음에 대한 큰 슬픔이 교차했다. 집을 떠나올 때 나는 아버지께 공부를 마치고 다시 돌아오겠다고 약속했다. 그런데 이제 돌아가도 반겨주실 아버지가 안 계신 것이다. 아버지를 다시 뵐 수 없게 되었다는 사실에 울었고, 아버지가 더는 고통을 겪지 않아도 된다는 사실에 그나마 위안을 받았다.

너무 외로웠다. 하지만 한국에 있는 친구나 가족들에게 내가 얼마나 절실하게 집을 그리워하고 있는지 속내를 드러낼 수도 없었다. 그들은 모두 다 내가 잘 지내고 있을 거라고 믿고 있었기 때문이었다. 그들은 '주위 사람들의 기대를 과감히 뿌리치고 자기 길을 간, 의지가 있고 고집 센 여자 김재숙은 절대 외로움에 눈물 흘리지 않을 것이다'라고 생각하고 있을 거였다.

그리고 내가 얼마나 집을 그리워하는지 알게 된다면 가족들은 몹시 마음이 아플 것이다. 그러므로 가족들은 결코 내가 외로워한다는 사실을 몰라야 했다. 나는 결코 가족들을 실망시킬 수 없었다. 집에서 오는 편지들은 항상 나에 대한 격려와 칭찬으로 가득 차 있었다. 그들을 실망시키고 싶지 않았으므로 혼자 고독을 참아낼 수밖에 없었다.

고독한 삶에 단 하나의 위안은 하느님이 여전히 나를 사랑하신다는 사실이었다. 외로움이 너무 복받쳐 오를 때는 성당에 가서 조용히 묵상을 했다. 그러다 보면 가슴의 답답함이 풀리고 마음과 몸이 서서히 편안해졌다. 나는 어머니가 두 팔로 나를 껴안고 있는 것을 상상했다. 그리고 어린 시절 길을 잃었을 때도 내가 얼마나 안전하다고 느꼈는지 떠올리곤 했다.

하루는 성당에서 나오는데 신부님 한 분이 다가와 혹시 도움이 필요하냐고 물었다. 나는 우물쭈물 핑계를 대고 도망쳤다. 신부님께 내 상황을 프랑스어로 설명하려고 애쓰다 보면 오히려 더 불안해질 것 같았다.

하지만 미사 참례는 항상 내게 평안함을 주었다. 1960년은 제2차 바티칸공의회1962년~1965년가 열리기 전이어서 전세계 모든 미사를 라틴어로 드리던 때였다. 그래서 미사 중에 '상뚜스'와 '하느님의 어린 양'을 따라 부르면 한국에서 미사를 드릴 때와 같은 평온함을 느낄 수 있었다.

삶은 앞을 향해 나아가야 한다

몬트리올에서는 주로 프랑스어를 사용한다. 하지만 나는 영어를 먼저 배우기 시작했으므로 계속 영어를 공부할 수밖에 없었다. 또 내가 가려고 마음먹고 있던 맥길대학교는 영어를 쓰는 학교였는데, 그 무렵에 이미 내가 어학에 소질이 없다는 것을 깨달았으므로 새로운 언어를 익힌다는 것은 몹시 불안한 일이었다.

포기란 있을 수 없는 일이었고, 설령 내가 원한다 해도 이제는 집으로 돌아갈 방법이 없었다. 편도 항공권을 사서 왔는데 돌아갈 항공권을 살 돈이 내겐 없었다. 내가 가진 것은 미화 20달러와 금반지 하나뿐이었다. 출국할 때 공항에서 어머니가 손수건에 싸서 건네시며 "정 살기 힘들면 이걸 팔아서 집에 오는 데 보태거라"라는 말씀과 함께 주신 반지였다. 어머니가 그때까지 모은 쌈짓돈을 다 털어서 산 묵직한 반지였고, '미국 돈'은 친구들이 암시장에서 구해준 것이었다.

몬트리올에서 알게 된 모든 사람이 친절하게 대해 주었지만, 내 생활비까지 신세 질 수는 없는 노릇이었다. 한시라도 빨리 자립해야 했고 그러기 위해서는 영어를 하루속히 배워야만 했다.

농아학교 교장 신부님의 도움으로 나는 그 동네 여자고등학교에서 일주일에 세 번 오전 수업을 받았다. 그 학교는 영어권 가톨릭 고등학교로 교직원이 대부분 수녀님이었다.

내가 동양에서 온 첫 번째 유학생이었으므로 모든 학생이 내게 관심을 가졌고 대화를 나누고 싶어 했다. 방과 후에는 자주 시내에 데리고 나가 관광을 시켜주기도 했다. 외출복으로 갈아입은 후 우리는 함께 버스를 타고 시내 번화가로 갔다.

1961년 몬트리올에는 외국인이 많지 않았다. 내가 다른 학생들과 모습이 너무 달랐으므로 버스 기사는 학생 표를 내는 다른 학생들의 신분증만 확인하고 나는 그대로 통과시켜주곤 했다. 우리는 번화가를 오르내리며 윈도쇼핑을 하고 때로는 백화점에 들러 밀크셰이크나 탄산음료를 마셨다.

종교학 시간에 가톨릭 교육에 대한 찬반 토론을 벌이기도 했다. 내가 최근에 가톨릭 신자가 된 걸 알고 그들은 "자유로울 수 있는 기회가 주어진 건데 왜 그 기회를 잡지 않은 거야?" 하며 그 이유를 물었다. 그들은 믿을 수 없는 모양이었다. 나와는 달리 가톨릭 집안에서 태어난 그들은 태어날 때부터 가톨릭 신자였기 때문이다.

그들 대부분은 자신들에게 주어진 금기사항을 싫어했다. 그들은 이런 금기사항에 저항하느라 너무 바빠서 조용히 앉아 '하느님의 사랑'을 누릴 여유가 없는 것 같았다. 하지만 나는 하느님의 부르심을 받아들였을 때, 긴 여행 끝에 드디어 고향에 도착한 느낌이었다. 내가 받은 세례는 귀향이자 귀속을 뜻했다.

5월에 학교가 끝나자 한 달 정도 가정부로 아르바이트를 했다. 그리고 몬트리올로 돌아와 독신 여성들을 위한 가톨릭 '봉사 수녀회' 기숙사에 입주했다.

기숙사 원장 수녀님이 나의 은행 근무 이력을 아시고는 몬트리올은행 지점 출납원으로 취직을 시켜주셨다. 그곳은 몬트리올 중심가 가까이 있는 작은 지점이었다. 은행의 주 고객은 자신이 원하는 직원에게 출납을 맡겼는데, 출납원들은 대부분 프랑스어와 영어를 둘 다 사용했다.

그곳의 모든 직원이 나에게 친절했으며 잘 도와주었다. 또 어떤 단골손님은 시간을 내어 나와 얘기하기를 좋아했다. 나보다 나이가 많은 테일러 씨는 나와 같은 기숙사에서 지내는 사람으로 외환 부서에서 일하고 있었다. 그는 가끔 동네 극장에서 하는 공연을 내게 보여 주곤 했다. 우리는 그 극장에서 유명한 흑인 가수 마리안 앤더슨의 공연과 〈뮤직 맨〉이라는 뮤지컬을 보기도 했다.

삶은 안정을 찾기 시작했다. 안락하게 지낼 곳이 있고, 좋은 직장이 생겼으며 친구들도 있으니 외로움이 줄어들었다. 은행에 다니는 동안 로욜라대학 야간 과정에 등록해 공부하며 숙식비를 절약하기 위해 몬트리올 농아학교 수녀님들 기숙사로 다시 들어갔다. 무척 바빴다. 낮에는 은행에서 일하고 저녁에는 야간 대학에 다녔으며, 토요일과 일요일은 숙식비 대신으로 농아학교 사무실 일을 도왔다.

나는 식사를 아주 검소하게 했다. 시리얼이나 오트밀로 아침을 먹고 집에서 만든 샌드위치로 점심을 해결했다. 저녁 식사는 수녀님들이 접시 하나에 음식을 담아 5시쯤 오븐에 데워놓으면, 수업을 마치고 돌아와 10시쯤 그 음식을 먹었다. 이렇게 되니 저녁밥을 먹자마자 잠을 자게 되었는데, 이런 나쁜 습관 때문에 몇 년 후 위궤양이 생겼다.

8월이 되자 다시 대학교 입학에 관해 생각이 많아졌다. 그리고 주위 사람들의 조언대로 맥길 대학교보다 좀 더 규모가 작은 학교에 가기로 결정했다. 그래서 마리아나폴리스 대학에 지원해 입학허가를 받았다. 이 대학은 몬트리올대학교 부속 여자대학으로, 나는 과학 학사 과정에서 교육학을 전공하기로 했다.

1962년 9월, 다니던 은행을 사직하고 대학에 다니기 시작했다. 드디어 공부를 시작하게 되어 행복했다. 그동안 용돈을 절약한 덕분에 등록금을 낼 수 있을 만큼 가지고 있는 돈도 충분했다. 영어 실력도 급속히 늘었다. 전공과목을 같이 공부하는 친구 다니엘의 도움으로 강의도 수월하게 들을 수 있었다. 몬트리올에 온 후 많은 사람의 도움을 받았는데 아버지가 남기신 충고가 소중한 지침이 되어주었다.

뜻하지 않은 사랑

캐나다에 올 때 나는 앞날을 치밀하게 계획해두었다. 공부가 끝나면 뉴욕 주에 있는 매리놀 수녀회에 들어가 수습 기간을 끝내고 한국에 돌아가 교사로 일하는 것이었다. 하지만 하느님은 내게 다른 계획을 가지고 계셨다. 야간 수업을 받던 로욜라 대학에서 한 남자를 만났고, 얼마 지나지 않아 그가 남편이 된 것이다. 나는 아직도 그와의 첫 만남을 생생하게 기억하고 있다.

그날 나는 낯선 도시에서 길을 잃어 수업 시간에 지각을 하고 말았다. 교실 문을 열자 교수님이 교과서를 가져왔느냐고 물었다. 아니라고 답하자 교수님은 교실을 나가고 있는 한 남학생을 가리키며 그와 함께 책방에 다녀오라고 하셨다.

나는 그를 뒤쫓아 뛰어갔다. 내가 등록한 과목은 '기하101'이었는데 나는 수학과 과학을 잘했으므로 영어가 익숙해지기까지 이 두 분야의 필수과목을 모두 이수할 작정이었다.

"오늘 책을 사야 하는지 몰랐어요. 책 살 돈도 안 가져왔는데……."

나는 그의 빠른 걸음을 따라가느라 거의 뛰다시피 했다. 그 남학생은 내가 따라오는 것을 알자 발걸음을 멈추고 돌아서서 나를 쳐다보았다. 그러고는 미소를 띠며 말했다.

"아마 나한테 그 정도 여윳돈이 있을 거예요."

그는 자신을 소개하며 악수를 청했지만 나는 너무 당황해서 내민 손도 무시하고 고개를 숙이며 내 이름만 중얼거렸다. 그는 몸집이 건장하고 활발해 보이는 30대 정도의 남자였다.

책을 사서 교실로 돌아오니 수업이 벌써 시작된 터라 어쩔 수 없이 우리는 강의실 맨 뒤에 함께 앉을 수밖에 없었다. 수업이 끝난 후 그에게, 집에 가는 길이 서툴러서 그러는데 우리 집 쪽으로 가는 가장 빠른 버스 노선을 아느냐고 물었다. 그는 버스 노선은 모르지만 그곳이 자기 집으로 가는 방향이니 차로 데려다주겠다고 했다.

수업이 끝나자 그는 나를 기숙사까지 데려다주었다. 그의 이름은 제럴드제리Jerry 마틴이었는데 몬트리올 북부에 있는 친구 집에서 지내고 있었다. 제리는 갈색 머리였으며 깔끔하게 면도를 한 밝은 얼굴에 넓은 테 안경을 쓰고 있었다. 그는 예의 바른 사람이었고 언제나 나에게 상냥했다. 그리고 나는 공부를 도와줄 누군가가 필요했다.

그는 낮에는 애비에이션 엘렉트릭이라는 항공산업 분야 회사에서 기술자로 일하면서, 야간 과정을 통해 학위를 취득할 예정이었다. 대부분의 야간반 학생들처럼 제리도 나이가 많아 보였다. 처음에는 그가 나보다 한 열 살쯤 나이가 많을 거라고 생각했다. 그런데 막상 알고 보니 동갑이었다.

그런데 우리의 만남에 대해 제리는 나와 다르게 설명하곤 한다. 교실에서 내가 항상 자기 앞자리에 앉았는데 자주 연필을 떨어뜨리는 바람에 신사도를 발휘해 매번 연필을 대신 집어주었다는 것이다.

어쨌든 그렇게 지내는 사이 제리가 영화나 저녁식사에 몇 차례 나를 초대했다. 그리고 그해 여름 야간 과정이 끝났을 때 제리는 친구들과 캠핑 여행을 준비하고 있으며 온타리오주에 있는 셰익스피어극장에서 연극을 관람하려 하는데 함께 가겠느냐고 물었다. 나는 그가 믿을만한 사람이라고 생각하고 있었던 터라 제의를 반갑게 받아들였다.

여러 면에서 그 여행은 추억거리가 많다. 그때까지 나는 캠핑에 대해 전혀 모르고 있었으므로 야외에서 텐트를 치고 먹고 자면서 즐긴다는 게 아주 낯설게 느껴졌다. 그런데 놀랍게도 그렇게 불편한 야외 활동이 즐거웠다.

우리는 함께 셰익스피어의 '맥베스'와 에드몬 로스탠드의 '시라노 드 베르주락'를 관람했다. 제리는 내가 연극을 잘 이해할 수 있도록 해주려고 맥베스에 관한 'Coles Notes'를 사주었다. 대사를 완전히 이해할 수는 없었지만 연극을 보는 데 도움이 되었다. 나는 크리스토퍼 플러머가 연기하는 '시라노 드 베르주락'이 특히 재미있었다. 록산느에 대한 시라노의 사랑이 가슴 아팠고 크리스토퍼 플러머의 연기는 놀라웠다. 그때부터 그는 내가 좋아하는 배우 중 한 명이 되었다.

그 여행 후 주말이면 제리와 나는 그의 친구들과 함께 캠핑을 자주 갔다. 겨울이 오자 우리는 몬트리올 북쪽에 있는 스키장에도 함께 다니기 시작했고 나는 점점 그와 사랑에 빠져들었다.

마틴 집안의 가족이 되다

나는 큰 꿈을 가지고 머나먼 캐나다까지 왔다. 그리고 2년 동안 꿈을 이루기 위해 무척 노력했다. 하지만 이룰 준비가 되었을 때 그 꿈을 접어야 했다. 결혼을 해서 가정을 이루기로 결정했기 때문이다. 소식을 들은 여동생 재훈이는 편지로 따졌다.

'언니, 공부 계획은 어떻게 된 거야? 언니는 결혼하는 게 싫다고 했잖아. 그 캐나다 남자가 뭐가 그렇게 특별하다는 거야?'

사실 내가 왜 그렇게 됐는지 나도 이해가 되지 않았다. 나는 그때까지 꿈을 이루기 위해 열심히 노력해왔고 거의 이룰 수 있게 되었는데 이제 와서 조금의 망설임도 없이 모든 것을 제쳐놓고 결혼을 준비하게 된 것이다. 나는 변명을 늘어놓지 않았다. 간단히 말해 그 사람에게 홀딱 반해버린 것이다.

우리 둘이 제리 부모님께 인사를 드리러 갔을 때 제리의 어머니는 반갑게 나를 맞아주었다.

"어서 와라. 환영한다!"

우리는 다소 긴장하고 있었는데, 부모님은 두 팔을 벌려 환영해주셨다.

마틴 가족은 몬트리올 남쪽에 있는 벌던에 살고 있었다. 제리의 아버지 헨리는 백발의 조용한 신사였다. 그분은 몬트리올의 프랑스 출신 캐나다인 가정에서 태어났다고 했다. 어머니 롤리는 아버지와 대조적이었다. 항상 즐겁게 웃는 외향적인 성품으로 자신이 태어난 뉴파운들랜드 주 사람들의 너그러운 품성을 그대로 가진 분이었다.

제리 가족은 집에서 영어를 사용했다. 여동생 마거릿은 제리보다 다섯 살 아래인데 내가 다니는 마리아나폴리스 대학에 다니고 있었다. 남동생 레이먼드는 열여섯 살인데 너무 수줍어서 나를 처음 만났을 때 슬그머니 뒤돌아 집 밖으로 나갈 정도였다.

마틴 집안 식구들을 안 지 얼마 안 되었을 때였다. 식사 시간에 내가 한국에서 익숙했던 분위기와는 전혀 다른 크고 열띤 목소리가 오갔다. 그들의 대화를 완전히 이해할 수는 없었지만, 서로를 공격하는 것처럼 들렸다. 아들이 아버지에게 거침없이 큰소리로 말했고 아버지 또한 마찬가지로 맞받아쳤는데, 어느 대목에서 '아빠, 무슨 소리를 하고 있는 거야! 그건 틀린 것 같은데' 하는 모습은 다소 충격적이었다. 한국에서는 설령 아버지가 뭔가 잘못을 저질렀다고 하더라도, 자식이 그렇게 불손한 태도를 보이는 것은 상상조차 할 수 없는 일이었다.

식사 후 제리에게 왜 그렇게 화가 났느냐고, 혹시 나 때문이냐고 물어보았다. 그러자 제리는 내 질문에 어리둥절한 표정을 지으며 아무도 화를 내지 않았다고 했다. 그러면서 그것은 식탁에서 벌어지는 정상적인 토론이며, 그날의 주제는 가족 간에 의견이 엇갈리는 몬트리올의 정치 행태였다고 설명해 주었다.

나는 그 가족 문화가 익숙하지 않아서 그렇지 서로 존중하지 않아서 그런 것이 아니라는 걸 비로소 깨달았다. 그 일을 계기로 나도 자주 그런 토론을 가족들이나 친구들이 모이는 자리에서 가졌으며 내 의견을 내놓기도 했다.

제리는 우리가 결혼을 약속했다는 것을 가족에게 알렸고 제리의 어머니는 나를 안아주며 기뻐하셨다. 그런데 나중에 제리의 여동생 마거릿을 학교에서 만났을 때 전해준 이야기는 달랐다. 결혼 소식을 전한 그날 밤 어머니가 우셨다는 것이다.

나는 이해할 수 있었다. 제리는 그분의 첫 아이인데 전혀 본 적도 없는 동양 여자와 결혼하겠다고 했으니 얼마나 당황스러우셨을까. 여동생 재훈이의 편지에 의하면 내가 결혼을 허락해달라고 쓴 편지를 받고 친정어머니 역시 우셨다고 했다. 좌우지간 그날 밤 나는 최선을 다해 착한 며느리가 되겠다고 마음먹었다.

내가 살고 있는 몬트리올 농아학교 교장 신부님이신 라캔 신부님은 나의 영적 지도자이자 고해 신부셨다. 신부님은 약혼 소식을 듣고 걱정을 많이 하셨다. 우리 둘의 문화적 차이를 지적해 주시며 성공적인 결혼이 되기 위해서는 많은 것을 극복해야 한다고 하셨다. 신부님은 앞으로 숱한 어려움과 맞닥뜨려야 할 터이니 강건하게 이겨내야 한다는 충고도 해주셨다. 또한 사회생활을 할 때 나와 자녀들에 대한 차별대우도 각오해야 한다고 하셨다. 나는 이 모든 것을 이겨낼 마음의 준비가 되어 있었다.

1963년 1월 26일, 우리는 제리의 친구들과 갔던 스키장 근처 밸모린 성당에서 라캔 신부님의 주례로 결혼식을 올렸다. 제리의 친척들은 버스를 대절해 왔고, 그의 친구들은 밸모린 호텔 연회장에서 멋진 축하연을 베풀어주었다. 우리는 스키장으로 신혼여행을 다녀와 제리의 직장 근처 작은 아파트에서 신혼살림을 차렸다.

시댁 식구들은 낯선 외국인인 나를 환영하며 기쁘게 받아들였다. 영원히 감사할 일이다. 이제 가정을 보살펴야 할 주부가 되었는데 조언을 해줄 친정어머니는 너무나 먼 곳에 계셨다. 그래서 시어머니에게 도움을 구하며, 한국의 전통대로 훌륭한 며느리가 되고자 노력했다.

"어머니, 셰퍼드 파이 만드는 법을 가르쳐 주시겠어요? 제리가 아주 좋아하는 거라고 하던데요."

"어머니가 만드신 애플파이는 정말 맛있어요. 저는 도저히 그렇게는 못 만들겠어요."

음식 만드는 법을 여쭤보면 시어머니는 기꺼이 도와주셨다.

첫 아이 로라를 임신한 사실을 알았을 때 나는 신바람이 났다. 가족이 생겼다는 사실이 너무나 기뻤다. 단 한 가지 아쉬운 것이 있다면 공부에 대한 꿈을 미룰 수밖에 없다는 사실이었다. 그러나 삶은 내 계획대로 되는 것이 아니라는 깨달음이 나를 겸손해지도록 만들었다. 이 사실을 잊지 않고 항상 하느님의 도움을 믿고 나에게 주어진 소명을 최선을 다해 실천하기로 했다.

임신 소식을 듣고 시어머니께서 하셨던 말씀이 기억난다.

"나는 할머니가 되기에는 너무 일러!"

그러고는 우는 시늉을 하셨다. 하지만 검은 머리에 갈색 눈동자를 가진 갓난아이를 보자마자 누구보다 자랑스러워하셨다. 산부인과에서 로라를 데리고 집에 돌아왔을 때 시어머니는 우리 집에 오셔서 나와 로라를 돌봐주셨다.

제리와 나는 육아로 인한 급작스런 삶의 변화를 감당하기 벅찼으므로 시어머니의 도움이 그렇게 고마울 수 없었다. 로라가 자라면서 시어머니는 도움이 필요할 때마다 기꺼이 돌봐주셨다. 우리가 로라를 데리고 부모님 댁에 가면 온 가족이 아이 주변으로 모여들었다. 시동생 레이먼드도 로라와 잘 놀아주었는데 로라는 삼촌 무등을 타고 돌아다니는 걸 좋아했다.

로라는 할머니의 이름을 물려받았지만 시어머니는 평생 애칭인 롤리로 불렸다. 로라는 조부모님과 삼촌 그리고 숙모의 무한한 사랑을 받았다. 세 살 때는 고모인 마거릿의 결혼식에 화동을 했고 그때 나는 신부 들러리 대표 역할을 했다. 로라와 나는 잘 어울리는 핑크빛 드레스를 똑같이 만들어 입었고 로라는 신부 못지않게 좋아했다.

아이 키우며 살림하는 즐거움

로라에게 나는 한국 엄마 노릇을 제대로 해 주지 못했다. 한국어 단어 몇 개를 알려주긴 했지만 막상 사용할 기회가 별로 없었기에 어린아이에게 계속 한국어를 가르치는 게 쉽지 않았다. 그래서 영어로 하는 육아에 집중했다. 자장가를 배워서 잠을 재우기도 하고 동화를 잠자리에서 읽어주기도 했다. 수스 박사의 책들을 즐겁게 읽었고 영어를 사용하는 가정에서 아이 키우는 즐거움을 딸과 함께 처음으로 경험했다.

아이를 키우며 살림에도 정성을 다했다. 시어머니로부터 남편이 좋아하는 음식을 만드는 법을 배우고 친구들과도 자주 어울리며 친하게 지냈다. 우리에게는 서로 도우며 지내는 친구들이 많았다. 결혼하기 전부터 친하게 지냈던 남편의 친구들은 결혼 후에도 꾸준히 모였고 여름이면 함께 캠핑을 다녔다.

몬트리올에서 2시간 정도 운전해서 남쪽으로 내려가면 미국에 도착하게 되는데, 미국 뉴욕 주와 버몬트 주 사이 챔플레인이라는 크고 긴 호수가 있다. 캐나다와 미국 국경에서 그다지 멀지 않은 그 호수 안에 우리가 좋아하는 일 라머트라는 조그마한 섬이 있어서 그곳으로 캠핑을 자주 가곤 했다.

1965년 여섯 친구들이 어울려 그 섬에 있는 캠핑장을 빌렸고 몇 년 동안 우리는 여름철이 오면 그곳에서 지냈다. 따뜻한 봄날 다 함께 캠핑장으로 가서 여자들과 아이들은 그곳에서 함께 여름을 지냈고, 남편들은 주말마다 그곳으로 왔다.

금요일이 되면 여자들은 남편들과 함께할 주말을 위해 장을 보고 음식과 케이크를 만들었으며 저녁이면 아이들의 잠자리를 준비해 놓고, 저녁 파티를 시작해 이틀 동안 가족이 다 함께 모여 캠핑을 즐겼다.

캐나다는 강과 호수가 많은 나라로 옛날 토착민들은 긴 나무를 파서 만든 카누canoe라는 배가 유일한 수송 수단이었다. 우리는 결혼하기 전부터 친구들과 어울려 흘러가는 강물을 따라 카누 여행을 자주 다녔다. 강물을 따라 카누를 저으면서 내려가다가 저녁이 되면 마땅한 장소를 찾아 텐트를 치고 캠핑을 하고 다음 날 다시 카누를 저으며 자연을 즐겼다. 주말이나 휴가 때는 일주일씩 노를 저으며 여행을 하기도 했다.

우리 캠프에는 카누가 세 척 있었고 조그마한 돛단배sail boat도 한 척 있어서 가끔 카누 경주를 하기도 했다. 카누 한 척에 각각 부부가 타고 카누 세 척이 섬을 뼁 돌아오는 경주였는데, 이긴 부부는 아이들이 들꽃을 따서 만든 월계수관을 쓰고 박수를 받았다. 챔플레인 호수는 항상 바람이 불어 돛단배를 타기에 좋은 곳이었다.

어느 날 캠프 사무실에 '돛단배 팝니다'라는 쪽지가 붙어 있었다. 우리가 타고 즐기던 'Ok Dingy'와 똑같은 배였다. 배가 두 척 있으면 경주하기에 좋겠다는 생각이 들어서 남편 생일 선물로 그 배를 사주었다.

캠핑 여행은 내가 외국 생활을 배우는 가장 좋은 방법이었다. 나는 새로 발견한, 옛날에는 생각지도 못했던 재미있는 생활이 너무나 행복했다. 한국을 떠난 지 5년이란 짧은 기간 동안 내 삶은 캐나다식으로 바뀌었다.

로라 이후로 아이를 하나 더 갖고 싶었다. 하지만 몇 번의 유산 후 힘들어하는 내 모습을 보고 남편은 입양을 제안했다. 그러나 조금만 더 노력해보자는 내 말을 듣고 제리는 기다려주었고 드디어 기다리던 임신을 했다. 우리는 유산을 막기 위해 임신 첫 3개월을 캠프에서 지냈다. 친구들은 로라를 돌보아주는 한편, 나를 간호해주었다.

그리고 1969년 3월, 아들 패트릭이 건강하게 태어났다. 그제야 나는 아내로서의 의무를 완수했다는 만족감을 느꼈다. 이런 걸 보면 나도 옛날 관습에서 완전히 벗어날 수는 없었나 보다. 둘째를 낳고 나서 이제 온전한 가정을 이루었다고 느꼈고, 하느님께 감사드렸다.

사라진 국적

1963년 결혼 직후, 남동생 재호는 돌아가신 아버지의 뒤를 이어 호주로서의 본분을 다하기 위해 나의 결혼 사실을 호적에 올렸다. 그리고 그 호적초본 한 통을 내게 보내줬다. 거기에는 아버지 성함에 빨간 글씨로 두 줄의 사선이 그어져 있고 '사망'이라는 글씨와 함께 돌아가신 날짜가 적혀 있었다. 내 이름에도 역시 죽은 사람처럼 빨간 줄과 함께 '결혼'이라는 두 글자와 날짜가 적혀 있었다. 당시에는 한국 여성이 외국인과 결혼하면 한국 국적을 잃게 된다고 했다.

그때 내가 가지고 있던 유일한 신분증은 여권이었는데, 그것마저 유효기간이 지났다. 한국 법에서 여성 신분에 관한 부분은 나도 알고 있었지만, 그 상실감이 너무 컸다. 정말 매정하게 느껴졌으며, 내가 모국으로부터 개인적으로 거절당한 것 같았다. 밤새도록 울었는데도 슬픔을 달랠 길이 없었다. 남편은 내가 왜 그렇게 힘들게 느끼는지 이해하지 못했다.

결혼한 날부터 1965년 캐나다 국적을 취득할 때까지 나는 국적 없는 사람이 된 것이었다. 나는 몇 년 전 미국에 사는 한국 여성들의 모임에 참석한 적이 있다. 그 모임에서 전쟁 중에 가족을 잃은 한 여자를 만났다.

1950년 서울에서 피난길에 올랐을 때 그녀의 나이는 여섯 살이었다. 소아마비로 잘 걷지 못했는데 그녀의 부모는 피난 보따리 위에 아이 둘을 더 얹고 가야 했기 때문에 그녀를 도와줄 수가 없었다. 절룩이는 아이 때문에 그 가족은 아주 느리게 이동해야 했다. 셋째 날 아버지는 그녀를 길가 바위 위에 앉혀놓고 백설기 한 덩어리를 주며 금방 돌아올 테니 쉬고 있으라 하고 그녀는 거기 앉아 계속 기다렸지만 가족들은 영영 돌아오지 않았다. 그녀를 버린 것이다.

그녀는 가족과 함께 피난 인파에 휩쓸려 가다가 헤어졌더라면 그렇게 마음이 아프지는 않았을 거라고 말했다. 이유가 어떻든 부모가 자신을 더는 원하지 않는다는 사실이 그녀에게 엄청난 분노와 아픔, 그리고 자신이 무가치하다는 생각을 심어주었던 것이다. 그녀는 친부모로부터 버림받았기에 자존감을 잃어버렸고 평생 그 고통에 시달렸다고 했다.

국적을 잃었다는 사실을 알게 된 날, 나는 그녀의 비애를 이해할 수 있을 것 같았다. 한 가정이나 모임에서의 소속감은 너무나 소중한 위안이기에 그것을 잃은 사람은 극심한 스트레스를 받게 된다. 나는 나 자신의 존재가치를 의심하기 시작했다. 외국인과 결혼해 국적을 잃어버렸으므로 패배자가 된 것 같은 느낌이 들었고, 한국과 한국인 모두에게 내가 배반자라는 생각을 갖게 되었다. 가족과 조국을 수치스럽게 했다는 느낌 때문에 오랫동안 나는 한국을 방문할 수 없었다.

내가 처음으로 한국을 방문하게 된 것은 27년이 지난 1987년이었다. 다시 용기를 내고 자책감을 털어버리는데 그렇게 긴 세월이 필요했다.

만국박람회 엑스포 ′67

캐나다 건국 100주년을 기념하여 몬트리올은 'Expo 67'이라는 만국박람회를 개최했다. 그때 나는 은행을 사직하고 엑스포 회계부서에서 일하게 되었다. 행사 주최 측은 공식 개관 전날 모든 직원과 그들의 가족에게 미리 현장을 구경할 수 있는 기회를 주었다.

'Expo 67', Terre Des Hommes, Man and His World, '인간과 세계'라는 구호를 표방한 그 국제행사는 참으로 흥미롭고 배울 것이 많았다. 피라미드를 거꾸로 세운 모양의 캐나다관, 다각형 돔 형태의 미국 전시관 등 구경거리가 무척 많았다.

온타리오 전시관은 '일어설 수 있는 곳, 성장할 수 있는 곳A Place to Stand, a Place to Grow'이라는 제목으로 노래를 만들어 방송했는데 많은 사람이 따라서 콧노래를 불렀다. 모든 전시관이 자기 나라 선전물로 가득했다.

한국은 한참 도약하던 시기라 한국을 소개할 것들이 많았다.

전통적인 한국 건축 양식과 현대식을 합쳐 지은 한국 전시관은 온통 둥근 통나무를 사용했다. 한국관에 들어가면 4천 년의 역사와 찬란한 문화를 감상할 수 있었는데, 이순신 장군의 자랑스러운 거북선을 커다랗게 만든 모형과 석굴암 모형이 전시되어 있었다.

나는 회계부 직원이라 자주 여러 전시관을 방문해야 했다. 그래서 직원용 주차증과 줄을 서지 않고도 어느 전시관이든 들어갈 수 있는 통행증이 나왔다. 제리는 저녁 때 로라를 데리고 박람회장에 자주 왔다. 우리는 함께 전시물을 구경하고 전시관 내의 공연도 관람했다. 또 이곳저곳 음식점을 돌며 갖가지 이색적인 음식도 맛보았다. 나는 제리와 로라에게 한국 전시관을 자랑스럽게 구경시켜 주었다.

그해 3월부터 11월까지 엑스포에서 일하는 동안 신기한 것들로 가득 찬 그곳은 아주 값진 교육현장이었다. 나는 목마른 아이처럼 온갖 새로운 지식에 푹 빠져 지냈고 캐나다가 얼마나 훌륭한 나라인지 새삼스럽게 느꼈다. 이제 나의 나라가 된 캐나다에 귀속감을 가지게 된 것이 감사했다.

캐나다에 오신 어머니

1965년, 남편과 내가 보증을 서서 남동생 재호를 캐나다에 초청했다. 재호는 몬트리올에 있는 마르코니 회사에 취직했고 그 이듬해 진이라는 한국 처녀를 만나 결혼했다.

그 무렵 몬트리올의 한인사회는 점점 커지고 있었다. 우리 가족도 늘어나기 시작했다. 1969년 로라는 여섯 살이 되었고 3월에는 패트릭이 태어났으며, 재호와 진은 두 살짜리 아들 우진이를 두었고 그해 6월에 우진이 여동생 미진이가 태어났다.

1969년, 동생은 어머니를 캐나다로 초청했다.

'재숙아, 9년 전에 네가 한국을 떠날 때, 너를 다시 보게 되리라고는 생각하지도 못했다. 그런데 너와 재호를 만나러 이렇게 집을 나서게 되었구나.'

어머니는 캐나다 여행을 앞두고 편지를 보내오셨다. 어머니는 정식 교육을 받지 못하셨으므로 조금 읽을 줄은 알지만 지금 수준으로 가늠해본다면 문맹에 가까울 정도로 서툴렀다.

어머니는 내가 집을 떠날 때까지 글을 읽고 쓸 기회가 없었다. 하지만 내가 캐나다에 온 후 내 편지를 정기적으로 받아보셨고 언니나 동생들이 나에게 편지를 쓸 때 당신 말씀을 대신 전해달라고 하셨지만 그것만으로는 흡족하지 않으셨던 모양이다. 당신이 직접 전하고 싶은 말도 많았고 커가고 있는 손녀 소식도 직접 듣고 싶으셨기 때문이다.

그 당시에는 편지가 어머니와 나의 유일한 연락 수단이었다. 그때는 가정집에 전화도 없었고 또 공중전화를 사용한다 해도 외국과 어떻게 연락을 취해야 하는지 몰랐다. 어머니는 그때 한글을 배우기로 결심하셨고 강한 의지로 마침내 나와 편지 왕래를 할 수 있게 되었다.

어머니가 글을 알게 되면서 좋은 일이 하나 더 생겼다. 아버지가 돌아가신 후 어머니는 천주교에서 세례를 받으셨는데 이제 글을 알게 되면서 기도서와 성경을 읽을 수 있게 된 것이다. 어머니는 교육을 많이 받지는 않으셨지만, 자기가 처한 어려움을 스스로 극복할 지혜와 의지를 가진 분이었다.

어머니는 결혼 후 주부로서의 직분에 만족하셨고 1961년 아버지가 돌아가실 때까지 29년 동안 집안을 돌보며 일곱 자녀를 키우셨다. 그리고 마흔여섯 살에 홀로 되신 후에도 자녀 다섯을 데리고 사셨다. 아버지가 계셨을 때는 아버지가 가계를 책임지셨기에 어머니가 경제적 문제에 신경을 쓸 필요가 없었지만, 돌아가신 후에는 남편 없이 가정을 이끌어야 했다.

남동생 재호가 집안의 호주였고 전기기술자로 버는 돈이 주된 소득원이었지만, 가계는 어머니가 맡아 돈의 흐름을 일일이 관리하셨다. 어머니는 돈 관리를 아주 효율적으로 하셔서 매달 조금씩이라도 저금을 하셨다. 그렇게 저축한 돈으로 더 큰 집과 세를 놓을 부동산도 매입했다. 이런 식으로 어머니는 가정의 생활 수준을 높여갔다. 돈에 대한 나의 지혜도 어머니로부터 물려받은 것이라고 생각한다.

나는 공항에서 어머니를 보자마자 "엄마!" 하며 달려가 끌어안았다. 1960년 한국을 떠날 때 김포공항에서 한국 예법대로 허리 숙여 인사드리기만 하고, 껴안고 작별하지 못한 것이 늘 후회스러웠다. 하지만 이제 몬트리올 돌발 공항에서 어머니를 맞이할 때는 보자마자 포옹을 하고 나서 정식으로 절을 했다.

어머니가 한국에서 출국 준비를 하시고 있을 때 한 노부부가 찾아와 자기들의 두 손주를 캐나다에 데려가 줄 수 있느냐고 했다. 몬트리올에 사는 딸 부부가 아이들을 한국에 보내 몇 년 동안 조부모 밑에서 지내게 했는데 이제 학령기가 가까워진 것이다.

그래서 우리 어머니는 네 살과 다섯 살짜리 아이들을 데리고 오시게 되었다. 두 집안 식구들의 배웅을 받고 김포를 출발한 어머니와 아이들은 밴쿠버 공항에 무사히 도착했다. 비행기를 타고 온 시간은 길고 지루했지만, 한국 승무원들이 있고 대부분의 탑승객이 한국인인 국적기를 타고 왔으므로 영어를 할 줄 모른다는 것이 큰 문제가 되지는 않았다.

그런데 어머니 일행은 밴쿠버 공항에 내리자마자 캐나다 이민국에 의해 억류되었다. 어머니가 가지고 있는 것이라고는 몬트리올 주소와 전화번호가 적힌 종이 한 장뿐이었고, 그 아이들과의 관계와 동반 사유를 증명해 줄 서류가 없었기 때문이다.

1969년 당시 밴쿠버에는 한국인이 많지 않았으므로 통역할 사람을 찾기 힘들었고 다른 탑승객들은 자기들 갈 곳으로 뿔뿔이 흩어져 나가버리고 없었다.

결국 세 시간 동안 억류되어 있다가 간신히 이민국을 나올 수 있었다. 그리고 몬트리올로 연계되는 비행기를 타야 했는데 어디로 가야 탑승할 수 있는지 몰랐다. 영어 한마디 모르는 어머니가 붐비는 이국의 공항에 아이 둘을 데리고 남게 된 것이다.

아이들은 여행에 지친 데다 낯선 상황에 놀라 칭얼대기 시작했다. 연계되는 비행기를 놓쳐 다음 날 아침까지 기다리며 어머니는 밤새도록 배고프고 불안해하는 아이들을 달래느라 자신을 걱정할 틈이 없었다고 한다. 어머니는 우여곡절 끝에 몬트리올에 도착해 불안해하는 아이들을 부모에게 무사히 인계했다.

나는 이민 온 지 9년이 지났으므로 이곳 생활에 익숙해졌지만 어머니는 캐나다에서 지내시며 여러 가지 문화적 차이를 느끼셨다. 특히 패트릭이 자기 방에서 혼자 자는 것을 보시고 "어쩌면 너는 갓난애를 깜깜한 방에 혼자 자게 놔두니?" 하며 놀라워하셨다. 그 당시 한국에서는 가족 모두 한방에서 자거나 엄마가 아기를 데리고 잤으므로, 아기 혼자 어두운 방에서 울다가 제풀에 잠들게 내버려두는 이곳 방식이 옳지 않다고 생각하셨다.

그해 여름, 제리와 나는 어머니를 모시고 토론토와 나이아가라 폭포 등을 구경시켜 드렸다. 어머니와 같이 캠핑을 하며 그 주변을 여행하는 동안 세 살 된 패트릭을 친구들이 돌봐주기로 했다. 어릴 때부터 같이 캠핑을 다닌 로라와 나는 야외에서 밥을 먹고 잠을 자는 것을 재미있어 했지만, 어머니는 야외에서 잠자는 걸 즐기는 사람들을 이해하지 못하셨다.

어머니가 오시고 얼마 지나지 않아 간호학교를 졸업한 막내 여동생 재순이가 우리에게 왔다. 재순이는 몬트리올에서 간호사로 취직이 되어 간호사 기숙사로 들어갔다. 그 무렵 한국에 있는 가족과 캐나다에 있는 가족 숫자가 같아졌다. 한국에 남은 가족 중에서 언니와 여동생 재훈이는 결혼했고, 남동생 재수는 군대에, 막내 재성이는 대학교에 다니고 있었다.

어머니와의 재회는 길지 못했다. 1970년 재호가 친구 초청으로 로스앤젤레스로 떠날 때 어머니도 함께 가셨기 때문이다. 우리 가족도 제리가 직장을 바꾸게 되면서 토론토로 이사했다. 그 후, 언니 가족만 한국에 남고 다른 형제자매들은 한국을 떠나 모두 로스앤젤레스로 이주했다.

꿈에 그리던 교사가 되다

1970년, 우리 가족은 토론토로 이사했다. 남편이 새로 지은 공장에 관리자로 채용되어 3월에 먼저 토론토로 내려왔고, 나는 몇 달 후 로라와 패트릭을 데리고 뒤따라갔다. 우리는 도시 서북쪽에 사놓은 새로운 콘도한국의 아파트 개념에 자리를 잡았다.

유감스럽게도 제리의 새 직업은 순조롭게 풀리지 않았다. 그의 직장인 도미니언 유리회사가 새 공장을 지어 제리를 품질관리 부장으로 채용했는데, 원래 공장은 이듬해까지 가동하지 않을 계획이었다. 그러나 크리스마스 시즌에 판매할 맥주병 수량이 부족하자 공장을 예정보다 빨리 가동할 수밖에 없었다. 처음부터 크고 작은 문제들이 터졌고 제리는 밤낮으로 불려 나가야 했다.

그리고 가동 후 1년 만에 아홉 명의 현장 책임자 중 여덟 명이 해고되었다. 우리는 새로 이사 온 도시에서 일자리가 없어져버린 것이다. 아이는 둘이고 두 건의 융자금을 갚아야 했다. 한 건은 몬트리올에 산 공동주택 때문이었는데, 주택 경기가 좋지 않아 팔 수 없었고, 또 하나는 토론토의 새집 융자금이었다.

앞날이 막막했다. 제리와 나는 우리 생활을 철저히 점검한 후 삶의 방향을 재설정하기로 했다. 그리고 둘 다 어릴 때부터 꿈이었던 교사가 되기 위해 계획을 세웠다. 그러는 동안에도 생활을 위한 일자리가 필요했다. 1971년 우리는 동네에 있는 '베커스' 편의점과 운영 계약을 맺었다. 기본 급료와 월 매출액의 일정 부분을 받는 것이 계약조건이었다.

제리와 나는 시간제 점원 한 명만 데리고 긴 시간 동안 가게에서 일했다. 열심히 일한 덕분에 18개월 후 편의점을 그만둘 무렵에는 매출이 곱절로 늘었다. 로라는 그때 가게 뒤편에서 전자레인지로 데운 햄버거로 저녁을 먹던 일을 지금도 기억한다.

1972년 9월 제리는 교육대학에 들어가 1973년에 졸업장을 받은 후 토론토에 있는 가톨릭 초등학교 교사로 취직했다. 그는 2학점만 더 받으면 학사 학위를 받을 수 있었으므로 그다음 해 여름방학 때 몬트리올 로욜라대학으로 복학했다.

그 당시 토론토에는 자격증이 있는 초등학교 교사가 부족했으므로 나는 한국에서 취득한 자격증으로 대리교사를 할 수 있었다. 내가 꿈꿨던 것 중의 하나가 전쟁고아를 가르치는 것이었는데, 전쟁고아는 아니었지만 아이들을 가르칠 기회가 온 것이다.

로라와 패트릭은 집에서 걸어갈 수 있을 정도로 가까운 가톨릭 초등학교에 다니고 있었는데, 정규 교사가 결근할 때면 내가 임시 교사로 수업을 맡곤 했다. 하루는 패트릭이 다니는 유치원 반 수업에 들어갔는데 패트릭이 나를 보고 "엄마!"라고 불렀다. 패트릭은 얼른 "아니, 마틴 선생님!"이라고 고쳐 불렀고, 다행히 실수는 그때 딱 한 번뿐이었다.

그 후 집에서 조금 떨어진 초등학교에서 1학년 학생들을 가르치던 교사가 육아 휴가를 떠나게 되자, 그 학년의 몇 달 남은 기간 동안 학생들을 가르쳐주면 좋겠다는 연락이 왔다.

그리고 1974년 가을, 새 학년이 시작될 때 그 학교는 특수교육반을 새로 만들어 내게 맡겼다. 정규 교사로 채용되자 나는 학사 과정을 마치기 위해 요크대학교 야간반에 등록했다. 11년 전에 중단했던 학업을 다시 시작하게 된 것이다.

가르치랴, 공부하랴, 아이들을 기르며 집안일 하랴, 동분서주하며 그야말로 눈코 뜰 새 없이 지냈다. 그런데도 신바람이 났다. 드디어 내가 갈망하던 일을 하게 되었을 뿐만 아니라 아이 둘을 키우는 엄마로 행복한 가정을 꾸려 나가며, 한동안 불가능하다고 포기하고 꿈만 꾸어왔던 일들을 제대로 실현할 수 있게 되었기 때문이다.

특수교육반 교사 일은 내 능력과 성격에 맞는 이상적인 직업이었다. 그 반은 학생 수가 적어 학생 한 명 한 명에게 알맞은 교육을 할 수 있었다. 그러나 그들을 올바르게 가르치기 위해서는 좀 더 효율적인 수업 방법을 배워야 했다.

나는 학사 과정 이수를 미루고 특수교육 교사 과정에 등록

했다. 그리고 3년 동안의 특수교육 전문가 과정을 마치고 전문가 자격증을 취득했다. 그 후 다시 사회과 학사 과정을 이수해 1979년 요크대학교에서 졸업장을 받았다.

로라와 패트릭은 둘 다 머리가 좋았다. 주관적인 생각이겠지만, 제리는 아이들이 우리 부부의 장점만을 골라 물려받았다고 했다. 아이들이 계속 반에서 1~2등을 하고 있었지만 우리는 여러 가지 이유로 칭찬을 아꼈다. 한 동료 교사가 로라와 만났을 때, "네가 바로 로라구나! 너희 엄마가 너를 얼마나 자랑스러워하는지 몰라!"라고 말했다. "그 말을 들으니 기뻐요. 그런데 엄마 아빠는 전혀 칭찬을 안 하세요. 내가 수학 시험에서 95점을 맞았다고 하면, 아빠는 '나머지 5점은 어디 있냐?' 라고 묻거든요."

칭찬을 아꼈지만, 아이들의 성적이 자랑스러웠던 것은 사실이다. 로라가 6학년일 때 학교는 개방적인 체제를 도입했다. 학교는 학생들을 A, B, C로 등급을 나누고 대형 교실을 함께 사용하면서 다양한 주제로 학습 도구를 갖추었다.

로라가 속한 A반은 여러 가지로 앞선 과제들을 수행했는데 로라는 여러 문제에 의욕적으로 도전했다. 로라는 수학 문제를 쉽게 풀고, 성인 수준의 소설 읽기를 즐겼으며, 새로운 통신 기술에 능숙했다. 고등학교에 진급하자 9학년 수학 선생은 로라의 수학 실력이 탁월하다며 몇 주 지나지 않아 최종시험에 응시해 다음 단계로 올라갈 수 있도록 배려해주었다.

패트릭이 1학년일 때 학교에서 돌아와 흥분된 목소리로 말했다. "엄마, 박제사가 뭔지 알아? 데이비드 아빠가 박제된 새를 학교에 가져와서 다 설명해주셨어!"

패트릭은 로라와 아빠에게도 똑같이 얘기를 들려주었다. 패트릭은 처음 들은 단어와 직업을 무척 신기해했다. 그날 저녁 패트릭이 손을 씻으러 화장실로 가는데 로라가 앞질러 화장실로 들어가자 문을 두드리며 외쳤다. "로라, 내가 먼저 왔다고! 이 얌체야!" 그러고도 모자랐는지 좀 더 센 말을 한답시고, "이 박제사야!"하고 크게 외쳤다. 제리와 나는 웃음을 터트렸다.

로라와는 달리 패트릭은 학업에 재미를 느끼지 못했다. 그 애는 1학년이 되기 전에 읽기와 쓰기를 익혔고 숙제를 끝내고 나면 다른 도전할 거리를 찾았다. 그러다가 장난을 치기 일쑤였다. 그에게는 선생님이 제공하는 것 이상의 도전적인 것이 필요하다는 생각이 들었다.

로라는 토론토로 이사하기 전 몬트리올에서 프랑스어 기초를 익혔지만 당시 패트릭은 너무 어려서 프랑스어를 배울 기회가 없었다. 그래서 우리는 패트릭을 프랑스어를 쓰는 학교로 전학시키기로 했다. 세인트 노엘 샤바넬 가톨릭학교는 우리가 운영했던 편의점 근처에 있었다. 패트릭은 석 달도 되기 전에 프랑스어에 익숙해졌고 학교생활을 즐기게 되었으며 성적도 좋았다.

우리 가족 모두 평생 학습자가 되었다. 제리는 OISE Ontario Institute for Studies in Education 석사 과정에 등록했고 로라와 패트릭도 진학했다. 나는 점점 컴퓨터에 관심을 두기 시작했다.

컴퓨터에 빠지다

어느 날 TV 프로그램에서 반복 학습이 필요한 학생을 대상으로 PC를 사용하는 것을 봤다. 그 모습이 나를 자극했다. 그때는 1970년대 후반이어서 데스크톱 컴퓨터를 뉴스로만 알던 시절이었다. 나는 이런 도구를 학생들을 가르치는 데 사용하고 싶었고, 곧 교실에 등장할 컴퓨터 사용에 대비해 기술을 익혀야겠다고 생각했다. 그래서 BASIC, COBOL, FORTRAN, PASCAL 등 컴퓨터 언어를 배웠다.

많은 시간을 요크대학교 컴퓨터실에서 보냈는데 그때 컴퓨터는 큰 방을 차지하고 있었고 punch card를 사용했다. 밤 시간에만 학생들이 사용할 수 있었으므로 나는 가끔 그곳에서 밤을 새우곤 했다.

1977년에 첫 번째 데스크톱 컴퓨터인 Commodore PET가 나와 널리 사용할 수 있게 되었다. 우리 학교가 몇 대를 구입했고 나는 사용할 준비를 마친 상태였다.

하지만 컴퓨터에 사용할 수 있는 프로그램이 많지 않았으므로 관심 있는 교사들끼리 정기적으로 모여 프로그램 작성법과 최신 기술에 대한 지식을 나누었다. 그때 컴퓨터에 빠져 있던 나는 수업에 사용할 프로그램을 밤새워 만들었다. 나는 어떤 문제가 생기면 그걸 해결할 때까지 마음을 놓을 수가 없었다.

학생들이 좋아하는 프로그램은 'Spelling Bee'였다. 내가 학생들이 배우는 단어 10개를 프로그램에 입력한 후 두 학생이 컴퓨터 앞에 앉는다. 첫 단어가 스크린에 뜨면 학생 A가 먼저 스펠링을 입력한다. 맞으면 학생 A가 2점을 얻게 된다. 틀리면 학생 B가 맞힐 기회를 갖게 되고, 맞히면 1점을 얻는다. 다음 단어는 학생 B가 먼저 시작한다. 이렇게 해서 단어 10개를 다 끝내게 되면 점수를 합해 승자를 결정하고 이긴 학생의 모니터에는 웃는 얼굴이 나온다. 간단하지만 당시로써는 새로운 발상이었고 많은 학생이 좋아했다.

수학 실력에 도움이 되는 프로그램도 만들었다. 컴퓨터 사용자 모임에서는 새 프로그램 짜는 일을 서로 돕고 다른 교사들과 프로그램을 함께 사용하기도 했다.

1983년 Commodore 64가 PET 대신 사용되기 시작했다. C64는 RAM이 64킬로바이트였다. PET의 RAM이 4킬로바이트밖에 안 되는데 비해 훨씬 발전된 컴퓨터였다. C64가 나왔을 때 나는 교장을 설득해 여덟 대의 새 컴퓨터를 구입했다.

그리고 컴퓨터 교실을 열어 전교생에게 컴퓨터 교육을 하기 시작했다. 오전에는 특수교육반을 계속 가르쳤고 오후에는 한 반에 30분씩 컴퓨터에 관한 수업을 했다. 컴퓨터가 어떻게 사용될 수 있는지, 얼마나 실용적인 경험을 하게 해주는지 학생들에게 알려 주었다. 방과 후에는 컴퓨터의 용도에 대해 배우고 싶어하는 7, 8학년 학생들로 구성된 컴퓨터 클럽을 만들었다.

방과 후에 몇몇 학생들에게 BASIC 언어를 설명하고 나서 그들이 직접 연습을 하는 동안 뜨개질을 하고 있을 때였다. 에릭이라는 학생이 "마틴 선생님, 컴퓨터 수업을 하시면서 우리 할머니처럼 뜨개질도 하시네요. 그 두 가지가 어울리지 않는데요!"라고 말했다.

이처럼 나는 학생들에게 새롭고 환상적인 도구의 사용법을 가르치며 동시에 뜨개질하는 것을 즐겼다. 몇 년 동안 요크대학교에서 컴퓨터 과정을 계속했고 컴퓨터 교육 전문가 자격을 취득했다.

교실에서 컴퓨터를 널리 사용하게 되자 온타리오교육연구소에서는 1980년대 초반 몇 년 동안 '교육과 컴퓨터'라는 주제로 학술회의를 개최하기도 했다. 저명한 교수들의 연설과 강의가 있었고 최신 컴퓨터 프로그램을 공유하기 위한 분과회의와 워크숍도 열렸다. 나는 이 학술회의에 적극적으로 참여해 특수교육을 위해 내가 개발한 프로그램을 소개하거 나, 자기들의 기술을 뽐내고 싶어 하는 학생들과 함께 시범을 보이기도 했다.

1985년, 11년 동안 다녔던 학교를 그만두고 컴퓨터 교사를 필요로 하는 좀 더 큰 학교로 직장을 옮겼다. 그 학교에서도 2년 동안 오전에는 특수교육반 학생들을 가르치고 오후에는 컴퓨터반 학생들을 가르쳤다.

하지만 PC가 처음 나오기 시작한 후 7~8년 만에 컴퓨터 기술이 놀라울 정도로 발전하게 되자 컴퓨터 프로그램 사용법을 따로 배울 필요가 없게 되었다. 그리하여 기존 컴퓨터들은 연구용으로 도서관으로 옮겨졌다.

나는 14년 동안 정규과정 학생을 가르치지 못하고 지내온 터라 변화가 필요하다는 생각이 들었다. 그래서 정규과정 교사로 일하고 싶다고 신청했고, 그 해에 5학년 반을 맡게 되었으며 그 후 11년 동안 4, 5, 6학년 학생들을 가르쳤다.

한국인 결혼 이주 여성들

1970년에 우리 가족이 토론토로 이주해보니, 토론토에는 탄탄하게 조직된 큰 한인 공동체가 있었다. 다운타운에는 한국타운이 있었으며 몬트리올과 달리 한국인 식당과 채소 가게가 여러 군데 있었다. 길모퉁이에 있는 작은 가게들은 거의 다 한국인이 운영하고 있었으므로 나로서는 다행스러운 일이었다. 나는 그곳들을 자주 이용했다.

그러나 토론토의 한인 단체에 들어간다는 것은 별개의 문제였다. 한국인들은 한국캐나다문화협회 외에는 주로 교회 조직을 중심으로 나뉘어져 있었다.

1960년대 중반부터 가톨릭교회는 라틴어 대신 자기 나라 언어로 미사를 드릴 수 있도록 했다. 그래서 우리도 한국어로 집전하는 미사에 몇 차례 참석했는데, 가족들이 한국어를 이해하지 못하니 불편했다. 그래서 우리는 집 가까이 있는 가톨릭교회에 가서 영어로 미사를 드리기 시작했다. 이처럼 한인 교회에 속하지 않다 보니 한국 사람들과 만나 교류할 기회가 별로 없었다.

그러다가 '한마음회'라는 모임을 알게 되었다. 한국은 역사적으로 수많은 외침을 받아서인지 국가적으로나 문화적으로 단일민족이라는 점에 자부심을 느끼며 '순혈 종족' 유지를 통해 정체성을 지키려 노력해왔다. 그래서 옳고 그름을 떠나 한국인끼리 결혼해야 한다는 의식이 나이 든 세대에 잠재해 있었다.

하지만 한인과 캐나다인의 공동체가 커짐에 따라 가족의 반대에도 불구하고 인종을 초월한 결혼이 점점 늘어나게 되었고 토론토에 있는 이러한 가정 몇몇이 교류를 위해 모이기 시작했다. '한마음회'는 회원들의 집을 번갈아 가며 매월 한 번씩 모였다. 1989년 제리와 내가 회원으로 가입했을 때는 이미 몇 년째 모임이 이어져 온 후였다.

교회 모임은 아니었지만 공통점이 있으므로 한국인 여성 회원들은 서로 편안하게 한국말로 속을 털어놓고 경험담을 나누며 웃을 수 있었다. 무엇보다 남편들이 따돌림을 받는 일이 없다는 사실이 마음을 편하게 해주었다. 우리는 가족처럼 친구 이상의 친밀감을 느꼈으므로 언니 동생으로 지냈다. 내가 가장 나이가 많았으므로 모두 나를 '언니'라고 부르며 특별히 친절하게 대해 주었다.

우리가 만날 때면 남편들도 자기들끼리 모여 얘기를 많이 나누었다. 피터가 "장모님이 지난달에 우리 집에 오셨는데, 식사 때마다 밥을 더 먹으라고 하잖아"라고 하면, 이 말을 받아서 존은 "맞아. 고기를 먹을 때 우리 장모님은 자기 그릇에서 제일 맛있는 부위를 내 그릇에 덜어준 다음 식사를 하시지"라는 식으로 대화를 이어갔다.

그러면 제리는 "장모님은 나를 제리라고 부르는 대신 '로라 아빠'라고 불러. 그래서 재숙에게 어머니에게 내 이름을 가르쳐 주지 않았느냐고 물었다니까. 나는 그게 한국 풍습인지 몰랐어"라고 했다. 한 남편이 처가 식구들을 잘 이해하지 못하겠다고 하면, 다른 남편들도 경험을 공유하며 공감했다.

이런 대화들을 통해 모든 남편이 처가에 관해 허심탄회하게 이야기를 나누며 자기들이 겪고 있는 문화적인 충격을 이해할 수 있게 되었다. 그들은 한국의 문화, 풍습, 가정생활의 역동성에 대한 지식을 나누기도 했다. 모임 중에 제리는 한마음회 여성 회원들에 관한 생각을 말했다.

"미군 장교가 TV에서 인터뷰하는 걸 들었는데, 군에 있는 동안 다양한 나라의 군인을 만나봤지만 한국 군인이 어느 나라 군인보다 강인하다고 하더군. 그런데 나는 우리와 결혼한 한국 여성들이 그들보다 더 강하다고 생각해."

"맞아, 맞아, 맞는 말이야!"

제리의 말에 거기 있던 모든 남편들이 일제히 맞장구를 쳤다.

한마음회는 여러모로 나에게 도움이 되어주었다. 나는 한국을 떠날 때 제대로 한국 음식을 만들어 본 적이 없었다. 그런데 한마음회 자매들로부터 잡채나 만둣국 같은 내가 좋아하는 한국 음식들을 만드는 법을 배울 수 있었다. 한국인 식단에서는 김치가 가장 중요한 반찬이지만 나는 김치 담그는 법도 잘 몰랐다. 한마음회 자매들은 내게 여러 가지 종류의 김치 담그는 법을 가르쳐 주었다. 여름 김치는 국물이 많고 겨울 김치와는 맛도 다르며, 무 김치와 배추 김치의 양념이 서로 다르다는 것도 알게 되었다.

여러 명이 함께 만두를 빚는 것은 아주 사교적인 행사였다. 패트릭은 육개장을 좋아하고 로라는 만둣국을 좋아한다. 제리는 갈비를 좋아하며, 잡채는 우리 식구 모두가 좋아해 함께 즐기는 음식이 되었다.

이 모임은 내가 모국어를 다시 배우는 데도 큰 도움이 되었다. 한마음회에 가입할 때까지 나는 한국어를 사용할 기회가 별로 없었다. 그래서 어휘를 많이 잊어버렸고 회화에도 서툴렀다. 뭔가 말하려고 하면 너무 시간을 끌게 되어 상대방이 내 얘기가 끝날 때까지 기다려주기 힘들어했다. 그러다 보면 누군가 내 말을 가로채어 대화를 끝내버리는 일도 벌어졌다. 어머니나 자매들과 전화로 얘기할 때도 마찬가지였다.

한마음회 회원들은 모두 인내심을 갖고 내가 한국어로 말하는 능력을 회복할 수 있도록 도와주었다. 되도록 말할 기회를 자주 만들어줬고 기다려주었다. 일상에서 영어로 아이들을 기르느라 잊어버린 한국어 능력이 빠른 속도로 되살아나는 것 같았다.

지금은 한마음회가 이전처럼 자주 모이지 못한다. 그러나 여전히 서로 연락하며 지내고 있다. 그들의 친절과 우정을 항상 고

맙게 생각한다. 그 무렵에 나는 '한국캐나다여성협회한인여성회,
Korean Canadian Women's Association : KCWA'와 '전국다민족문
화가정봉사협회국제선, National Association of Intercultural Family
Missions : NAICFM'라는 두 단체에 가입하여 한인들을 돕는 일에
함께했다.

'한인여성회'는 토론토에 본부를 두고 처음 캐나다에 온 사람
들에게 가정 및 사회생활에 관한 봉사활동을 하고 있으며, '국제
선'은 미국에서 살고 있는 다민족가정과, 한국에 있는 한국인 어
머니와 미군 아버지 사이에서 태어난 한미 혼혈아들을 돕는 미
국 단체다.

끝나지 않은 전쟁의 기억

하루는 부엌에서 일하다가 깜짝 놀라 접시를 바닥에 떨어뜨렸다. 거실에 틀어놓은 TV 소리를 들으며 설거지를 하고 있었는데, TV에서 들려온 날카로운 굉음에 나도 모르게 접시를 떨어뜨린 것이다. 소리를 들은 남편이 달려왔고 공포로 굳어진 채 서 있는 나를 발견했다. 그는 나를 안으며 무슨 일이냐고 물었다. 나는 웅크린 채 떨면서 남편의 품에 안겼다.

캐나다에 온 지 벌써 17년이 지났고 결혼해서 두 아이까지 두었으니 한국전쟁은 거의 잊어버린 먼 이야기였다. 전쟁에 대한 기억은 초점을 잃은 희미한 사진과도 같았다. 육체나 정신이 거의 다치지 않고 살아남은 것을 나는 늘 다행스럽게 생각해 왔다. 하지만 전쟁을 치르며 군인이든 민간인이든 몸과 마음에 상처를 입지 않은 사람이 과연 있을까?

그 TV 프로그램은 제2차 세계대전에 관한 다큐멘터리였는데 굉음은 비행기가 급강하하며 폭탄을 투하하는 소리였다. 나는 폭탄이 목표물을 맞히는 그 순간에 접시를 떨어뜨린 것이다.

그날 밤 오랫동안 잊고 있었던 전쟁에 대한 기억이 다시 떠올랐다. 한국전쟁 초기에 서울에서 있었던 폭격과 언덕에 있던 할머니 집으로 피난 갔던 기억이 되살아났다.

언덕 위 피난처에서 비행기가 기차 터널을 폭격하는 장면을 본 후, 나는 소리만 들어도 비행기가 어떤 작전을 펴고 있는지 구별할 수 있었다. 또 생활품을 구하러 시골을 헤매다가 몇 차례에 걸친 공습을 피해 줄행랑을 치고 피범벅이 되어 집에 돌아왔던 날의 기억이 나를 엄습했다. 그 모든 일이 급강하하는 비행기들의 굉음과 연결되어 있었다.

전쟁은 서로 다른 이념이나 이해관계 때문에 시작된다. 그리고 갈등을 해결하는 수단으로 파괴적인 무기를 사용한다. 하지만 실제적인 전쟁 피해자는 그 대립의 덫에 갇힌 아무 죄 없는 사람들이다. 전쟁을 일으킨 갈등은 그곳에서 살고 있는 평범한 사람들과는 아무 관계가 없다. 그런데 무고한 이들이 생명을 잃거나 삶이 회복될 수 없을 정도로 무참히 망가지게 된다.

작가 바버라 킹솔버는 〈L.A. 타임스〉에 기고한 글에서 '모든 전쟁은 이기지 않으면 진다. 그리고 패배는 마치 어머니가 죽은 아이의 침대 옆에서 자장가를 부르는 것처럼 극심하게 고통스럽다. 그 어떠한 폭탄도 증오를 없애 줄 수는 없다'라고 했다.

《베일에 싸인 위협: 아프가니스탄 여인들의 숨겨진 힘》이라는 책에서 샐리 암스트롱은 '우리가 TV에서 보는 보스니아 군인들에게 강간당한 여성들, 르완다 분쟁으로 삼삼오오 피난을 가는 절망에 빠진 사람들의 긴 행렬, 황량한 도로 위 캠프 안에 움츠리고 앉아 있는 피난민 가족 영상에서 볼 수 없는 것은 침묵이다. 에드바르 뭉크의 그림 〈절규〉처럼 그들은 말할 수 없는 공포를 대변하며 침묵한다'라고 말했다.

나는 누구도 전쟁을 경험하는 것을 바라지 않지만 내가 전쟁을 버텨낸 것, 원초적 형태의 인간적 고통을 이겨낸 것을 기쁘게 생각한다. 그 경험은 내가 인간의 감정에 대해 깊이 이해할 수 있도록 해주었고, 다른 사람들을 보다 관대하게 대하도록 했다. 또한 그 경험으로 인해 나는 전쟁의 진정한 악폐를 이해하게 되었다. 그래서 어떠한 전쟁도 용납할 수 없다. 그 피해는 감당할 수 없을 만큼 크기 때문이다.

전쟁이 끝나고 25여 년이 지났으니 이제 그 모든 기억이 사라진 줄 알았다. 그런데 TV에서 들려온 폭탄 소리에 나는 금세 공포에 사로잡혔다. 전쟁에서 무사히 살아남은 것은 행운이다. 그러나 TV 소리에 접시를 떨어뜨린 사건은, 내가 공포를 품고 살 수밖에 없으며 전쟁에 대한 피해의식이 예고 없이 나를 괴롭힐 거라는 걸 이해하게 만들었다.

캠핑 여행

1962년 여름, 처음 셰익스피어 연극을 본 후 나는 자유로운 캠핑 생활을 좋아하게 되었다. 우리는 로라가 생후 9개월 정도 되었을 때부터 아이를 데리고 몬트리올 남쪽 라마곡 호수 지역으로 캠핑 여행을 갔다. 그날 밤 2인용 텐트에서 잠을 자려고 하는데 요란한 폭풍이 불어왔다. 로라가 놀랄까 봐 걱정했는데 다행히 잠을 푹 자고 다음 날 편안하고 즐거운 표정으로 일어났다. 로라가 그때 데이지 꽃잎을 먹고 있던 사진을 지금도 가지고 있다.

우리는 몬트리올에 있는 친구들과 정기적으로 캠핑을 다녔다. 우리 가족이 토론토로 이사해 교사 생활을 하게 되자 두 달 동안의 여름방학을 이용해 캐나다와 미국 이곳저곳을 마음껏 즐기며 여행했다. 그렇게 할 수 있는 유일한 방법은 자동차를 몰고 가는 것이었다.

1973년 여름, 캐나다 동쪽으로 차를 몰아 퀘벡 주와 동쪽에 있는 모든 주를 다녔고, 1974년에는 미국 동부를 여행했다.

1975년 여름에는 로스앤젤레스에 사는 둘째 동생 재수가 한국에 다니러 간다는 소식을 듣고 우리는 차로 로스앤젤레스에 사는 친정 식구들을 만나러 가기로 했다.

가는 도중에 생 루이 시에서 게이트웨이 아치를 보며, 우리도 옛날 미국 서부 개척자들처럼 포장마차를 타고 가는 느낌이 들었다. 캔자스시, 덴버, 모날 패스, 콘티넨털 디바이드를 거쳐 그랜드 캐니언에 도착했다.

그리고 에어컨이 없는 차를 타고 모하비 사막을 건너기 위해 밤에만 운전하기도 했다. 밤중인데도 캘리포니아 니들즈시 기온은 화씨 101도약 섭씨 38.3도가량였다. 차 밖의 온도가 안의 온도보다 높아서 우리는 창문을 닫고 운전해야 했다. 일주일 동안 친정 식구들과 관광을 했는데 로라와 패트릭은 21세기영화스튜디오와 디즈니랜드 구경을 특히 즐거워했다.

로스앤젤레스를 떠나 서해안을 따라 샌프란시스코에 들렀다가 동쪽으로 방향을 돌려 후버 댐을 구경하고 솔트레이크시티에 갔다가 이어서 옐로스톤공원으로 향했다. 8월 24일 우리가 방문객 센터에 들렀을 때 그곳은 크리스마스 분위기였다. 그 무렵에 눈이 오기 때문에 크리스마스 장식을 한다고 했다. 그날 밤 눈이 많이 내려서 아침에 일어났을 때는 눈의 무게로 텐트 천장이 내려앉아 있었다. 8월에 화이트 크리스마스를 맞은 셈이다.

1977년, 미군에 복무 중인 막내 동생 재성이가 워싱턴 주 터코마에 주둔하고 있었다. 재성이 아내의 출산이 임박해 어머니가 가신다기에 우리도 가보기로 했다. 1975년 로스앤젤레스에 갈 때는 미국의 서남쪽을 여행하였으므로 이번에는 캐나다 서쪽 주들을 관광하고 미국 터코마로 내려갔다가 미국의 북쪽으로 돌아오기로 결정했다.

우리는 토론토를 떠나서 세계 5대 호수 중의 하나인 휴론 호수를 따라 북쪽으로 올라가다가, 슈퍼리어 호수를 끼고 서쪽으로 달렸다. 온타리오 주를 횡단하는 데 나흘이 걸렸다. 캐나다가 얼마나 넓은 땅인지 실감이 났다.

온타리오를 지나 세계의 빵 바구니라고 부르는 캐나다 서쪽의 대초원 매니토바 주와 사스카츄완 주를 거쳐 앨버타 주 캘거리에 도착했다. 그곳에서 캐나다 기마경찰대가 음악에 맞춰 행진하는 모습을 봤는데 아주 인상적이었다.

태평양으로 향하는 마지막 코스에서 로키산맥 정상을 거치고 그 유명한 키킹호스 패스를 지나 프레이셔 강을 따라 내려가 캐나다의 서쪽 끝 도시인 밴쿠버에 도착했다. 캐나다 넓은 땅을 관통해 태평양까지 오는 데 12일이 걸린 것이다.

밴쿠버에서 터코마로 내려가는 길에 해수욕장 가까이 있는 캠프장에 들렀더니 사람들이 조개를 캐고 있었다. 우리는 텐트를 친 다음 그들과 합세했다. 한국에 있을 때 조개를 캐어 맛보며 먹는 것 못지않게 조개를 캐는 것 자체가 재미있던 기억이 났다. 양동이와 꼬챙이를 빌린 우리 네 식구는 갯벌로 내려가서 조개

잡이를 즐겼다.

물거품이 올라오면 잽싸게 파내어 조개를 잡는데 패트릭은 물거품을 찾아다니는 것을 좋아했다. 패트릭이 거품을 찾으면 로라가 구멍을 넓게 파고 큰 조개인 대합의 목을 잡아 끌어내었다. 그런데 어쩌다 조개의 목이 떨어져 나가자 로라는 몹시 놀란 것 같았다. 그러고는 조개가 불쌍하다는 생각이 들었는지 더 이상 조개를 잡을 생각이 없다고 했다.

타코마에서 며칠 지낸 후, 국경선 남쪽 미국 쪽 길로 집에 돌아가기로 했다. 타코마에 올 때 국경선 북쪽 캐나다 쪽 길로 왔으므로 가는 길에는 다른 풍경을 구경하고 싶었기 때문이다. 스포캔에 있는 레이니어 국립공원과 다코타에 있는 러시모어 산을 거쳐 동쪽으로 달렸다. 이 모든 여정에 41일이 걸렸다.

이 외에도 우리는 틈만 나면 오타와, 워싱턴DC, 체스펙 만, 필라델피아, 뉴저지 해안 등으로 짧은 여행을 다녀오곤 했다.

캐나다 역사의 한 부분

1977년 터코마로 가는 길에 매니토바 주를 지날 때 우리는 캐나다 역사에 한 부분인 메-티Métis에 대해 알아보기로 했다. 그래서 매니토바 주의 리자이나에서 북쪽으로 올라가다가 바톡이라는 도시의 루이 리엘 역사공원을 방문했다.

캐나다 역사에는 특별한 두 개의 단어가 있다. 그것은 보야저 voyageur와 메-티Métis이다. 보야저는 1700년대 프랑스 모피 상인들이며, 메-티는 그들과 캐나다 원주민 여자 사이에서 낳은 아이들이다. 오랫동안 캐나다 서쪽은 넓디넓은 황야로 원주민들이 이곳저곳에 조금씩 모여 살았다. 이 원주민들이 생산하는 모피가 유럽에서 인기를 끌자 모피 상인들은 서쪽 황야를 오가며 원주민들로부터 모피를 사 갔다.

그들은 긴 나무를 파서 만든 '카누'라는 배를 타고 부족들과 함께 강에서 강으로 수송하면서 여행을 위한 뱃길을 만들었다. 카누로 여행하다가 저녁이면 텐트를 치고 쉬면서 노래를 부르고 음악도 만들었는데 이런 낭만적인 생활이 소설과 영화로 소개되기도 했다. 비버 가죽과 밍크털이 유럽에서 유행하자 모피를 구하려는 보야저가 점점 더 많아졌다. 그리고 그들이 자주 다니는 통로에 교역소가 생기기 시작했고 호황을 누렸다.

이 사람들이 원주민 여자들과 결혼해 교역소에 자리 잡으며 공동사회를 이루었고 그들의 자녀들을 메-티라 불렀다. 세월이 지나면서 메-티 사회는 원주민 사회나 유럽인 사회와 다른 특별한 문화를 형성했다. 그러나 캐나다 정부는 그들을 캐나다 시민으로 인정하지 않았다.

루이 리엘은 1844년에 메-티로 태어났다. 어려서부터 무척 영리해 천주교회에서 장학금을 받아 법학을 공부하고 메-티 지도자로서 원주민과 메-티 권리를 위해 열심히 운동한 캐나다 정치가요, 역사적 영웅이다.

로라는 루이 리엘 이야기를 듣고 큰 충격을 받은 듯했다. 그리고 '나와 패트릭도 현대의 메-티'라고 선언했다. 자기 아버지는 보야저들과 같은 프랑스 출신이며 엄마는 캐나다 원주민들과 같은 몽골인 후예이니 자기들은 메-티의 자격이 있다고 했다. 나의 자녀인, 로라와 패트릭이 자신들의 특성을 거리낌 없이 받아들이고 자랑스럽게 여겨주니 고마운 마음이 들었다.

새 안식처, 셰 영천Chez Youngchun

1980년, 우리는 토론토 서북쪽 시골에 땅을 마련했다. 우리 가족이 10년 전 토론토로 올 때는 단독주택보다 아파트가 관리하기 편했고, 어차피 몬트리올에도 집을 한 채 갖고 있던 터라, 주택을 더 가질 생각은 하지 않았다. 또 아이들이 아직 어려 여름이면 여행을 자주 떠났으므로 아파트 살림이 편하기도 했다.

하지만 로라와 패트릭이 점점 자라자 아파트보다 넓은 생활공간이 필요했다. 몇 년 동안 캠핑을 자주 다닌 후 나는 자연과 야외 활동을 좋아하게 되었다. 우리는 아파트는 갖고 있되, 주말이나 여름을 보낼 수 있는 집을 시골에 마련하기로 했다. 그래서 토론토에서 반경 100킬로미터 안에 있는 땅을 찾기 시작했다.

어느 날 제리가 〈토론토 스타〉 신문에서 '멀머 지역에 있는 76에이커약 9만3천 평 땅을 팝니다'라는 두 줄짜리 광고를 보았다. 지도를 펴고 멀머를 찾아봤지만 지도에는 보이지 않았다. 우리는 전화로 위치를 물어 1월 어느 맑고 추운 일요일, 차를 몰고 찾아갔다. '땅 판매' 간판을 보고 차에서 내려 자갈길을 지나 쌓인 눈을 밟으며 들판을 거쳐 계곡의 끝까지 올라갔다.

그곳에 가보니 북쪽, 동쪽, 남쪽으로 숨 막힐 정도의 절경이 눈앞에 펼쳐져 있었다. 우리가 친구들과 자주 시간을 보냈던 몬트리올 북쪽 로렌샨 산맥과는 달리 온타리오 남쪽은 대지가 평평하다. 그런데 제리와 내 눈앞에 토론토 근처에서는 보기 드문 파노라마가 펼쳐져 있는 것이 아닌가. 경치에 감탄하며 언덕에 서 있는 동안, 구름이 지나가고 해가 나왔다. 그 순간 눈밭은 수많은 다이아몬드로 장식이라도 한 듯이 반짝거렸다.

"바로 여기야. 여기 집을 짓자!"

제리가 말했고 그 소리는 내 마음에서 메아리처럼 울렸다.

우리가 서 있는 곳의 높이는 그 대지 맨 아래부터 약 90미터였다. 온타리오 주의 북쪽 토버모리로부터 나이아가라 폭포까지 내려오는 거의 1,000킬로미터의 나이아가라 급경사면은, 유네스코가 세계생물보존지역으로 지정한 곳이다. 우리가 서 있는 곳은 그 보존지역 안에 있었다. 그리고 거의 900킬로미터에 달하는 브루스 트레일이라 부르는 산책길이 통과하는 곳이었다. 맑은 날 밤에 망원경으로 보면 100킬로미터쯤 떨어진 토론토의 상징인 CN타워 꼭대기에서 깜빡이는 빨간 불빛을 볼 수 있었다.

우리는 그 땅을 1980년 2월에 매입했다. 76에이커란 땅 넓이가 얼마나 되는지 알아보기 위해 하루 날을 잡아 땅의 테두리를 가늠하러 나갔다. 땅 지도를 참고로 서쪽에 우리 땅 끝을 표시하는 빨간 기둥을 찾아 거기서부터 북쪽으로 산속을 40분 정도 들어가 또 빨간 기둥을 찾았다. 그곳에서 남쪽은 아주 험하고 걷기 힘든 절벽이었다. 절벽으로 내려가자 절벽 밑에서 샘물이 솟아나오고 사슴 발자국들이 눈 속에 보였다. 제리와 나는 4시간이 지난 뒤에 춥고 피곤한 몸으로 겨우 차로 돌아왔다.

1983년에 집을 지을 때까지 우리는 그곳에서 자주 캠핑을 했다. 그리고 지금까지 모든 주말과 휴일을 그곳에서 지내고 있다.

그 땅은 굴곡이 심하고 가팔라서 농사에는 적합하지 않았다. 예전에 어느 가난한 농사꾼이 농사를 지어보려고 땅의 일부를 개간하다가 포기했는지 여기저기 돌무더기를 남기고 떠난 흔적이 보였다. 경사지는 석회석 벼랑과 둔덕으로 되어 있어서 틈새 밑에 쌓인 언 눈이 7월 초까지 남아 있다. 그래서 캠핑할 때면 서늘한 그곳에 먹을 것과 맥주를 저장하기도 했다. 우리 땅에는 서너 군데에서 맑고 단 샘물이 솟아 나와 그 부근의 연못들을 채우고 있다. 어떤 해에는 그 물살이 너무 드세어 제리가 댐을 만들어 전기를 생산할까 생각한 적도 있다.

우리는 이 집을 내가 태어나 살던 서울의 마을 이름을 따라 '영천'이라 부르기로 했다. '영천靈泉'은 '신령스러운 샘'이란 뜻이다. 달고 맑은 약샘물이 흐르는 곳이 여러 군데 있으므로 제리의 프랑스 혈통을 따라 맛을 내는 집이라는 뜻으로 셰chez와 영천을 합쳐 '셰 영천Chez Youngchun'이라고 지었다. 이곳은 우리의 은신처이자 도시의 고된 일상으로부터의 도피처였다.

1982년에 우리는 집 북서쪽에 1만 그루의 적송과 백송을 심었다. 30년이 흐른 지금 나무들은 3층보다 높이 자라 서풍으로부터 집을 보호해주고 있다. 이 소나무 숲에는 다양한 종류의 새와 짐승들이 살고 있다. 이른 아침에는 목장에서 풀을 뜯고 있는 사슴들을 볼 수 있고 산책길에서는 야생 칠면조 떼를 만나기도 한다. 제리는 나를 위해 울타리가 처진 채소밭과 헛간을 지어 주었다. 내 손으로 직접 채소를 심고 이들이 자라는 것을 보는 것은 큰 즐거움이다.

땅이 넓고 시골 살림이라 10년이 넘게 그곳에서 살면서 여러 가지 기구를 갖춰야 했다. 여름에는 풀 깎는 기계, 겨울에는 눈 치우는 기계, 수영장 가꾸는 기계 등을 들이고 나니 기계를 보관할 건물도 필요했다. 조그마한 창고는 하나 있었지만 좀 더 크고 안전한 건물이 필요했다. 우리는 집 뒤편에 3층짜리 건물을 둘의 힘으로 한 채 더 짓기로 했다. 제리와 나는 건축 구조를 연구하고 설계안을 꾸몄다. 그리고 1993년 여름방학이 시작되자 건축을 시작했다. 맨 밑층은 모든 기계 창고로 쓰고, 2층에는 제리의 취미인 목공소와 내 미술 스튜디오를 꾸미고 3층은 오락실로 탁구장과 음악 감상 시설도 만들 계획이었다.

하루는 내가 건물이 세워질 자리를 준비하고 제리는 건물 기초를 만들고 있는데, 동네 친구들이 점심을 가지고 찾아왔다. 우리 둘이서 건축사도 없이 건물을 짓는다는 게 믿어지지 않아 직접 보러 왔다고 했다. 그 후로 그들은 가끔 들려 격려도 하고 도와주기도 했다.

여름내 우리는 열심히 공사를 했다. 여름방학이 끝날 때쯤 되자 건물은 2층까지 완성됐다. 그리고 나머지는 건축사를 고용하여 끝내고 그해 겨울에 건물 내부를 꾸몄다. 전기 시설을 하고 수도를 놓고 화장실을 들이고 페인트칠을 했다.

2층 목공소는 제리가 가장 아끼는 장소로 그는 그곳에서 많은 시간을 보냈다. 아이들을 위한 가구와 여러 가지 노리개 등을 만들며 즐거워했다. 해마다 목공에 필요한 기계들을 구입해 이제 그곳은 어엿한 목공소가 되었는데 그런 멋진 장소가 우리 집에 있다는 것이 그저 고마울 뿐이다. 우리는 이 땅의 관리자이며 동시에 자연유산의 보존자로서 최선을 다하고 있다.

6월에 제리와 나는 학교 종강을 기념하며 동료, 친구 그리고 가족들을 초대해 바비큐 파티를 크게 열었다. 이 파티는 관례가 되어 그 후 15년 동안 매해 여름마다 열렸다. 겨울에는 집 앞 경사지가 좋은 썰매장이 되었다. 나는 동네 친구들과 여름에는 산책을 하고, 겨울에는 눈 신발을 신고 걷거나 스키 타는 것을 즐겼다. 계곡에 안개가 짙게 깔린 날이면 평화로운 고립감이 완전한 안식을 느끼게 해주었다.

시민권 수여식

"선생님, 10월 25일에는 학교에 올 수 없을 거예요. 캐나다 시민권을 받게 되었거든요."

셀리나가 말했다. 나는 1988~1989학년도에 4학년 담임을 맡았는데 우리 반 셀리나의 가족은 7년 전에 폴란드에서 이민을 왔다고 한다.

셀리나의 말을 듣자 1963년~1965년 사이에 있었던 내 국적에 대한 기억이 떠올랐다. 캐나다인과 결혼하자 한국 국적이 상실되었고 그 후 2년 동안 무국적자로 불안하게 지냈던 시절의 기억 말이다.

어릴 때부터 나는 나의 가치를 인정받고 존경받는 사람이 되기 위해 노력해왔다. 그것은 법을 지키는 시민으로 산다는 뜻이기도 했다. 무국적자로 지내는 동안 나는 인간으로서의 의무를 저버리고 사는 듯한 느낌이 들었다. 그래서 다른 사람들에게 사과라도 해야 할 것 같은 심정이었다.

2년 동안 그렇게 지낸 후 나는 시민권 대상이 되자마자 신청을 했다. 나의 시민권 수여식은 몬트리올에 있는 몬트 로얄 샬레에서 있었다. 1965년 화창한 봄날이었다. 나는 한복을 입고 제리와 함께 참석했다. 한시라도 빨리 시민권을 받겠다는 조급한 생각에 수여식을 온전히 즐길 마음 상태가 아니었다. 그저 무사히 끝냈다는 안도감만 느껴졌다.

셀리나가 교실에서 시민권을 받으러 간다고 말했을 때, 여기저기서 질문과 토론이 이어졌다.

"캐나다에서 태어난 사람도 세례받을 때처럼 수여식에 가야 하는 거야?"

"나는 이탈리아 사람이라고 생각하는데, 캐나다 시민권도 받아야 하는 걸까?"

"우리 아버지가 그러시는데, 시민권은 하나만 가질 수 있대. 그러니까 둘 중 하나만 선택해야 하는 거래."

이를 계기로 학생들이 시민권에 대한 지식을 익히는 것이 좋겠다는 생각이 들었다. 학생들이 자기 정체성을 확인하고 캐나다를 자랑스럽게 생각할 기회라고 여긴 것이다. 나는 사회 과목에 캐나다에 관한 내용을 포함시켰다.

우리는 캐나다의 역사를 탐구하고 캐나다가 추구하는 가치와 각종 제도와 상징물들을 공부했다. 그리고 캐나다 시민의 권리와 의무에 관해서도 토론을 했다. 나는 반 학생들과 함께 셀리나의 시민권 수여식에 참석할 계획을 세웠다. 시민권 재판소에 전화를 걸자 담당자는 아주 친절하게 공부에 필요한 자료를 보내주었고 학생들이 수여식의 모든 과정을 참관할 수 있도록 공식 초청장을 보내주었다. 셀리나 부모님은 자청하여 견학의 가이드가 되어주셨다.

우리는 버스와 전철을 타고 시민권 재판소에 갔고 판사는 반갑게 맞아주었다. 시민권 수여식에서 학생들은 자랑스럽게 캐나다 국가인 '오, 캐나다!'를 소리 높여 씩씩하게 불렀다. 그리고 셀레나는 기꺼이 모범적인 캐나다 시민이 되겠다고 서약했다.

수여식이 끝나자 담당 판사는 학생들이 재판소에 둘러보도록 안내해주었다. 학생들은 캐나다 시민권의 중요성을 이해할 기회를 가진 것을 자랑스러워했다. 돌아오는 길에 아직 시민권을 받지 않은 토니라는 학생은 집에 가서 부모님께 시민이 된다는 의미에 대해 설명하겠다고 했다.

나는 제자들과 시민권 수여식을 참관한 것이 기뻤다. 모든 학생에게 이로운 경험이었다고 생각한다. 이러한 경험은 내가 캐나다인이 되었다는 느낌을 상기시켰고 또 한번 소속감의 중요성을 일깨워 주었다. 캐나다 시민이 된 것이 자랑스러웠다.

결혼식과 세대 차이

1986년 초여름이었다. 로라의 웨딩드레스를 고르느라 로라와 나는 온종일 토론토 시내를 둘러본 후 저녁을 먹으러 식당에 들어갔다. 로라는 고등학교 때부터 사귀어 온 레이몬드레이와 3년 전에 약혼한 상태였다. 로라는 대학교를 졸업하고 결혼식을 앞두고 있었는데, 레이와 처음으로 말다툼을 했다며 계속 기분이 상해 있었다.

"엄마, 엄마는 왜 결혼하면서 엄마 성을 포기하고 아빠 성을 따르게 된 거예요?"

로라가 따졌다.

"그 문제로 다툰 거니?"

"네, 내 이름은 태어나서부터 내 이름이고 모든 사람에게 나는 로라 마틴으로 알려져 왔어요. 그게 바로 나의 정체성이고 나를 대표해주는 거잖아요. 왜 결혼한다는 이유로 성을 바꿔야 해요? 그건 나를 격하시키는 거잖아요, 엄마?"

나는 아무 말 없이 로라를 쳐다보며 빙긋 웃기만 했다. 그 모습이 또다시 로라를 화나게 했다.

"엄마는 결혼할 때 성이 바뀌는 게 불공평하다고 생각하지 않았어요? 엄마가 한국인인 걸 나타내는 성을 그렇게 쉽게 포기할수 있었어요?"

로라는 점점 더 화가 나서 불편한 속내를 내비쳤다. 그제야 나는 그 애가 결혼 전의 초조함 때문에 벌어지는 소소한 다툼이 아니라, 불공평하다고 느끼는 여성 인권문제 전반에 반응하고 있다는 것을 알아챘다.

"너는 이해하기 힘들 거야. 하지만 나의 경우 네 아버지의 성을 기꺼이 받아들인 것은 내 나름대로 항의의 의미가 있었어."

"그게 무슨 뜻이에요, 엄마?"

"지금은 달라지고 있지만, 과거 한국은 이곳과는 다르게 여자들이 겪어야 하는 원칙과 관습들이 있었단다."

나는 로라에게 한국에서 결혼한 여성이 친정 성씨를 유지하게된 까닭은, 여성은 남성보다 지위가 낮았으므로 남편의 성씨를 갖기에는 자격이 충분하지 않다고 여겼기 때문이었다고 설명해 주었다. 그래서 결혼한 후에도 여성은 시댁에서 한 가족으로 인정받지 못했으며, 잘못해서 핀잔을 받게 되었을 때도, 가족이 아닌 것이 그 원인이라 생각한다고 얘기해주었다.

나는 어렸을 때 이모가 아들을 낳지 못했다는 이유로 친정으로 쫓겨난 얘기를 가끔 들었다. 이모 개인뿐만이 아니라 친정 전체의 잘못으로 여긴 것이다. 한국에서 신부가 성을 그대로 유지하는 이유는 남녀평등의 의미보다 시집의 진정한 가족이 될 수 없다는 시댁 측의 의식 때문이었다.

"그래서 결혼할 때 네 아버지의 성을 따르는 게 나는 좋았어. 그렇게 하는 것이 며느리를 동등한 가족으로 받아들이지 않았던 한국 관습에 불복하는 것이라고 여겼던 거야. 그게 바로 내 성이 김에서 마틴으로 바뀌게 된 이유란다."

"엄마는 그런 이야기를 한 번도 해주지 않았잖아요. 한국 관습에 그런 뜻이 있는 줄 몰랐어요."

로라는 그 후 이 문제에 관해 너그러워진 것 같았다. 그러나 여전히 제리와 여성 인권을 두고 이런저런 말다툼을 했다. 로라가 결혼 계획을 발표했을 때 제리는 기쁘게 답했다.

"드디어 딸의 손을 잡고 결혼식장에 들어가 남편에게 넘겨줄 때가 왔구나!"

이 말이 로라의 자존심을 몹시 상하게 했다.

"아빠, 나는 아빠의 물건처럼 남에게 넘겨줄 수 있는 존재가 아니에요. 나는 내 결혼에 대해 스스로 결정하는 성숙한 존재란 말이야!"

이 말다툼은 더욱 달아올라 어느 대목에서는 제리가 로라의 결혼식에 참석하지 않겠다는 심한 말까지 하게 됐고, 로라는 울음을 터뜨렸다.

그러고 나서 로라는 신부를 '넘겨줘 버린다'는 것과 남편의 성을 따라야 한다는 것 외에 여자들이 겪어야 하는 불공평한 관습과 결혼예식 관행들을 일일이 열거했다. 예를 들면 결혼식 전의 신부 선물 파티나 결혼 지참금, 혼숫감 마련 등이 그런 것이었다. 그날 저녁 식사 내내 로라와 나는 대화를 계속했고, 결국 우리는 아무것도 결정하지 못한 채 집에 돌아왔다.

신부를 위한 여러 잡지를 본 끝에 우리는 웨딩드레스를 집에서 직접 만들기로 했다. 우리는 여러 시간을 들여 함께 드레스를 만들며 즐거운 시간을 보냈다. 그렇게 만든 드레스는 아름다웠고 결혼식에서 로라는 어느 신부보다 사랑스러웠다.

숱한 논의 끝에 결혼식 입장 순서가 의미 있게 바뀌었다. 집안을 대표해 신랑 아버지가 신랑 레이먼과 함께 복도를 걸어 들어갔다. 이어서 신부 들러리들이 들어가고 로라 아버지 제리와 내가 집안을 대표해 로라를 앞세우고 입장했다.

그렇게 1986년 7월 26일 결혼식을 올린 아이들은 지금껏 행복한 삶을 함께하고 있다.

위안부 배상 문제

1990년 5월, 신문에서 일본군 위안부 관련 기사를 읽었다. 그 기사에는 생존 위안부에 대한 일본 정부의 인정과 사과, 배상을 요구하는 37개 한국 단체들이 그 문제로 연합했다고 실려 있었다.

그해 봄, 노태우 대통령의 일본 방문에 즈음하여 결성된 단체는 일본 가이후 토시키 총리 앞으로 다음 여섯 개 항목의 요구 사항이 적힌 공개서한을 보냈다고 한다.

1. 일본 정부는 과거 한국 여성을 위안부로 징용한 사실을 인정할 것.
2. 위의 사실에 대하여 공개 사과할 것.
3. 모든 잔혹 행위를 온전히 공개할 것.
4. 희생자들을 위한 기념비를 세울 것.
5. 위안부 생존자나 유가족들에게 배상할 것.

6. 만행이 되풀이되지 않도록 관련 사실들을 역사 교육에 언급할 것.

나는 오래전부터 위안부 문제에 대해 들어왔다. 그리고 한국에 있을 때 명이 아저씨의 연인인 윤희 씨의 죽음에 관해서도 들었다. 이러한 경험은 새로 전개된 보상 요구 운동에 더욱 관심을 갖게 했다.

제2차 세계대전 중 약 20만 명의 여성이 일본 군인들의 성노예로 징용되었다. 이들은 주로 한국 여성이었지만 중국, 태국, 베트남, 필리핀, 인도네시아 여성들도 있었다. 열두 살밖에 안 된 어린 여자들도 있었고 모녀가 함께 끌려간 경우도 있었다. 1992년 일본군 기록보관소에서 위안소가 언급된 최초의 공식 문서가 발견되기까지 일본 정부는 위안부들에 대한 일본군의 책임을 부인했다.

1993년 요헤이 코노 관방장관이 사실을 인정했지만, 그러고 나서도 일본 정부는 이 여성들은 자발적인 윤락여성들이며 정당한 보상을 받았다고 주장했다. 그 후에도 줄곧 배상에 대한 여러 시도가 있었는데 일본 측의 부인이나 은폐로 제대로 실효를 거두지 못했다.

그러다가 1996년 유엔은 일본이 수십 만의 여성들을 강제로 일본군 성노예로 만들었다고 최종적인 결론을 내렸다. 국제적인 법률기관들은 여전히 일본이 이 전쟁범죄에 대해 적절한 배상을 해야 한다고 주장하고 있다.

오랜 기간 동안 위안부 배상을 추진하는 한국의 여러 모임과 단체들이 있었다. 1992년 이래 매주 수요일마다 주한 일본대사관 앞에서 일본의 사과를 요구하고 이 문제에 대한 국제사회의 인식을 높이려는 농성이 이어졌다. 이 농성은 지구상 가장 오래 지속되어온 농성으로 기록되어 있다.

1992년 KCWA 캐나다한인여성회는 토론토에서 '위안부 배상 문제'라는 주제의 행사를 통해 워크숍과 연설을 했고 규탄 행진 등을 했다. 우리는 1992년 당시 69세인 위안부 생존자 황 씨 할머니를 한국에서 초청해 연설을 들었다.

위안부 문제는 한 나라의 정부에 의해 승인되고 광범위하게 조직되어 운영되었다는 점에서 여타의 성범죄와는 다르다. 이 여성들은 아직도 정의 실현을 위해 투쟁하고 있으며 점점 더 노쇠해지고 있다. 가장 젊은 나이가 80세를 넘겼으며 머지않아 모두 세상을 떠나게 될 것이다. 이들이 수많은 전쟁 피해자 중의 일부일 뿐이라고 역사책에 기록하고 그냥 넘어갈 것인가? 나는 그렇게 되지 않기를 바란다.

캐나다에서 맞이한 환갑잔치

가족은 사회 구조 속에서 가장 중요한 단위이며, 나는 가족에게 의무를 수행하는 것을 중요하게 여기는 유교 사회에서 자랐다. 가족에게 의무를 충실히 이행할 때 권리도 뒤따른다고 믿었다. 이러한 사회에서 한 사람이 의무에 따른 책임을 다해낸 것을 축하하는 행사들이 있는데, 그중 하나가 환갑이다.

중국의 점성술에 따르면 한 사람이 태어난 해는 60년 주기의 특정 시점에 해당된다고 한다. 12년 단위의 사이클은 열두 가지 동물들로 상징되며, 12년 주기의 순서는 나무, 불, 흙, 쇠 그리고 물의 차례로 이루어진다고 배웠다.

60회 생일은 부모, 자손, 친족 나아가 사회에 대한 의무를 완수한 것으로 보고 이를 경축하며 모든 책무를 다음 세대에게 넘긴다는 의미도 있다. 지금이야 중년 정도로 취급하지만, 예전에는 평균수명이 예순 살이 되지 못했으므로 환갑을 맞이한다는 것은 귀한 경사였다. 그리고 환갑은 어른들에게 고마움을 표현할 수 있는 좋은 기회였다.

어렸을 때 참석했던 특별한 환갑잔치가 기억난다. 한국전쟁 전인 1948년경이었는데, 아버지의 친구인 윤 씨라는 분이 우리를 환갑잔치에 초대한 것이다. 그 잔치에서 그분의 일흔여섯 살 된 어머니가 한복 차림으로 상석에 앉아계셨다. 그리고 환갑을 맞은 아들도 고운 한복을 입고 있었다. 아들은 어머니에게 큰절을 한 후 만수무강을 비는 술잔을 올렸고 어머니 앞에서 춤을 추었다. 그리고 어린아이를 업듯이 어머니를 업어 드렸다.

윤 씨 아저씨는 손님들에게 그렇게 하는 이유를 설명했다. 자기가 두 살 때 아버지가 돌아가셨는데 당시 열여덟 살이었던 어머니가 남의 집 식모 노릇을 하며 혼자 힘으로 아들을 키웠다고 한다. 그리고 어머니가 환갑을 맞이했을 때도 생활고를 겪고 있어서 잔치를 해드리지 못했다고 한다. 그런데 이제 좀 살만하게 되자, 윤 씨는 자신의 환갑날을 맞이해 모든 희생을 감내해 오신 어머니께 감사와 존경을 표시하고 싶었다고 설명했다. 그 환갑연은 나에게 가족의 중요함을 새삼 일깨워 주었다. 내 어머니가 예순이 되셨을 때, 우리는 로스앤젤레스로 가서 환갑을 기념하는 큰 잔치를 열어 드렸다. 로라와 패트릭도 데리고 갔고, 미국에 사는 친정 식구들이 다 모였다.

한국인이 나이를 세는 방법은 서양 사람들과 다르다. 아기가 태어나면 한 살이 되는 것이고, 새해를 맞으면 또 한 살을 먹게 된다. 그러다 보니 한 해 마지막 날에 태어난 아이는 그 이튿날 인 새해 1월 1일, 즉 하루 만에 두 살이 된다.

계절의 큰 수레바퀴는 매년 초하루부터 돌기 시작해 만물이 소생하는 봄, 크고 자라는 여름, 땀의 대가로 수확을 하는 가을 그리고 휴식의 계절 겨울로 돌고 돈다. 사람이건 동물이건 이 수레바퀴를 따라 돌며 살아간다.

위와 같은 방식으로 셈하면, 나의 한국식 나이는 실제 나이보다 한 살 더 많게 된다. 내가 1935년 11월 19일에 태어났으니 1994년에 예순 살이 되는 셈이다. 그해 여름 로스앤젤레스로 어머니를 뵈러 갔을 때 형제자매들은 나를 위해 환갑잔치를 차려주었다. 조카가 빨간 카네이션 60송이를 내게 선물해주었다.

남편 제리는 1995년 5월에 예순 살이 되었다. 그리고 내 생일은 그로부터 6개월 후이다. 1966년 여름, 우리 둘의 환갑잔치를 합동으로 열기로 했다. 그 자체도 중요한 행사지만 자녀들과 친구들에게 소중한 풍습을 경험할 기회를 주고 싶었기 때문이다.

환갑잔치에는 80여 명의 친구와 친척들이 모였다. 로라와 장차 며느리가 될 마리아 그리고 나는 한복을 입었다. 남편과 나는 큰 접시에 각종 음식을 쌓아 올린 잔칫상을 앞에 두고 앉았다.

나의 한국인 친구 이정훈 여사가 모인 사람들에게 환갑의 의미를 설명해주었다. 로라와 사위 레이먼이 우리 내외에게 큰절을 하고 건강을 빌며 술을 따라 주었다. 패트릭과 약혼녀 마리아도 똑같이 따라 했으며 다른 가족들도 그렇게 했다. 조카 조앤도 술을 따라 권하고 건강을 빌었는데, 우리와 같은 세대라 큰절은 하지 않았다.

그리고 제리는 나이 든 모든 참석자를 향해 건강을 비는 덕담을 했다. 그는 예순 살이 넘은 참석자들을 앞으로 나오시게 해 다 함께 그분들에게 절을 하게 했다. 이렇게 큰절을 주고받는 순서가 끝나자 모두 이 특별한 잔치를 즐겼다. 아름다운 여름날이었고 먹을 것과 마실 것들이 풍성하게 차려져 있었다. 수영장에서 수영도 하며 모두 즐거운 시간을 보냈다.

그 해 1996년 여름 8월 3일, 패트릭은 마리아 찬과 결혼식을 올렸다. 환갑잔치도 하고 두 아이도 결혼시켰고, 나는 인생에서 중요한 이정표를 성공적으로 넘었다고 느꼈다.

돌아볼수록 축복이었던 삶

1998년 제리와 나는 25년 동안의 교직 생활을 접고 은퇴했다. 우리는 토론토에 있는 집을 팔고 시골집 '셰 영천'으로 살림을 옮겼다. 인생이라는 무대의 한 막이 끝났고, 지금까지의 삶을 되돌아보는 시간을 가지게 되었다.

나는 과연 책임을 다했는가? 어린 시절부터 품었던 이상에 충실하게 살아왔나? 항상 사람의 선량한 면을 보고 격려하라는 아버지의 충고를 제대로 실천했나? 나는 전쟁과 한국의 재건을 경험하며 자란 후, 스물다섯 살에 불우한 아이들을 위한 교사가 되겠다는 꿈을 가지고 모국을 떠났다.

그리고 비록 한국이 아닌 캐나다였지만, 25년 동안 아이들을 가르치며 그들이 호기심을 갖고 지식을 탐구하는 능력과 무엇보다 꿈을 이루려는 열망을 키울 수 있도록 노력했다. 학생들을 위해 컴퓨터를 활용했고 이민 온 학생과 캐나다 학생들에게 시민 정신의 가치를 가르쳤다.

예상치 못한 일이 많았던 내 삶에 동반자 제럴드 에드먼드 마틴은 헤아릴 수 없는 도움을 주었다. 제리는 낯선 나라에 온 나를 따뜻이 맞아주었고 내 삶을 보람 있고 안전하게 지켜주는 것을 자신의 일로 삼았다. 또 처음 만난 이후부터 그는 나의 영어 선생이었다. 내 삶을 지탱해주는 닻이었고, 그의 가족들은 어떤 한국인 며느리도 부럽지 않을 정도로 나를 환대해주었다. 또한 제리의 꾸준한 격려와 지원으로 나는 학업을 계속할 수 있었다. 그리고 우리는 로라와 패트릭을 책임감 있는 성인으로 키웠다.

1987년 여름, 나는 아주 감동적인 귀국 여행을 했다. 서울은 현대화되어 내가 어린 시절을 보낸 곳들은 찾아보기 힘들 정도였다. 두 번째 올 때는 남편 제리와 함께였는데 그를 친척들에게 소개하고 내가 태어난 나라를 자랑하며 관광객처럼 즐거운 날들을 보냈다.

제리와 나는 은퇴 후 전원생활을 즐기게 되었으며, 지역의 몇몇 단체의 활동에도 적극적으로 참여했다. 박물관에서 자원봉사를 하고 있으며 교회 활동도 더욱 열심히 하게 되었다. 또한 우리는 더퍼린예술위원회 회원이 되어 지역 예술가들을 지원하고 각종 행사를 기획하기도 한다. 예를 들면 통찰력이 있는 훌륭한 연사들을 초청해 월례 오찬회를 여는 것 등이다. 또 박물관이나 미술관을 방문하고 축제에서 연극도 본다. 음악회와 오페라, 발레를 감상하기도 하고 월요 영화감상회에도 가고, 매년 여름이면 콘서트에 가기도 한다.

또 매주 모임에서 브루스 트레일 등으로 하이킹을 가기도 한다. 영국의 콘웰, 프랑스의 브리타니에도 2주일씩 산책 여행을 다녀왔다. 겨울에는 눈 신발을 신고 걷는데 독특한 재미가 있다. 동네 친구들과 약 두 시간 정도 눈 신발을 신고 걷다가 한 친구 네 집에 가서 따끈한 수프를 마시며 환담을 나눈다. 캐나다의 겨울을 보내는 아주 멋진 방법이다.

도시에서 태어나고 자란 내가 느끼는 시골생활은 새로운 경험이 아닐 수 없다. 일제 강점기였던 다섯 살 무렵 어머니와 함께 먹을 것을 구하러 시골에 갔을 때, 나는 먹을 채소를 직접 기르는 것을 보고 매혹되었다.

시골에 땅을 산 후, 제리가 울타리를 치고 밭을 만들어주어 채소 기르는 것이 나의 큰 취미가 되었다. 그래서 해마다 시금치, 상추, 토마토, 당근 등과 함께 동양 채소를 기르고 있다. 채소밭을 가꾸는 일은 좀 하더라도 부담이 덜한 취미생활이다. 설령 잘못했다 하더라도 내년에 다시 시작할 수 있기 때문이다.

나는 우리 동네 독서모임에도 가입했다. 덕분에 다른 방법으로는 불가능할 정도로 많은 저자를 알 수 있게 되었다. 매월 회원들과 만나 책에 관해 토론하는 것을 즐기며 한국에 관한 책도 추천해 한국 문화를 소개하려고 애쓴다. 지금까지 두 권의 책을 추천했는데, 한 권은 마거릿 드래블이 쓴 《The Red Queen》이며, 다른 한 권은 신경숙의 《엄마를 부탁해》이다.

그리운 '롤리'

시어머니의 원래 이름은 로라이지만, 모두 애칭으로 롤리라고 부른다. 1998년 봄, 시어머니는 심한 췌장암을 앓고 계셨고 의사는 오래 사시지 못할 거라고 진단했다. 제리의 여동생 마거릿은 매일 시어머니를 찾아가 돌봐드렸다. 제리와 나도 근무 시간을 줄이고 시어머니를 찾아뵈었다. 우리는 일주일씩 휴가를 받아 교대로 몬트리올에 가서 시어머니를 간병했는데 몬트리올로 가는 열차를 타고 있으면, 그분에 대한 추억이 몰려왔다.

1963년 몬트리올에는 아시아인이 많지 않아서 제리가 나를 소개할 때까지 시어머니는 한 번도 아시아인을 만난 적이 없었다고 한다. 시어머니는 내가 당신이 기대했던 며느릿감과 너무나 달라 몹시 당황스러우셨을 것이다. 수줍어서 말 한마디 제대로 못 하는 어린 외국인 여자를 처음 보시고 얼마나 낯설고 이상했을지 상상할 수 있다.

하지만 흔쾌히 나를 가족으로 맞아주셨으며 사랑해주셨다. 해마다 우리는 시어머니댁에서 크리스마스를 보냈고 아이들은 선물 꾸러미 양말을 그곳에서 열어보았다. 우리가 토론토로 이사한 후 시아버지가 돌아가시고 시어머니가 작은 집으로 이사하실 때까지, 크리스마스 때면 해마다 그렇게 몬트리올에서 지냈다.

어느 해인지 그때도 크리스마스를 보내기 위해 몬트리올로 차를 몰고 가고 있었는데 눈이 내리기 시작했다. 길이 몹시 미끄러웠다. 로라와 패트릭은 도로 옆에 멈춰버린 자동차들을 세기 시작했는데 200대까지 세자 우리는 상황이 심상치 않다고 느꼈다.

제리는 차를 멈추고 엔진에 눈이 들어가는 것을 막으려고 차 속에 판지를 끼웠다. 그런데 계속 달리다 보니 엔진에서 연기가 나기 시작했다. 우여곡절 끝에 우리는 평소보다 다섯 시간 이상 늦게 도착했다. 이처럼 몬트리올로 가는 길이 쉽지는 않았지만 우리는 매년 크리스마스를 시댁에서 보냈다.

생일에 선물을 주고받는 것은 내가 자랄 때만 해도 한국인들에게 생소한 풍습이었다. 나는 캐나다에 와서 가정을 이루기까지 생일을 별로 신경 쓰지 않았다. 또 한국에서는 음력으로 생일을 쇠는데 양력을 쓰는 캐나다에 오니 내 생일이 언제인지 잘 알 수도 없었다. 처음 몇 년 동안은 한국 집에서 내게 편지를 보내어 내 생일이 지나갔는데 어떻게 지냈는지 궁금해하기도 했다.

그러던 내가 시어머니 덕분에 생일을 즐기게 되었다. 매년 11월 19일이 되면 시어머니는 아침 일찍 전화를 걸어 내가 마치 어린애인 것처럼 'Happy Birthday' 노래를 불러주셨다. 나중에는 함께 모여 생일 파티를 하는데도 똑같이 아침이면 전화를 주셨다. 자연스럽게 나도 시어머니 생신이 되면 똑같이 해드렸다. 시어머니는 병환이 아주 위중해지실 때까지 그렇게 하셨다.

살아계신 마지막 2년 동안에는 내 생일이나 시어머니 생신에 전화를 걸어 이야기를 나누었다. 시어머니는 내 생일인데 만나지 못하는 것을 섭섭해하셨다. 그리고 매번 가족들이 내 생일을 위해 무엇을 계획하고 있는지 알고 싶어 하셨다.

나는 시어머니를 정말 사랑했다. 그분은 아주 사교적이며 항상 웃음이 가득한 훌륭한 분이셨다. 무엇보다 그분의 포용과 긍정적인 말씀을 듣는 것이 참 좋았다. 나는 한 번도 그분이 남을 험담하는 것을 들어보지 못했다. 그런 면에서 그분 성품은 나의 친정아버지와 닮았지만, 외향적이라는 점에서 내향적인 아버지와는 대조적이었다.

시어머니는 여러 가지 애칭으로 나를 부르셨다. 나를 '헬로, 미스 머펫Muppet' 또는 '헬로, 예쁜 갈색 눈'이라고 부르기도 했다. 어떤 때는 '내가 사랑하는 갈색 눈을 우울하게 만들지 마' 하고 아일랜드 민요를 부르시기도 했다. 시어머니는 여러 아일랜드 민요를 즐겨 부르셨다. 제리와 나는 라디오에서 나오는 노래를 들으며 롤리의 애창곡이라고 종종 말하곤 한다.

시어머니는 1998년 여름에 돌아가셨다. 그분이 무척 그립고 특히 내 생일이 되면 더욱 그리워진다.

영적 여행

은퇴 후 나는 젊었을 때부터 믿어온 가톨릭 신앙을 좀 더 이해하고 싶었다. 성경을 가까이하고 학생들에게 교리문답을 가르치기 위해 교재를 읽어 왔지만, 예수님과의 인격적인 만남을 늘 갈망해왔고 주님에 대해 좀 더 알고 싶었다.

그러던 어느 날 해밀턴 가톨릭 교구에서 떠나는 성지순례에 함께할 기회가 생겼다. 바라던 대로 예수님이 전교하셨던 곳들을 돌아보고 그분이 걷던 길을 내가 걸어보게 된 것이다. 나는 동행자들과 함께 열흘간의 성지순례를 위해 1999년 8월 22일, 이스라엘 텔아비브로 향했다. 일행은 스무 명으로 여행을 계획한 두 분의 신부님이 동행했다.

텔아비브를 떠나 우리는 시사레아, 나사렛, 베들레헴을 들러 사해, 마사다, 예루살렘으로 갔다. 시사레아는 헤롯왕 때 만들어진 지중해 연안의 항구도시였다. 우리는 놀라울 정도로 푸른 바다를 배경으로 한 수로와 장엄한 원형극장의 유적들을 보았다.

이스라엘의 공동체 키부츠에서 이틀 밤을 지내면서 공동체 생활에 대해 배우기도 했다.

사해로 가는 길에 골란고원에 들러 안내자는 이스라엘과 시리아 사이의 국경분쟁에 대해 설명해주었다. 이야기를 들으며 이스라엘 민족의 투쟁이 아직까지도 계속되고 있다는 사실을 새삼 깨달았다.

사해에 갔을 때 그 호수가 예수님이 계셨을 때보다 크기가 훨씬 줄어든 것을 보고 몹시 실망했다. 바닷물에 염분이 너무 많아 물속에 들어갔더니 둥둥 떴다. 우리는 사해 두루마리 성경이 발견되었던 동굴을 방문하고 960명의 유대교 용사들이 로마인들의 포위에 맞서 자결했던 마사다 요새로 가는 평정산 정상에 올랐다. 그리고 예루살렘으로 향했다. 가는 길에 하다사 병원에 들러 샤갈이 구약성경 이야기를 그림으로 그린 휘황찬란한 스테인드글라스 창문들을 보고 감탄했다. 유대인 홀로코스트대학살기념관에는 극적인 전시물들이 있었는데 그것들을 보며 한국전쟁에 대한 기억과 연관지어 생각해 볼 수 있었다.

우리는 탬플산 근처에 있는 '바위의 돔'과 예루살렘 통곡의 벽으로 갔다. 이 여행에서 가장 중요한 부분은 예수님의 가족들이 가던 길을 따라가 보는 것이었다. 우리는 성모 마리아가 자란 나사렛에서 출발해 '성수태 성당'에서 미사를 드렸다. 지금도 사용하고 있는 우물을 구경하며 가브리엘 천사가 와서 성자의 어머니가 되리라는 것을 알려 줄 때까지 처녀 마리아가 어떻게 매일 물을 길었는지 상상해보았다.

우리는 예수님이 혼인 잔치에서 처음으로 기적을 베푸신 가나도 방문했다. 다음으로 마리아와 요셉의 발자취를 따라 예수님이 탄생하신 베들레헴으로 갔고 '말구유 광장'에 있는 예수탄생 기념성당을 방문했다.

예수님이 요한에게 세례를 받으셨던 요르단강에 가서 세례 서약을 갱신하기도 했다. 이제 요르단강은 농사를 위한 관수 때문에 물길이 약해졌지만, 예수님의 전교 시작을 상징하는 세례 현장에 나도 함께 있다는 느낌이 들었다.

그다음 며칠 동안 예수님이 설교하시던 장소를 방문했다. 오병이어의 기적을 행하신 타브가에서 미사를 드렸고 산상수훈의 현장인 팔복산에도 올랐다. 물결이 잔잔한 갈릴리 호수에서는 배를 탔다. 그리고 예수님의 현성용顯聖容 현장인 타보르 산 정상에 차로 올라갔다. 예수님이 다니셨던 곳을 한 곳 한 곳 따라가면서 나는 내가 마치 예수님을 따르던 열두 제자가 되어 그분의 음성을 듣는 듯했다.

다음 날 우리는 예수님 고난의 길을 따라가기 시작했다. 예수님이 십자가에 못 박히시기 전에 기도하시던 겟세마네 동산에 있는 수령 2,000년이 넘은 올리브 나무도 보았다. 주님의 기도 Paster Noster 교회 안에는 예수님이 가르쳐주신 기도문이 여러 나라 언어로 벽에 적혀 있었다.

우리는 예수님의 발자취를 따라 성지주일로Palm Sunday Road

로 내려갔다가 옛 도시 예루살렘으로 올라갔다. 예수님이 갇힌 지하감옥을 들여다보고 십자가의 길인 비아 돌로로사를 따라갔다. 그 길은 좁은 시장길이 되어 있었다. 우리는 다른 순례자들과 함께 예수님이 십자가를 지고 골고다 언덕으로 가시던 십자가의 길을 둘러보았다. 성무덤 교회에서 예수님이 묻히셨던 무덤 근처에서 기도를 드리고 오는 각종 종파의 사람들을 만났다.

성지순례 마지막 날, 우리 일행은 부활교회에서 조용히 미사를 드렸다. 성지순례는 잊을 수 없는 여행이었다. 이스라엘 자손들의 투쟁과 계속되는 분쟁에 대한 배움은 구약의 이야기를 이해하는 데 큰 도움이 되었다. 예수님 생애의 현장 곳곳에서 복음의 역사가 되살아나는 것 같았다. 예수님은 실존으로 내게 다가오셨고 그렇게 갈망하던 그분이 따뜻하게 나를 안아주시는 느낌이 들었다.

나의 자손들

로라는 레이먼과 결혼한 후에도 토론토대학교에서 공부를 계속해 1994년 화학공학 박사 학위를 받았다. 로라는, "엄마, 아빠가 그렇게 기다리던 손주예요" 하면서 자신의 박사 학위 논문을 선물로 내놓았다.

그 후 로라 부부는 직업이 안정되자 자신들만의 가정을 갖고 싶어 했다. 그리고 그로부터 5년이 지난 어느 날, 시어머니 롤리의 기일을 맞아 시어머니의 고향인 뉴파운드랜드에 가려고 노바스코샤 시드니 항에서 배를 기다리고 있는데 확성기로 방송이 들렸다.

"제리 마틴 씨에게 전화가 와 있습니다. 사무실로 와주세요!"

"누가 여기까지 전화를 걸었지?"

우리는 궁금해하며 사무실로 가서 전화를 받았다.

"엄마, 아빠, 드디어 입양 승인이 났어요! 남매를 입양하려 한다고 제가 했던 말 기억하시죠?"

로라는 입양 승인 소식을 듣고 너무 기뻐서 2,000킬로미터나 멀리 떨어져 있는 우리에게 바로 전화를 건 것이었다. 그렇게 세 살짜리 줄리와 두 살짜리 조이는 우리의 손녀, 손자가 되었다.

가정에 충실한 레이먼은 아이들을 키우기 위해 몇 년 동안 휴직했다. 로라네 가족은 토론토에서 버지니아로 그리고 다시 온타리오 남쪽으로 이사했지만, 우리는 손주들이 열 살이 넘을 때까지 여름방학 때마다 며칠씩 손주들과 함께 휴가를 보냈다. 두 아이는 우리 부부를 존경하고 따르며, 사촌동생들과도 잘 지낸다. 그리고 지금은 성인이 되기 위한 준비를 착실히 하고 있다.

패트릭은 로라와 같은 고등학교를 나왔다. 몇몇 교사가 둘의 성적을 비교하기도 했지만, 패트릭은 누나와의 경쟁에 통 관심이 없었다. 요크대학교에 다닐 때 토론방 활동을 좋아하더니 법학을 전공해 법학대학원 입학시험을 치렀고 내가 처음 몬트리올에 올 때 등록했던 맥길대학교에서 복수 법률학 학위 과정 입학허가서를 받았다.

패트릭은 2학년 때 같은 학교에 다니며 법학을 공부하는 마리아 찬을 만났다. 여름방학에 마리아를 우리에게 소개했을 때 제리는 패트릭에게, "그 애를 놓친다면, 너는 바보야"라고 말해주었다.

페트릭과 마리아는 1997년에 변호사 자격을 취득했고, 크리스천과 엘리, 두 아이를 두었다. 둘 다 영리하고 명랑한 아이들로 프랑스어 학교에 다니며 중국 광둥어를 배우고 있다. 마리아는 시집살이를 드세게 시키는 한국의 시어머니도 트집 잡을 게 없을 만큼 품성 온화한 며느리다. 패트릭은 함께 하키와 축구를 하는 등, 아이들을 위한 활동에도 적극적이다. 오랜 시간 하키를 해왔던 패트릭은 이제 마라톤을 시작했고 2009년 토론토 마라톤대회 메달과 2010년 뉴욕시 마라톤대회에서 받은 메달을 나와 남편에게 각각 선물했다.

로라와 패트릭이 돌이었을 때 몬트리올에는 한국인이 많지 않았다. 캐나다에서는 아기의 첫 생일에 큰 의미를 두지 않지만, 한국에서는 돌잔치가 특별한 의미를 지니므로 나는 어머니가 한국에서 보내주신 옷을 입혀 아이들 돌을 치렀다. 그리고 지금도 아이들이 한복을 입고 찍은 돌잔치 사진들을 잘 간직하고 있다.

2002년 손자 크리스천이 첫 돌을 맞았을 때, 손주 세 명을 위한 합동 돌잔치를 하기로 했다. 줄리와 조이가 입양되었을 때는 이미 돌이 지난 나이였지만, 그 애들을 소중한 집안 행사에서 제외한다는 것은 옳지 않다고 생각했다.

이처럼 특별한 날 우리는 가족은 물론 여러 친척과 친구들을 초대했다. 줄리, 조이 그리고 크리스천은 한복을 입었고, 생일 케이크 외에 떡을 준비했다. 다채로운 색깔의 화려한 한복을 입은 세 아이는 참으로 예뻤다. 2년 후 엘리의 돌잔치도 마찬가지로 차려 주었다. 너무 어렸을 때여서 아이들은 기억나지 않겠지만, 기념사진들을 보며 아이들은 추억을 되새길 것이다. 이러한 한국의 전통을 이어가는 것이 나의 의무라고 생각했다.

기지촌 여성의 죽음

위안부 배상 문제를 알게 된 후 나는 다인종가정, 특히 한국에 있는 아메리카-아시아 혼혈아들을 돕는 전국다문화가정후원협회국제선, The National Association of Intercultural Family Missions : NAICFM 활동에 적극 참여해 왔다.

1945년 남북 분단 이후 한미연합사령부 산하의 미군들은 남한 전역에 걸쳐 45개 주둔지에서 복무했다. 각 주둔지 주변 마을을 '기지촌US Military Camptowns'이라 불렀는데 그곳은 미국 물자 판매와 음주 그리고 매춘의 집결지였다. 그리고 미국인 아버지와 한국인 어머니 사이에서 태어난 혼혈아들은 이 기지촌에 살면서 많은 차별대우를 받기도 했다.

교직에서 은퇴한 후 나는 이 혼혈아들을 돕기 위해 한국 방문을 계획하기 시작했다. 그 아이들은 많은 어려움을 겪고 있었다. 2000년 봄, 한 달 계획으로 한국에 들렀다. NAICFM과 제휴한 한국의 단체인 '세움터'를 통해 DMZ 남쪽에 있는 동두천시에서 혼혈아들과 지낼 장소를 구했다. 내가 있던 곳은 술집이 많은 기지촌이었다.

저녁 시간에 나는 예닐곱 살 되는 아이들 여섯 명에게 영어를 가르쳤다. 낮에는 아이들 학교에 가서 담당교사들과 다인종가정에 대해 이야기를 나누었다.

그러던 어느 날 남자아이 한 명이 학교를 결석한 사실을 알았다. 그 아이의 집에 가보니 어머니는 폐렴으로 누워 있었고 일곱 살 된 그 아이가 간호를 하고 있었다. 이 아이들의 어머니를 돕지 않고는 아이들도 도울 수 없다는 사실을 순간 깨달았다. 그래서 그 아이의 어머니를 병원으로 데려갔다.

그리고 2주 후에 나는 세움터에서 만난 여성 중 한 명의 장례식에 참석했다. 그곳에서 일어난 일은 처참했다. 너무 분하고 마음이 아파서 기지촌에서 무슨 일들이 벌어지고 있는지 세상에 알려야 한다고 생각했다. 다음은 그날 내가 언론사와 여성단체에 보낸 공개서한이다.

여러분은 어떻게 생각하십니까?

2000년 3월 11일 토요일, 한 여성이 무참하게 살해되었습니다. 한국의 의정부시 기지촌에서 일어난 일입니다. 발견되었을 때 그녀는 방바닥에 피투성이가 되어 누워 있었습니다. 입에는 피가 말라붙어 있었고 눈두덩이는 멍이 들고 치아 2개가 부러져 있었습니다.

이웃 사람들은 그녀가 금요일 밤 11시 50분경에 한 미군 병사와 술집 2층으로 올라가는 것을 보았다고 합니다. 그런 후 그녀의 방에서 고함이 들렸다고 합니다. 부검 결과 갈비뼈 24개가 부러졌고 폐가 함몰되었다고 합니다. 피해자는 서경만이라고 하는 66세 '히파리'입니다.

그녀는 어렸을 때 병으로 언어장애를 갖게 된 전쟁고아입니다. 그녀는 매춘으로 외로운 삶을 연명해왔고 부모를 잃은 후 여러 기지촌을 떠돌며 살아왔다고 합니다. 세움터에서 발간한 《기지촌의 삶》이라는 책에 따르면, '히파리'란 너무 늙고 쇠약해 어떤 노동도 할 수 없고 구걸을 하거나 다른 윤락여성들을 소개하고 운이 좋아 손님을 만나면 자신이 매음도 하며 살아가는 늙은 윤락여성이라고 합니다.

나는 캐나다에서 온 한국계 캐나다인이자 은퇴한 교사인 재숙 마틴입니다. 현재 한국 방문 중으로 동두천시 기지촌의 세움터에 머물고 있습니다. 세움터는 핍박에서 벗어나 어떻게든 떳떳한 삶을 살려고 애쓰는 기지촌 여성들과 그들의 미국계 아시아인 혼혈아들을 도우려는 몇몇이 만든 단체입니다.

공식적인 숫자는 나와 있지 않습니다만, 한국에는 현재 열 곳의 기지촌에 수백에서 수천에 이르는 미국계 아시아인 혼혈아들이 있습니다. 나는 한국여성단체연합회Korean Women United in Korea : KWUK가 주최한 제16회 여성의 날 행사에 참가했다가 서 씨의 죽음에 대한 소식을 들었습니다.

올해 행사의 주제는 〈새 천 년 - 고통과 폭행 없는 세상을 위하여〉

였습니다. 모든 종류의 여성 문제가 거론되었고 여러 여성인권문제 사례들과 이에 대한 성취에 관한 보고들이 있었습니다. 제2차 세계대전 중에 일본군 성노예 피해자였던 위안부 문제도 언급되었습니다.

그러나 세움터가 회원단체임에도 불구하고 기지촌 여성들과 아이들에 관한 언급은 전혀 없었습니다. 서 씨의 죽음에 관한 소식이 행사 조직위원회 간부들에게 보고되었지만, 그 사실은 무시되었습니다.

내가 보기에는 기념 행사에 참가했던 대부분의 사람이 한국 여성 인권운동의 지도자들임에도 불구하고, 기지촌 윤락여성과 그 아이들의 존재를 수치스럽게 여겼기 때문이라고 생각합니다.

세움터에 있는 모든 이들의 반응은, "오, 안 돼!", "또 그러면 안 되지! 다음에는 누가 당하려나!"라는 한탄이었습니다. 내가 들은 이야기로는 죽은 서 씨는 세움터가 도우려고 한 여성 중 한 명이었는데 결국 네 번째 희생자가 되었다는 것입니다.

1988년도 대한민국 국회 보고서에 의하면, 1967년부터 1987년까지 20년 사이에 그해에 주한 유엔군 병사에 의한 범죄행위는 총 39,452건에 달했고, 피해자는 총 45,183명이었는데, 하루 평균 다섯 건이 미군 병사에 의해 저질러졌다는 것입니다. 범죄의 형태는 다양한데 부상자가 발생한 교통위반, 사기, 강간, 살인, 강도, 폭행, 밀수, 불법 마약 운반 등이었습니다. 이 사건들은 대부분 미군 기지촌 홍등가에서 발생했습니다.

그런데 대부분 범죄자는 입건되지 않았습니다. 범행을 저지른 후에 범인은 보통 미군기지 안으로 숨어버리는데 미군기지는 외국 땅으로 간주되기 때문에 한국 경찰은 그곳에 사법권이 없습니다.

한 가지 극단적인 경우를 이야기하겠습니다.

1992년 10월 28일, 한 여성이 휴전선 근처 미군 제2사단이 주둔하고 있는 보산동에서 무참히 피살되었다고 합니다. 현장에는 그녀의 피멍투성이 몸에 두 개의 맥주병이 자궁에, 펩시 콜라병 하나가 질에 박혀 있었고, 쇠 우산대가 항문에 꽂혀 있었다고 합니다.

서 씨의 죽음은 그 정도로 처참하지 않았을는지 모릅니다. 그러나 살인의 잔혹성과 피해자의 나이가 나를 경악하게 했습니다. 도대체 어떻게 하였기에 갈비뼈가 그렇게 부러졌을까요? 출혈의 양을 볼 때 그녀는 오랜 시간 고통스러워하다가 죽었고 그러는 동안 도움을 요청하는 소리도 지르지 못했다고 합니다.

내 나이 역시 66세입니다. 나는 마치 나 자신이 그런 범죄의 표적이라는 느낌을 받았습니다. 내 몸에 그런 가해를 당한 것처럼 느꼈습니다. 그녀가 느낀 통증과 수치감이 내게도 느껴졌습니다.

가슴에 끓어오르는 분노를 느꼈습니다.

어떻게 느끼십니까? 한국의 여성 여러분,

어떻게 느끼십니까? 남성 여러분, 그리고 젊은 청년들,

어떻게 느끼십니까? 여성의 날에 그동안의 공헌으로 상을 받은 모든 숙녀 여러분,

어떻게 느끼십니까? 한국에서 살고 계시는 외국인분들,

어떻게 느끼십니까?

- 2000년 3월 13일 동두천에서 재숙 마틴

한국에 머무는 동안 몇 차례 미군기지 앞의 기지촌에서 미군 병사들에게 통제를 강화하라는 시위에 참가했다. 또한 세움터 조직원들이 한국의 윤락여성과 미국계 아시아인들을 대신하여 주한 미군 책임자에게 보내는 여러 장의 편지를 영어로 번역하기도 했다.

2000년 이후 여러 차례 동두천을 방문하며 눈에 띄게 달라진 변화를 실감했다. 한국인 윤락여성 대신, 위장 취업비자를 가진 동남아나 러시아 여성들이 대규모로 들어와 있다는 것이다. 이것은 전혀 개선이라고 할 수 없다.

그래도 나는 한국인이다

2002년 여름, 언니가 칠순을 맞았다. 언니는 한국에 남아 있는 유일한 나의 동기다. 조카들은 언니의 생신을 축하하기 위해 로스앤젤레스에 사는 어머니를 서울로 초청했다. 당시 여든아홉 살이었던 어머니는 혼자 장거리 여행을 하는 걸 주저하셨기에 내가 어머니를 모시고 서울을 찾았다.

나는 친구들과 친척들을 만나고 추억의 장소들을 둘러보며 즐거운 시간을 보냈다. 고등학교 친구들도 만났는데 그들은 아직도 매달 서울에서 모이고 있었다. 우리는 함께 다니던 학교 주변을 전철을 타고 가보기로 했는데, 노인들은 전철 승차가 무료라고 들었다. 학교는 다른 곳으로 옮겨졌지만, 예전에 자주 가던 곳들을 걸으며 학창시절을 떠올리니 무척 즐거웠다.

"무지개 다방이 바로 여기 있었던 거 기억나니?"

"그럼, 기억나고말고. 우리 그 다방에서 몇 시간 동안 수다를 떨었잖아."

우리는 옛날을 추억했다. 나는 고향에 왔다는 것만으로도 부자가 된 것 같아 든든한 마음으로 언니 집으로 돌아왔다.

며칠 후 조카 경미와 함께 쇼핑을 나갔다. 그 애는 나보다 앞서가더니 전철 승차권 두 장을 사 왔다. 나는 경미에게 내가 노인이니 무료승차권으로 탈 수 있다고 말했다. 그랬더니 무료 혜택은 한국 국민에게만 주어진다고 했다. 뭔가 잘못 알고 있다고 생각하고 매표소에 가서 경로 무료승차권을 달라고 했다. 그랬더니 승무원이 주민등록증을 보여달라고 했다. 나는 없다고 말하고 당혹스러운 마음으로 돌아섰다. 캐나다에서는 경로 혜택에 국적을 따지지 않는데, 서울에서는 한국인 노인에게만 혜택을 준다고 했다.

내가 한국인이 아니라는 게 명백했고, 결국 나는 이방인이었다. 지하철 요금이 문제가 아니었다. 고향에 돌아왔다는 느낌이 산산조각난 것 같았다. 누가 나에게 배경을 물으면, '한국에서 태어났어요'라든가 '한국계 캐나다인입니다'라고 대답하곤 했다. 하지만 이제 나의 정체성에 관해 다시 생각하기 시작했다. 나는 누구인가? 나는 한국인인가, 아니면 캐나다인인가?

태어난 나라에서 계속 사는 사람은 정체성에 의문을 가지는 경우가 별로 없다. 나는 한국에서 태어난 것을 항상 자랑스럽게 생각했고 아이들에게도 그 사실을 강조해왔다. 그리고 캐나다에서 가정을 이루기로 결정한 후 캐나다는 나를 받아들였다.

나는 캐나다인이 된 것에 자랑스러움과 감사함을 동시에 느낀다. 하지만 한국에서 태어났고 자랐다는 것을 결코 잊지 않고 있다. 한국은 영원한 나의 모국이며 누구나 어머니의 품을 그리워하듯이 나 또한 슬프거나 향수에 젖거나 또는 몸이 아플 때면 한국이 그립다.

외국에서 살다가 고향을 방문하는 나이 든 이민자들은 고향에 남아 있는 사람들이 오랫동안 헤어져 있던 자식을 다시 만나는 어머니처럼 두 팔을 벌려 맞아줄 거라고 순진한 희망을 품는다. 나 또한 한국 국적을 상실하고 캐나다 시민이 되었다고 해서 모국을 잃어버린 것은 아니라고 생각한다.

오래전에 내가 열 살이었던 1945년, 한국이 일제 강점기에서 해방되었을 때, 남자애들 몇 명이 나를 일본인이라고 잘못 알고 공격했던 적이 있다. 그날 나는 피멍이 든 채 화가 나서 집에 돌아오며 혼자 소리쳤다.

"나는 한국인이다!"

그래, 나는 그때도 지금도 마음 깊숙이 한국인이다.

아홉 식구 배를 채워주던 부대찌개

                              은퇴 후 제리와 나에게 새로운 일상이 시작되었다. 매일 아침 일어나면 아침 식사를 준비하며 라디오를 틀고 CBS의 'Metro News'와 'Current'를 듣는다.

2008년 3월에는 노숙자들이 식당 밖에 있는 쓰레기통에서 음식 찌꺼기를 뒤진다는 뉴스가 나왔다. 그 이야기를 듣고 한국전쟁 중에 인기가 있었던 부대찌개에 대한 추억이 떠올랐다.

1952년 서울 북쪽 전투는 시간을 끌고 있었고 매일 많은 피난민이 서울로 몰려오고 있었다. 이 피난민들은 폭격을 맞은 건물의 잔해에서 주워 모은 것들로 판잣집을 짓고 점차 자리를 잡았다. 그들의 생활환경은 나아졌지만 먹을 양식은 여전히 부족했고 모두가 어떻게든 단백질을 섭취하기 위해 애썼다.

한국 전역에는 30여 개의 미군기지가 있었는데, 가장 큰 곳이 육군용산위수사령부로 서울 한복판 노른자위 땅 630에이커약 77만 평를 차지하고 있었다. 이곳에 있는 식당에서 손님들이 먹다 남겨놓고 간 음식 찌꺼기가 그때 한국 사람들이 주로 먹던 음식보다 단백질이 훨씬 더 풍부했다.

그래서 처음에는 식당 종업원 몇몇이 음식 찌꺼기를 가지고 나와 가족들과 나누어 먹었다. 남은 음식들을 채소와 고추장이나 된장을 넣고 큰 솥에 넣고 끓여 먹은 것이다. 상술이 능한 요리사들은 이 찌개를 밖에 내다 팔았는데 그것이 '부대찌개'라고 알려지기 시작했다. 부대찌개는 곧 인기를 끌었고 부대찌개 전문 음식점이 미군기지 부근에 등장하기 시작했다.

배고픈 노동자들은 아침에 일하러 나가는 길에 이 부대찌개를 한 그릇 사 먹고 가는 것이 일상이 되었다. 찌개 안의 내용물은 가지각색이어서 한국인들에게 낯설었지만 그것이 더 식욕을 돋워줬다. 나중에 미군이 음식 쓰레기 사용을 금지하자 암시장에 나와 있는 고기 통조림을 사용하게 되었다.

우리 가족은 특히 소고기 통조림을 좋아했다. 내가 가끔가다 월급날에 별미로 소고기 통조림을 사 오면 어머니는 통조림과 콩나물, 시금치 또는 배추와 두부 한두 모를 썰어 넣어 찌개를 끓이셨고, 우리는 밥과 함께 맛있게 먹었다. 그때 소고기 통조림 한 통은 우리 아홉 식구가 잠시 맛볼 수 있는 유일한 육류였다.

2007년 여름, 로스앤젤레스에 계신 어머니를 뵈러 갔을 때, 여동생 재훈이가 나를 만나러 왔다. 그때 재훈이가 가방에서 소고기 통조림을 꺼내며 말했다.

"언니, 이거 기억나? 저녁에 이걸로 부대찌개 끓여 먹읍시다."

재훈이와 나는 찌개를 끓이기 시작했고 그 냄새가 어머니의 추억을 불러일으켰다. 우리는 찌개가 끓는 동안 식탁에 둘러앉아 옛이야기를 했다.

"내가 부대찌개를 끓일 때 너희들 외할머니가 자주 오셔서 맛을 보셨지."

어머니가 얘기하시자 재훈이가 답했다.

"큰오빠는 찌개를 뒤적거려서 제일 큰 고깃덩어리를 늘 건져다 먹었어."

재훈이는 재호의 그런 행동이 항상 못마땅했던 모양이다.

어머니가 말씀하셨다.

"재숙아, 우리가 처음 부대찌개 먹었던 기억이 나니? 맛이 하도 이상해서 그걸 먹어야 할지 말아야 할지 망설였단다."

나도 그때를 기억하고 있었다. 어머니와 나는 남대문시장에 갔다가 남들이 다들 말하는 부대찌개를 맛보고 싶었다.

"너희들 아버지는 그걸 끓일 때마다 물을 좀 더 부으라고 하셨지. 위가 약해서 찌개가 좀 묽어야 소화가 잘되었거든."

어머니는 잠시 조용히 생각에 잠기셨다가 작은 소리로 "좋은 시절이었지"라고 하셨다. 하루하루 날로 쇠약해지고 있는 어머니는 젊고 건강했던 지난날을 그리워하시는 것 같았다. 어머니는 연로해지면서 입맛이 없으신지 식사를 많이 하시지 못했다. 하지만 그날 저녁만은 우리와 함께 부대찌개를 맛있게 드셨다.

함께 나누어 먹던 정겨운 것들에 대한 추억과 음식이 만들어질 때의 냄새는 우리의 기억을 생생하게 되살려주었다. 우리 셋은 부대찌개를 먹으며 오랫동안 식탁에 앉아 추억의 이야기꽃을 피웠다. 어머니는 그다음 해 2008년 정월에 돌아가셨다.

배고픔을 경험했던 나는 음식을 탐하는 버릇이 있다. 그래서 식품저장고가 비면 마음이 불안하다. 잘 채워진 식품저장고나 냉장고를 보면 마음이 뿌듯해지고 굶주림에 대한 기억이 사라진다. 날짜가 지난 음식을 제때 버리는 습관이 좀 나아지고는 있지만 아직도 로라는 우리 집에 오면 냉장고를 정리하곤 한다.

노숙자와 음식 찌꺼기에 관한 라디오 방송을 듣고 나서 일주일 지났을 무렵 동네 식품가게에 갔더니 소고기 통조림이 눈에 띄었다. 세 통을 사갖고 와 그날 저녁에 부대찌개를 끓였는데 제리는 별로 맛있어하는 것 같지 않았다. 나머지 두 통은 식품저장고에 보관했다. 그리고 가끔 그것을 들여다보고 제대로 거기 있다는 것을 확인한 후 안심하곤 한다.

어미 소와 송아지

나는 아침 산책을 즐긴다. 일어나자마자 왕복 2킬로미터쯤 되는 거리를 산책하는데 목장을 끼고 뻗어 있는 이 자갈길 옆에 작은 나무들이 늘어서 있다. 처음에는 그냥 운동 삼아 걷기 시작했는데 얼마 안 있어 고즈넉한 아침 산책이 기다려지기 시작했다.

신선한 아침 공기 속에서 스트레칭을 하고 깊게 숨을 쉬면 주변이 깨어나기 시작한다. 졸음을 쫓아버리기 위해 두 손으로 얼굴을 쓰다듬고 문지르며 걸어가면 지평선이 오렌지빛으로 밝아오고 나무에서 새들이 지저귄다. 완전한 평화를 느끼며 우주의 일부가 되는 일체감을 느낀다. 나만의 조용한 시간이며 자연과 교감하면서 내면을 열어놓고 명상에 잠기는 순간이다.

어느 날 아침이었다. 안개가 보호막이 되어주고 있었고, 산책로 왼편 들판에서 풀을 뜯고 있는 소들을 보았다. 길을 따라 걸으니 행복했다. 그러다 언덕 높은 곳에서 송아지가 어미를 찾아

우는 소리가 들렸다. 송아지는 어미가 보이지 않자 계속 울었다. 무서워서 우는 걸까? 천천히 걸으며 들판을 둘러보았다.

그때 언덕 아래 있는 소 떼 속에서 더 큰 소리로 우는 소 울음이 들려왔고, 그 소리를 듣고 언덕 아래로 달려가는 작은 송아지의 모습이 보였다. 다행이라는 생각이 들며 미소가 절로 지어졌다. 송아지가 어미가 보이지 않아 얼마나 불안했을지, 이제는 얼마나 기쁘고 마음이 놓일지 이해할 수 있었다.

어린시절, 길을 잃었을 때 느꼈던 공포와 엄마를 찾게 되었을 때의 안도감을 나는 지금도 기억하고 있다. 어떤 이들은 그런 일을 겪었으니 길을 잃을지도 모른다는 불안감이 그 후에도 계속 남아 있느냐고 묻는다. 하지만 나는 그런 불안감이 없었다. 그런 일이 또 생겨도 다시 길을 찾게 되리라는 확신을 가지고 있다. 누군가 나를 항상 보살피고 있다는 믿음을 가지고 있기 때문이다.

그 목장 주인은, 송아지가 태어나면 곧바로 어미 소와 접촉시켜 서로 알아볼 수 있게 혈연 관계를 형성시켜줘야 된다고 했다. 어머니를 잃어버렸던 밤, 멀리서 다가오던 사람이 어머니라는 것을 나는 직감적으로 알았다. 이처럼 어미와 자식 간의 끌림은 인간을 포함해 모든 동물에게 필연적인 것이다. 이 혈연의식은 어미와 자식에게만 가능할까? 아니면 아비와 자식에게도 가능할까? 더 나아가 모든 가족에게도 해당되는 걸까? 그렇다면 입양된 가족과는 어떨까? 생각이 꼬리에 꼬리를 문다.

자연이 주는 교훈

2006년 어느 봄날 아침, CBS '매트로 모닝' 진행자 앤디 배리가 '웨스트 나일 바이러스' 전염병에 대한 대책을 이야기했다. 모기가 활동하는 계절이 다가오는데 모기를 통해 그 바이러스가 인간에게 전염된다는 것이다. 몇 년 전에 전 세계로 퍼진 '사스'가 토론토를 강타해 44명의 목숨을 앗아갔기 때문에 전염병에 대한 사람들의 걱정이 컸다.

배리 씨는 감염을 줄이는 몇 가지 방법을 제시했다. 물이 고여 있는 웅덩이와 새들을 위해 뒤뜰에 마련한 물통을 없애는 것도 그 방법 중의 하나였다. 그리고 소독약 DDT를 살포하는 것도 모기를 효과적으로 없애는 방법이라고 했다. 그 이야기를 들으니 오랫동안 잊고 있었던 기억이 되살아났다. 1945년 제2차 세계대전 종전 후 미군이 한국에 들어왔을 때의 일이었다.

미군은 한국인이 위생 문제에 취약한 원인이 '이' 때문이라고 생각했다. 불안을 느낀 그들은 한국인들에게 DDT를 사용했고,

그때 우리는 DDT의 장기적 후유증을 알지 못했다. 미군 병사들이 그 하얀 가루를 우리 옷 속으로 펌프질하여 살포하고 난 뒤에 나눠준 초콜릿을 코를 훌쩍거리며 먹던 기억이 난다.

우리가 사는 멀머 언덕에서 앞길을 따라 산책하다 보면 연못과 습지들이 많이 눈에 띈다. 그래서 봄이면 캐나다 기러기들이 새끼를 기르기 위해 날아오며 다른 여러 종류의 철새들이 북으로 이동하기 전에 이곳에서 쉬었다 간다. 그리고 서늘한 저녁에는 황소개구리들이 합창하듯 울어대곤 한다. 습지대는 모기가 새끼치기 좋은 온상지다.

곧 여름이 다가오는데 그 라디오 프로그램을 들은 후 물이 고인 습지가 걱정되었다. 나는 시청에 전화를 걸어 모기를 없앨 소독약을 살포하자는 제안을 할 작정이었다.

그러던 어느 날 습지 옆 길가에 거북이가 한 마리 앉아 있는 것을 보았다. 처음에는 거북이가 상처를 입었다고 생각했다. 왜냐하면 뒷다리를 뻗은 자세가 좀 이상했기 때문이다. 조금 다가가서 보니 그 거북이는 땅에 구멍을 파고 있었다.

나는 멈춰 서서 그 모습을 관찰했다. 잠시 후 거북이가 구멍 위에 앉아 알을 낳기 시작했다. 너무 신기해서 옆에 앉아 오랫동안 그 광경을 지켜보았다. 그렇게 한참 동안 보고 있는데 다른 거북이 한 마리가 늪에서 나타나더니 딱딱 소리를 내며 나를 향해 기어 왔다. 분명히 알을 낳고 있는 녀석의 수컷인 것 같았고, 나를 위협해 쫓아버리려는 것 같았다. 수놈은 암놈보다 더 컸다.

나는 거북이들을 안심시키려고 좀 떨어져서 계속 지켜보았다. 그러면서 지나가는 차에게 속도를 줄이라고 신호를 보냈다. 잠시 후 암놈은 알을 다 낳았는지 물속으로 사라졌다. 나를 계속 경계하고 있던 수놈은 구멍을 흙으로 덮고 나서 길을 건너더니 구멍을 파고 그 장소를 표시해 놓은 후 흙을 덮었다. 그리고 이 과정을 두어 번 되풀이하더니 물속으로 들어갔다. 포식자들로부터 둥지를 보호하려는 것이 분명했다.

놀라운 자연의 다양성을 그날 아침에 목격한 것이다. 늪지대에 살충제를 살포하라고 제안하려던 나의 부질없는 충동은 그곳에 사는 야생동물을 해치거나 죽이고 그 서식처마저 없앨 뻔했다. 이처럼 인간은 어떤 보호 행위가 주변에 해를 끼칠 수도 있다는 것을 미처 생각하지 못한 채 실행하곤 한다. 때로 이러한 행동들은 미국 병사의 DDT 살포처럼 인도적인 이유라는 명목으로 행해진다. 소중한 교훈을 가르쳐 준 그 거북이들에게 감사하지 않을 수 없다.

메주고리예 성지순례

어머니의 품과 같은 대지가 펼치는 이 황홀함이여,

성모 마리아께 예수님의 탄생을 경축하라고 하네,

구원이신 하느님을 찬양하라고 하네.

- 제라드 맨리 홉킨스의 '성모 마리아 송가' 중에서

2006년 여름, 소식지를 읽다가 제리에게 메주고리예 성지순례를 가고 싶다고 말했다. 유고슬라비아 메주고리예에서 처음 있었던 성모발현 후 25주년이 가까워져 오고 있었다. 그 기사를 거듭 읽으며 수많은 가톨릭 신자들이 은혜받은 곳에 나도 곧 갈 수 있다는 생각에 마음이 들떴다.

제리의 격려 속에 2006년 10월 매니토바 주의 평화의 여왕 센터에서 온 순례자들과 함께 메주고리예로 여행을 떠났다.

현지에 도착하고 며칠 지난 후, 나는 머물고 있던 호스텔에서 새벽 5시쯤 혼자 빠져나왔다. 어두운 시간 낯선 곳에서 홀로 길을 나서는 것이 불안하기는 했지만, 혼자 걷고 싶었다. 저 멀리 성모발현 언덕 정상에 있는, 성모상 옆 불빛이 보였다. 이틀 전에 우리 일행이 걸었던 길을 따라 성모상을 바라보며 걷기 시작했다. 어두워서 그런지 모든 게 달라 보였다. 도시 전체가 잠 속에 빠져있는 시각이라 무섭게 조용했다. 나는 묵주기도를 하며 손전등으로 앞을 비추면서 걸음을 재촉했다.

순간 오른쪽에서 무언가 움직였다. 가슴이 덜컥 내려앉았다. 걸음을 멈추고 천천히 돌아보니 보스니아 전쟁으로 폭격을 맞은 건물 잔해 옆에서 한 마리 검은 개가 나를 바라보며 서 있었다. 나는 너무 놀라 그 자리에 얼어붙고 말았다. 그런데 그 개가 좌우로 꼬리를 흔들기 시작하더니 나를 지나 천천히 앞으로 걸어갔다.

나는 개가 멀어지기를 기다리며 그 자리에 서 있었다. 그런데 개가 걸음을 멈추더니 나를 돌아보았다. 마치 내가 따라오기를 기다리는 것 같았다. 머뭇거리며 걷기 시작하자, 개도 나를 이따금 돌아보며 계속 걸었다. 마침내 우리는 나란히 걷게 되었다. 동반자가 생겨 오히려 마음이 놓였다.

우리는 성모발현 언덕에 다다를 때까지 앞서거니 뒤서거니 함께 걸었다. 그러다가 내가 성모발현 언덕에 먼저 도착해 개를 기다렸지만 개는 더 이상 보이지 않았다. 나를 안전하게 안내해주고 돌아간 것 같았다. '잘 가라, 강아지야. 함께 와줘서 고마웠어.' 속으로 그렇게 말하고 돌아서서 계속 걸었다.

거기서부터는 길에 불이 켜져 있어서 가기가 쉬웠다. 길을 따라가며 묵주기도를 바쳤다. 환희의 신비, 고통의 신비, 영광의 신비를 묵상하고 그와 관련된 성경 구절을 떠올리며 기도를 계속했다. 오르는 동안 순례자를 한 명 만났는데 맨발의 청년이었다. 아직 어두웠지만 높이 올라갈수록 조용한 시내가 더 잘 보였다. 정상에 가까이 갔을 때 성모상 주위에서 사람들의 찬송과 기도 소리가 들려왔다. 한국인들이었다.

나는 빠른 걸음으로 그들에게 다가갔다. 그리고 그곳을 떠나려고 하는 그들과 즐겁게 얘기를 나누었다. 그들은 그날 아침 한국으로 떠난다고 했다. 혼자가 된 나는 바위 위에 앉아, 내가 한국 사람 중의 한 명이 아니라는 사실을 떠올렸다. 사실 나는 한국말로 기도할 줄도 몰랐다.

갑자기 커다란 슬픔이 몰려와 숨이 막힐 만큼 가슴이 아팠다. 눈물이 뺨을 타고 흘러내렸다. 주위에 아무도 없었던 터라 흐느낌을 참지 않고 내 설움이 모두 눈물로 흘러나오게 내버려두었다. 한국을 떠나온 후 품고 살아온 나의 무능함과 다시 돌아가겠다는 약속을 어긴 죄책감으로 슬픔에 잠겼다.

그렇게 몇 분이 지나자 '용서받았느니라' 하는 음성이 실제보다 더 생생하게 느껴졌다. 주위를 둘러보았다. 동이 트고 있었다. 산 아래 마을에는 아직 어둠이 깔려 있었지만, 동쪽 하늘이 점점 밝아오고 있었다. 주위에는 아무도 없었고 새들이 지저귀는 소리만 들렸다. 그리고 모든 것을 용서받았다는 느낌이 들었다. 한국을 떠나고, 외국인과 결혼하고, 국적을 잃고, 내 아이들에게 한국말을 못 가르친 죄책감도 사라졌다.

성모상을 바라보았다. 어둠이 물러나면서 성모님의 자비로운 얼굴을 볼 수 있었다. 가슴 깊이 품고 살아온 죄의식을 사과하고 용서를 청할 생각조차 하지 못했는데, 그 순간 용서받았다는 느낌을 강하게 체험했다. 나보다도 더 내 마음을 잘 알고 계시는 그분은 나에게 당신의 사랑을 보여 주셨다. 나는 감사한 마음으로 묵주기도를 드리며 가벼워진 발걸음으로 내려왔다.

며칠 후 십자가의 길 비아크루시스-Via crucis로 새벽 순례를 나섰다. 그 산 해발 520미터쯤 되는 곳에 큰 십자가가 있고 바위 사이로 난 언덕길을 따라 14처處 십자가의 길이 꾸며져 있었다. 각 처마다 그곳의 의미를 일깨우는 십자가와 함께 그림이 있었으며, 맨 끝에 있는 산꼭대기 십자가 아래 부활을 상징하는 표식이 있었다.

날씨가 춥고 습해서 옷을 든든하게 입고 지난번보다 조금 더 일찍 호스텔을 떠났다. 30분쯤 부지런히 걸어 산 아래 도착했는데 땀이 나기 시작해 겉옷을 벗어 허리춤에 묶고, 제1처를 향해 올라가기 시작했다. 손전등으로 앞길을 비추며 천천히 바윗길을 오르는데 오른편에서 작은 신음이 들렸다. 불을 비춰보니 한 여인이 십자가의 길 2처에 앉아 있는 것이 보였다.

"도움이 필요하세요?"

그 여인에게 다가가며 묻자, 여인이 중얼거리는 말이 한국말인 것 같아서 다시 한국말로 물었다.

"혹시 한국분이세요?"

나이가 들어 보이는 한국 여인이었다. 그녀를 포함한 순례자들은 전날 이곳에 도착했고, 30분쯤 전에 다 함께 십자가의 길을 따라 올라갔는데 자신은 길도 험하고 전날 잠을 설친 터라 올라가기를 포기했다고 한다.

그래서 그곳에 앉아 일행이 내려오기를 기다리고 있는데 춥고 날이 어두워 숙소로 돌아가고 싶지만, 길을 몰라 이러지도 저러지도 못하는 상황이라고 했다. 나는 허리춤에 묶어두었던 겉옷을 풀어 그분에게 덮어드린 후, 예수님이 십자가를 지고 가셨던 길에 동참하는 마음으로 산길에 올랐다.

5처에 이르러 시몬이 예수님의 십자가를 대신 메고 가는 그림을 보며 묵상하니 나도 어깨가 무거워지는 것 같았다. 조금 쉬었다 가기로 하고 산기슭에 앉아 아래를 내려다보니 시내는 여전히 조용히 잠자고 있고, 동쪽 성모발현 언덕 위에 있는 성모상이 보였다.

성모상을 바라보며 주님을 불렀다.

"주님! 주님이 얼마나 고단하신지 잘 알겠습니다. 벌써 한 번 넘어지셨잖아요. 하지만 우리는 결코 혼자 걷는 게 아닙니다. 저기서 성모님이 바라보고 계시니까요."

몸을 돌려 뒤를 바라보니, 십자가 옆에서 한 여인이 언덕을 내려다보고 있었다. 동쪽 하늘이 조금씩 밝아지자 그 여인의 모습이 잘 보이기 시작했다. 그분은 슬픈 모습으로 허리를 조금 구부리고 두 손으로 누군가를 부축해주려는 자세로 서 있었다. 짙은 청색 옷을 입고 머리에는 베일을 썼는데 옷이 깨끗해 보이지는 않았다.

"올라오는 사람이 아무도 없었는데……."

성모상을 올려다보다가 이상한 생각이 들어 혼자 중얼거리며 다시 뒤로 고개를 돌리니 그곳에는 아무도 없었다. 5처 앞에 앉아서 완전히 환해진 마을과 언덕 위 성모상을 바라보니 뭐라 말할 수 없는 감동으로 벅차올랐다.

"주님, 당신의 어머님은 저쪽 언덕에서 바라보고만 계신 것이 아니라 당신이 가시는 길을 한 발자국, 한 발자국 함께하고 계시는군요. 그것을 보여주셔서 감사합니다. 저도 주님과 끝까지 함께 걷도록 도와주세요."

나는 일어나서 다시 걷기 시작했다. 예수님께서 두 번째 넘어진 곳에 도착했을 땐 너무 험한 산길을 올라오느라 숨이 차서 좀 쉬었다 가기로 했다. 그곳에 앉아서 아래를 내려다보고 있는데, 누군가 올라오다가 나를 쳐다보며 "재숙?"하고 불렀다. 우리 순례 모임의 지도자인 제리 신부님이었다. 어제 저녁 식탁에서는 오늘 새벽에 성모발현 언덕에 갈 거라고 하셨는데, 아마도 내가 걱정되어 이리로 오신 것 같았다. 신부님과 함께 오르다가 10처에서 한국인 순례객들을 만나 산 위에 함께 갔다. 그곳에서 기도와 찬송가를 부르며 묵상하는 시간을 가졌다.

어느새 해가 뜨고 따뜻해졌다. 천천히 산에서 내려오니 곱게 접힌 채 작은 돌로 가볍게 눌러놓은 내 겉옷이 눈에 띄었다.

나는 정말 간절한 마음으로 이 순례여행에 동참한 거였다. 한국을 떠난 후 한국 가족들에 대한 의무를 소홀히 하고 약속을 지키지 못한 것에 대한 죄의식이 늘 내 마음 안에 남아 있었기 때문이다. 지난 45년 동안 몇 번 한국을 방문할 때마다 아버지 산소에 찾아가 용서를 빌었지만 마음이 결코 가벼워지지 않았다. 그런데 이 순례길을 통해 용서받았다는 느낌이 들었다.

이틀 후, 우리는 그곳을 떠났다. 나는 오랫동안 품고 있던 모든 죄의식을 내려놓고 가벼운 마음으로 귀국길에 올랐다.

한밤중에 문을 두드린 사람

무슨 소리가 들리는 것 같아 잠에서 깼다. 소리는 계속 이어졌다. 조용한 집 어딘가를 두드리는 소리였다. 텃밭에 딸린 헛간에 집 잃은 고양이 새끼를 세 마리 기르고 있었으므로 처음에는 고양이들이 싸우는 줄 알았다. 나는 일어나서 텃밭 쪽 전등을 켜고 야생동물이 돌아다니는지 둘러보았다. 바깥은 조용했고 새끼 고양이들은 누워있었다.

침대로 다시 가려는데 두드리는 소리가 다시 들려왔다. 쇠붙이로 유리창을 두드리고 있는 것 같았다. "누구세요?" 하고 작은 소리로 물었다. 출입문 쪽에서 희미한 소리가 들렸다. 시계를 보니 새벽 2시 25분이었다. 조금 걱정이 되었다.

제리와 나는 은퇴한 후 '셰 영천'에서 조용한 시골생활을 즐기고 있었다. 우리에게 들리는 소리라고는 들판에서 가끔 들려오는 소 울음뿐이었다. 시내에 사는 친구들은, '불안하지 않아요?', '적적하지 않아요?' 하고 묻곤 했다. 하지만 우리는 외로움을 달래기 위해 이 집, 저 집을 찾아가 문을 두드리지 않아도 될 만큼 친구들이 많았고, 사교 모임들도 있었다.

그리고 남편의 표현에 의하면, 우리 집은 우리가 팔베개하고 맘 편히 쉴 수 있는 공간이었다. 가까이 사는 친구들은 대부분 은퇴한 사람들이어서 자주 연락하며 서로 안부를 묻곤 한다. 서로 관심을 갖고 보살펴주는 일은 제리가 2009년에 무릎 수술을 받고 후유증이 생긴 후 더욱더 힘이 되었다. 지난 2년 동안 제리는 병원에 수시로 입원을 하곤 했고 최근 두 달 동안 나 혼자 지내온 터라 아이들은 나의 안전을 늘 염려했지만, 나는 그다지 걱정하지 않고 지내고 있었다.

나는 랜턴을 켜고 한동안 창문으로 밖을 내다보았다. 그러다가 문을 열고 둘러보니 10대 후반으로 보이는 남자아이 둘이 옥외 통로에 서 있었다. 그들은 춥고 피곤해 보였다. 5월 중순이라 밤에는 추웠다.

"차에 연료가 떨어져 몇 시간째 걸었어요. 아무래도 길을 잃은 거 같아요."

한 아이가 중얼거렸다. 두 명 다 얇은 외투를 입고 있었는데 문 옆에 서 있는 아이는 손전등을 들고 있었고, 다른 한 명은 몸을 움츠린 채 벤치에 앉아 있었다.

"뭘 도와줄까?" 하고 물었더니, "연료만 좀 주시면 차를 찾으러 갈 수 있겠어요"라고 답했다. 잠시 이야기를 나누자 상황을 바로 파악할 수 있었다. 아이 둘이 차를 몰고 돌아다니다가 연료가 떨어진 것이다. 그래서 차를 놔두고 호닝스 밀에 있는 누나네 집으로 걸어가다가 길을 잃은 모양이었다.

나는 전화를 가져다주며 누나에게 전화를 걸어보라고 했지만 상대방이 전화를 받지 않았다. 그때쯤 나도 완전히 잠이 깼다. 사내 녀석 둘이 문밖에 있었고, 설령 그들이 나쁜 마음을 품었다 해도 나는 어쩔 도리가 없었다. 내가 부정적으로 반응하면 상황을 더 나쁘게 몰고 갈 수도 있을 거라는 생각이 들었다. 하지만 그들이 정말 도움이 필요한 상황이라면, 도울 수 있는 한 그들을 돕는 것이 나의 의무일 것이다.

사람은 선한 존재라고 믿는 아버지를 떠올렸다. 그렇다면 어떻게 해야 하나? 그들에게 연료를 좀 줘서 보낼 수도 있을 것이다. 하지만 캄캄한 어둠 속에서 차를 찾느라 몇 시간이나 헤맬수도 있으니 그 방법은 별로 도움이 될 것 같지 않았다.

내가 생각할 수 있는 최선의 방법은, 15분쯤 걸릴 거라는 그의 누나네 집에 직접 데려다주는 것이었다. 그러면 그들은 확실히 안전할 것이다. 또한 나는 그의 누나가 산다는 호닝스 밀이 어디쯤 있는지 알고 있었다.

그래서 그들을 그 집까지 데려다주었고 아이들은 아주 고마워했다. 나는 아이들이 집 안으로 들어갈 때까지 지켜보다가 돌아왔다. 그리고 내가 한 일에 흡족해하며 다시 잠자리에 들었다. 나는 아버지의 교훈을 따랐고, 덕분에 어려움에 처한 이들을 도왔다는 성취감을 느꼈다.

다음 날 아침 남편에게 간밤의 일을 얘기하자, 그는 내가 문을 열어준 게 결코 잘한 일이 아니라고 했다. 친구들과 아이들에게도 얘기했는데, 남편과 비슷한 반응을 보였다. 다들 한밤중에 문을 열어준 것은 어리석은 짓이라고 했다. 그러나 문을 열지 않고 먼저 경찰을 불러야 한다는 생각은 전혀 나지 않았다. '두드려라. 그러면 열릴 것이요'라는 성경 말씀을 배우지 않았는가. 누군가 문을 두드렸고 나는 문을 열었을 뿐이다.

사람들에게 말을 하면 할수록 더욱더 부정적인 반응만 나왔다. 나는 그 젊은이들이 나쁜 짓을 하러 왔다는 생각을 완전히 지워버리고 싶었다. 그래서 병원에 입원해 있는 남편을 보러 가는 길에 호닝스 밀에 있는 그의 누나 집에 들렀다.

문을 두드리자 젊은 여인이 문을 열어주었다. 그녀는 그 젊은이들이 동생과 동생 친구라며 안전하게 데려다준 것을 고마워했다. 그날 밤 그녀의 남편이 연료통을 싣고 그들과 함께 차를 찾으러 갔고, 무사히 집으로 돌아갔다고 했다.

내가 도움이 필요했을 때 다른 사람들이 그렇게 해주었던 것처럼, 이번에는 내게 도움을 청한 이들에게 내가 착한 사마리아인이 되었다는 것이 기뻤다. 그 젊은이들은 한밤중에 문을 열어주었어도 강도로 돌변할 그런 사람들이 아니었던 것이다.

내 삶의 스승이었던 아버지

아버지는 점잖고 상냥한 분이셨다. 우리 일곱 자녀는 아버지를 사랑했다. 유교 집안에서는 자녀들이 부모를 사랑하기보다 예의를 지키고 존경해주기를 바란다. 그러나 우리는 아버지와 어머니에게 예의를 지켜 존경했을 뿐만이 아니라, 진심으로 사랑했다. 또 형제자매끼리도 아주 깊이 사랑했다고 생각한다. 아버지는 나의 첫 번째 스승이셨고, 큰 영향을 주셨다.

아버지는 가족들을 부드럽게 배려하셨고, 항상 남들을 존중하라고 가르치셨다. 내 기억으로 아버지는 어머니나 자녀들에게 한 번도 언성을 높인 적이 없었다. 대부분의 한국 남자들은 담배와 술을 즐겼지만, 아버지는 담배를 피우지 않으셨고 어쩌다 맥주 한두 잔 정도만 드셨다. 직장에 다닐 때 가끔 암시장에서 미국 맥주 여섯 캔이 들어있는 상자를 하나 사다 드리면 무척 고마워하셨다.

저녁에 그 맥주를 음미하듯 천천히 드시면서 우리에게 이런저런 얘기를 들려주셨다. 맥주를 드시면 얼굴이 붉어지기 시작했고 눈동자가 반짝거렸다. 아버지는 주로 즐거운 이야기만 하셨다. 이야기가 슬픈 방향으로 나가려고 하면, 아버지는 말씀을 멈추고 나중에 하자고 했다. 내가 집을 떠날 때 아버지는 귀한 교훈을 말씀해주셨고, 어려운 순간에도 나는 그 교훈을 지키기 위해 최선을 다했다.

한국전쟁 중에 우리가 피난을 가려고 고용한 운전수가 트럭을 가지고 사라졌을 때도 아버지는 피치 못할 사정이 있었을 거라며 그가 우리를 속였다고는 생각하지 않았다. 어떤 종류의 분노도 마음에 담아두지 않으려고 하셨다. 분노가 자신과 사랑하는 가족에게 도움이 되지 않고 독이 된다고 여기셨기 때문이다.

아버지는 말씀하셨다.

"남에게 좋은 말을 해줄 게 없으면, 그냥 조용히 입 다물고 있는 편이 낫다."

그 교훈 덕분에 나는 웬만한 일에는 잔소리를 하지 않는 편이다. 그리고 사소한 일로 견해 차이가 있을 때도 일일이 목청을 높이지 않는다. 그러나 도덕적으로 강한 확신이 있을 때는 단호하게 의견을 말한다.

언니는 내가 한국을 떠난 뒤 아버지께서 내가 그리울 때마다 성당이 자기 딸을 데려가 버렸다고 말씀하셨다고 했다. 내가 천주교 신자가 되자마자 한국을 떠났으니 아버지는 그 두 가지 일을 하나로 엮어버리신 것이다. 아버지도 속으로는 성당이 나를 데려갔다고 생각하시지 않았겠지만, 내가 그리울 때마다 어떤 원망할 대상이 필요했던 모양이다.

병환이 위중하셨을 때 아버지는 '딸 도둑'을 만나야겠다고 생각하셨다. 아버지는 어머니에게 나를 데려갔던 신부님을 불러오라고 하셨고 신부님은 병상의 아버지를 방문해 위로해주셨다. 그 후로도 신부님은 자주 오셨고 아버지는 돌아가시기 전에 세례를 받고 천주교 신자가 되셨다.

왜 신자가 되셨느냐고 물으면 아버지는, "천국에 먼저 가서 고집쟁이 딸을 기다리려고 그랬다"라고 농담조로 대답하셨다고 한다. 그리고 아버지 장례미사 때 천주교회는 큰 도움이 되었고 어머니도 그 후 천주교회에 나가기 시작했다.

임신 3개월에 접어들었을 때 처음으로 돌아가신 아버지가 꿈에 나타나셨다. 뭔가 잘못했다고 꾸짖으셨는데, 뭔지 모르지만 나는 죄책감을 느꼈다. 유학을 마치고 한국으로 돌아가기로 약속했는데, 캐나다에서 결혼하고 가정을 꾸린 탓일까. 그 꿈을 꾸고 나서 얼마 후 유산이 되었다.

그리고 아버지는 두 번 더 꿈에 나타나셨고, 나는 두 번 더 유산을 했다. 하지만 그 후 어머니가 돌아가실 때까지 한 번도 꿈에 나타나지 않으셨다.

지금은 우리 형제 중에 유일하게 한국에서 살고 있는 언니가 아버지의 묘지를 도맡아 돌보고 있다. 한국을 떠난 지 27년째 되는 1987년 여름, 처음으로 다시 한국을 방문했을 때 나는 언니,

형부와 함께 아버지 묘소에 갔다. 그것은 아버지와의 약속을 지키고자 하는 뜻도 포함되어 있었다.

우리는 아버지 무덤 앞에 과일과 아버지가 좋아하시던 맥주를 놓아두고 큰절을 했다. 그리고 속으로 늦게 찾아뵌 용서를 빌었다. 여러 해가 지났고 많은 영적 변화를 거친 후였지만, 이제 드디어 내가 원하던 용서를 받았다는 생각이 들었다.

강인하고 독립적인 어머니

⎯⎯⎯⎯⎯⎯⎯⎯⎯ 어머니는 로스앤젤레스 근처 한인촌에서 혼자 사셨다. 어머니를 모시고 싶어 하는 아들이 셋, 딸이 둘이나 있었지만 끝까지 혼자만의 삶을 포기하지 않았다. 대부분의 노인은 자식 집에서 손주들을 돌보거나 집안일을 도우며 산다. 그러나 어머니는 그러기를 거부하고 자기 집에서 홀로 살기를 고집하셨다.

어머니는 9남매 중에 셋째 딸로 태어나서 열여덟 살에 결혼해 7남매를 기르셨다. 어머니는 말씀이 별로 없는 조용한 분이셨다. 나는 어머니가 불평을 하거나 다른 사람을 흉보는 소리를 별로 듣지 못했다. 평생을 대가족 속에서 이런저런 소리에 둘러싸여 지냈지만, 만년에는 조용하고 독립적인 삶을 사셨다. 어떤 누구와도 자신의 삶을 공유하고 싶어 하지 않았다.

어머니가 여든다섯 살이 되실 무렵 미국의 노령사회보장연금이 시민권자들에게만 주어진다는 말이 돌았다. 로스앤젤레스에 살고 있던 한국인 노인들은 불안에 휩싸였고 시민권 취득을 위한 시험을 준비하는 사람들이 많았다. 영어를 쓰거나 읽지 못하는 어머니 역시 걱정을 많이 하셨고 자식들에게 시험 준비하는 것을 도와달라고 하셨다.

"엄마는 미국 시민권 받을 필요 없어요. 그 시험이 만만치 않아요. 우리가 다 도울 거니까 생활비 걱정은 하지 마세요."

우리는 하나같이 말씀드렸다. 하지만 어머니는 자식들에게 기대고 싶어 하지 않았고 혼자 시험공부를 하셨다. 그리고 우리에게 알리지도 않고 한국어를 아는 변호사를 고용한 후 시험을 보러 가셨다. 구두시험이었는데 변호사가 담당 판사에게 조금도 거짓 없이 어머니의 발언을 그대로 통역하겠다고 선서했고, 어머니는 모든 질문에 정확하게 대답하셨다. 그리고 시험에 합격했다. 많은 사람이 두세 번 쳐야 합격했는데, 어머니는 단 한 번만에 합격하신 것이다.

그 소식을 듣고 우리는 어머니의 인내와 성취가 몹시 자랑스러웠다. 내가 어머니의 그 끈기와 아버지의 너그러운 품성을 물려받은 것 같아서 깊이 감사드린다.

언니는 2005년 어머니를 뵈러 미국에 가는 비행기 안에서 옆에 앉은 젊은 한국 여성과 이야기를 나누었다고 했다. 언니가 그녀에게 '엄마의 90번째 생신'을 위해 미국에 간다고 했더니, 이미 할머니인 언니가 90세가 된 어머니를 아직도 '엄마'라고 부르는 걸 신기해했다고 한다.

우리 형제자매들은 계속 어머니를 엄마라고 불러왔다. 정식으로 '어머니'라고 하면 친근감이 느껴지지 않기 때문이다. 90회 생신 잔치에 모인 수백 명에 이르는 친족, 친구 그리고 교회에서 오신 분들에게 어머니는 자기는 참으로 축복받은 삶을 살았다고 하셨다. 그리고 그 모든 것이 아버지 덕분이었다고 하셨다. 아버지는 참으로 훌륭한 아버지셨고, 어머니에게는 성실한 남편이셨으며, 가족을 부양하기 위해 최선을 다하신 분이었다.

돌아가신 지 40년이 지났는데도 어머니는 여전히 아버지를 그리워하셨다. 2007년 여름 어머니의 손녀 스텔라는 할머니의 통증을 덜어주려고 매주 한두 차례 방문해 마사지를 해드렸다.

그러던 어느 날 스텔라는 어머니의 피부가 점점 노랗게 변하는 것을 발견하고 의사인 사촌 마리안에게 연락했다. 검사 결과 콩팥에서 악성 종양을 발견했는데 수술을 할 수 없는 부위였다. 담당 의사는 종양이 얼마나 빨리 커지느냐에 따라 3개월 내지 6개월밖에 사실 수 없다고 진단했다. 나는 9월에 로스앤젤레스로 가서 얼마 동안 어머니를 돌봐드렸다.

몇 개월 후 여동생 재훈이가 전화로 어머니가 병원으로 실려 가셨다고 했다. 곧바로 2008년 1월 16일, 집에서 출발했고 병원에 도착해보니 어머니는 상태가 안정되어 요양시설에 가 계셨다. 나는 어머니 아파트에서 지내면서 매일 어머니를 뵈러 갔다.

1월 22일 아침에 평소대로 어머니를 뵈러 갔는데 막내 남동생 재성이가 어머니 호흡이 힘들어져 병원으로 다시 모셨다고 했다. 우리는 모든 가족에게 연락했다. 그리고 그날 아침 어머니는 자녀들에게 둘러싸여 마지막 숨을 거두셨다. 어머니는 94세까지 사셨고 남매 일곱 명, 며느리와 사위 여섯 명(맏사위는 2000년에 사망, 그리고 손주 열네 명과 증손주 열 명을 남기셨다.

돌아가신 지 이틀 후에 내가 어머니의 아파트에서 자는데 꿈에 방문 두드리는 소리가 들렸다. 문을 여니 아버지가 밝은 웃음을 짓고 나를 내려다보고 계셨다. 어렸을 때 보던, 젊었을 때의 아버지가 미소 짓고 계셨다.

'아버지, 집에 돌아오셨네요! 엄마, 아버지가 돌아오셨어요!'
나는 꿈속에서 외쳤다.

어머니의 장례식은 참으로 감동적이었다. 다섯 명의 손자와 두 명의 증손자가 관을 성당으로 옮겼다. 다섯 명의 손자가 관을 운구했고, 가장 어린 손자가 장례행렬 맨 앞에서 어머니 사진을 들고 갔다. 네 명의 딸들과 세 명의 며느리들은 검은 한복을 입고 남편들과 관을 따라 걸었고 그 뒤를 증손자들과 다른 가족들이 따랐다.

그 후 며칠 동안 우리는 장례 뒤처리 하랴, 앞일 계획하랴 무척 바쁜 나날을 보냈다. 엄마가 낳아주신 딸 네 명, 언니와 재훈이, 재순이와 나는 어머니의 아파트에서 매일 만났고 유품들을 정리하며 옛 추억에 잠기곤 했다.

그때 나는 언니와 동생들에게 꿈속에서 아버지를 만난 이야기를 해주었다. 언니의 얼굴이 밝아지며 자기도 아버지 꿈을 꾸었다고 했다. 어머니가 돌아가셨다는 기별을 받은 날 밤이었는데, 아버지가 버스 안에서 뒤 창문으로 내다보고 계셨다고 한다. 어딘가로 가시는 것 같았는데 즐거워 보여서 언니가 손을 흔들며 편히 가시라고 했단다.

우리는 그 두 가지 꿈 이야기를 나누며 잠시나마 즐거웠다. 아버지와 어머니가 그렇게 오랫동안 헤어져 지내다가 다시 만나게 되었다고 생각하니 위로가 되었다.

고난은 별것 아니었네

2013년 제리와 나는 결혼 50주년을 맞았다. 축하연에 모인 가족들을 한 명 한 명 돌아보며 가족이 얼마나 소중한지 새삼 느꼈다. 우리는 아이들을 올바르게 기르기 위해 최선을 다했다. 딸 로라와 아들 패트릭은 책임감 있는 성인으로 성장해 각자의 가정을 이루었고, 이제 자녀들을 기르며 부모인 우리를 챙겨주고 있으니 그저 고맙고 자랑스러울 뿐이다.

뒤돌아보면 우리 아이들은 별로 말썽을 부리지 않고 자랐다. 즐겁게 학교에 다니며 공부했고 친구들을 사랑했다. 둘 다 지적이고 능력이 있으며 성격은 정반대였지만 서로 보완해주었다. 음과 양의 관계 같았으며 선의의 경쟁을 했다.

아이들이 어렸을 때 여름방학이면 우리 가족은 캐나다와 미국 여러 곳으로 캠핑 여행을 다녔다. 우리가 밴쿠버의 스탠리 공원에서 해수욕을 즐기고 있을 때 한 젊은 경찰이 로라와 패트릭이 물에서 노는 것을 보며 우리에게 다가와 말을 걸었다.

"참 귀엽네요. 댁의 아이들인가요?"

그는 국제결혼과 혼혈아를 기르는 어려움에 대해 알고 싶어
했다. 일본 여자와 사귀고 있는데 결혼을 생각하고 있다고 했다.
그는 차별을 받을까 봐 걱정하고 있었으며, 우리에게 여러 가지
질문을 했다. 제리와 나는 그의 질문에 진솔한 마음으로 대답해
주었다. 우리가 누리는 행복과 가족에 대한 자부심에 비하면 겪
은 문제는 별 게 아니었다고 말해주었다. 부디 우리의 얘기가 그
에게 도움이 되었기를 바란다.

2009년에 제리는 무릎에 인공관절을 넣는 수술 후, 세균에 감
염되고 말았다. 31개월에 걸쳐 제리는 항생제를 맞고 여섯 번의
수술을 받았으며, 11개월 이상 일곱 군데의 병원과 재활센터에
다녔다. 드디어 2011년 11월, 제리는 모든 염증이 사라진 채 집
으로 돌아왔다. 그러나 치료의 후유증으로 전체적으로 약해지고
말았다. 이 모든 고통과 불확실성에도 불구하고, 제리는 낙천적
인 마음을 잃지 않고 희망을 버리지 않았다.

나 또한 여러 가지 건강 문제로 활동이 원활하지 못할 때가 있
었다. 그러나 지금도 나는 매주 하이킹을 가고 일주일에 두 번씩
타이치Tai Chi 운동을 하고 성경을 공부한다. 또 이 자서전을 쓰
는 것이 정신적으로 나를 지탱해주고 있다.

결혼 50주년 파티에서 돌아오며 추억에 젖어, "우리 삶은 참
멋있었어요. 그렇지 않아요?"라고 하자, 제리는 "당신 말대로 누

군가 우리를 돌보고 계신 거야"라고 대답했다. 지난날을 돌아보면 참으로 축복받은 삶이었다는 생각이 든다.

2017년 9월에 나는 로라, 패트릭과 함께 한국을 방문했다. 내 딸과 아들에게 자기 어머니의 고향인 한국을 보여주어야 할 의무를 이제야 이루게 된 것이다.

조카 박종웅의 안내로 제주도를 구경했고 패트릭은 춘천마라톤대회에 참석했다가 서울로 돌아와서 한국 식구들을 만났다. 그리고 내가 살던 곳들을 둘러 보았다.

책을 마치며

작가 오슨 스콧 가드의 저서에 있는 구절이 기억난다.

'한 여인의 지혜는 다른 여인들에게 주는 그녀의 선물이며,
그녀의 아름다움은 남성들에게 주는 그녀의 선물이며,
그녀의 사랑은 하느님께 드리는 그녀의 선물이다.'

- 1989년 《Prentice Alvin》 중에서

살아오며 많은 여성으로부터 선물을 받았다. 내가 받은 지혜의 선물은, 선물을 준 여성들의 다양한 배경처럼 폭넓고 다채롭다. 그 여성 중에는 내 손녀들처럼 어린아이도 있고, '지렁이도 밟으면 꿈틀한다'는 말을 들려주신 외할머니도 있었다.

지혜의 선물은 조용한 행동으로, 작은 친절로 내게 왔다. 어머니가 귀리죽을 먹으라고 했을 때 우리가 싫다고 투정을 부리자 어머니가 슬픈 표정을 짓던 모습을 나는 아직도 기억한다.

내가 풀이 죽어있을 때마다 '그래도 인생은 계속되는 거란다'고 하신 '일본댁'의 한 마디는 나에게 계속 살아갈 힘을 주었다.

신혼시절 일 라머트 섬에서 캠핑을 같이한 친구들, 'Happy Birthday' 노래를 불러주시던 시어머니, 내가 잠시 봉사했던 KCWA 자원봉사자들, 한마음회 자매들, 하이킹 모임 친구들, 독서모임 회원들로부터 나는 많은 지혜의 선물을 받았다.

'Mary's Kitchen의 봉사자들, 세움터의 자녀들, NAICFM의 훌륭한 친구들과 다문화가족 모임 회원 등, 이 모든 이들을 만난 것이 내게는 행운이었다.

힘겨웠던 한국에서의 어린 시절과 놀랍고도 만족스러운 캐나다에서의 인생 여정을 통해 터득한 지혜의 선물을 다른 여성들과 나눌 수 있게 되기를 진심으로 바란다.

처음 이 책을 영어로 쓸 때 많은 분의 도움이 필요했다. 책을 쓸 수 있도록 격려해주고 편집 과정에도 참여한 남편 제럴드에게 고마움을 전한다. 내 이야기를 글로 써야 한다고 용기를 준 에드, 토막 난 글들을 짜 맞추어 책의 형태로 만들어준 노라, 시간이 날 때마다 편집 작업에 참여한 딸 로라, 소중한 조언을 해주고 사진 혹은 격려의 말로 나를 도와준 친구들에게도 이 자리를 빌어 감사드린다.

그리고 한국어판이 나올 수 있도록 애써주신 김소양 대표를 비롯한 출판사 여러분의 수고에 감사드리며, 특히 영어 원서를 번역해주신 권이영 선생님께 깊이 감사드린다.

한국 가족 Korean Family

아버지 김옥동   어머니 진정숙

언니   김재희
나   김재숙
남동생   김재호
남동생   김재수
여동생   김재훈
여동생   김재순
남동생   김재성

한국에서의 삶(1935년~)

1960년 부모님

첫 사진
어머니, 언니와 함께

1952년 피난갔다 돌아와 다시 만난 형제 자매들과 함께

1960년 한국을 떠나기 전에 찍은 가족사진

캐나다 가족 Canadian Family

남편   *Gerald Martin*   나(재숙)   *Jai Sook Martin*

딸   *Laura Martin*   사위   *Rai Vintuks*

손녀   *Julie Vintuks*

손자   *Joey Vintuks*

아들   *Patrick Martin*   며느리 *Maria Martin*

손자   *Christian Martin*

손녀   *Ellie Martin*

캐나다에서의 삶(1960년~)

1963년 결혼식

로라와 캠핑장에서

November 24, 2002 Toronto
r. Vintuks, Mr. Chan, Mrs. Chan, Patrick Martin, Jai Sook Martin, Maria Martin, Gerry Martin, Laura Martin, Raimond Vin
Joseph Martin Vintuks, Christian Henri Martin, Julie Anne Kim Vintuks

2002년 손주 합동 돌잔치

2007년 크리스마스 '셰 영천' 집에 모인 가족

2013년 결혼 50주년 금혼식, 로라, 페트릭과 함께

한국 사람 캐나다 여자 김재숙

1판 1쇄 발행 2022년 10월 3일

지은이 김재숙
옮긴이 권이영
발행인 김소양
편 집 이윤희, 권효선
마케팅 이희만

발행처 도서출판 다밋
출판등록번호 제321-2010-000113호
출판등록일자 1998년 06월 03일
주소 경기도 광주시 도척면 도척로 1071
마케팅팀 02-566-3410 **편집팀** 031-797-3206 **팩스** 02-6499-1263
홈페이지 www.wrigle.com

ⓒ 김재숙, 2022

ISBN 978-89-6426-097-5   03810

잘못 만들어진 책은 구입하신 서점에서 교환해드립니다.